KB260083

명랑

격랑
박전규 지음

초판 인쇄 | 2013년 02월 25일
초판 발행 | 2013년 03월 01일

지은이 | 박전규
펴낸이 | 신현운
펴낸곳 | 연인M&B
기   획 | 여인화
디자인 | 이희정
마케팅 | 박한동
등   록 | 2000년 3월 7일 제2-3037호
주   소 | 143-874 서울특별시 광진구 자양로 56(자양동 680-25) 2층
전   화 | (02)455-3987   팩스 | (02)3437-5975
홈주소 | www.yeoninmb.co.kr
이메일 | yeonin7@hanmail.net

값 23,000원

ⓒ 박전규 2013 Printed in Korea

ISBN 978-89-6253-130-5 03810

IMF 직전 은행지점장 문집

우리나라 근세사의 격랑기를
귀로 듣고, 눈으로 보고 직접 체험한 내용을 자전적 자유시로 창작하고,
수필과 소설로 출간된 원고를 본 책자에 문집으로 출간한다.

박전규 지음

격랑

연인M&B

필자는 일본이 태평양전쟁에서 패전이 감돌고 있는 시기에 우리 나라 곡창지대인 서남해의 전북 김제에서 유년기를 보내며 1945 년 초등학교 시절에 해방 정국을 맞이했다.

6학년 때 민족상잔의 6·25동란기에 2개월 동안 김일성 공산주의 혁명 치하를 겪었고, 1958년 보릿고개 시절 대학 재학 중에 학보병으로 육군에 입대하여 자유당 말기 극심한 부정부패 하의 초등병 생활에 혹독한 추위와 굶주림으로 온몸에 동상이 걸려 의무실에 입원도 하고, 그때의 냉병 후유증으로 노년에 들어 폐한증이란 고통을 받고 있다.

1960년 4·19혁명 때는 57학번으로 참여하였고, 1961년 박정희 장군의 새시대가 열려 갈 때는 새마을운동과 경제개발5개년계획이 시작된 1964년부터 은행원 생활로 우리나라 경제성장의 기틀을 다져 가는 산업 발전에 금융계 근로자로서 생산자본의 내자 동원에 적극 참여하였다.

1979년 10·26사태에 12·12군사반란을 일으킨 전두환 하나회 회원들의 신군부가 어림도 없는 군사 쿠데타로 정국은 극도로 혼란하고 기득권층의 재산 해외 도피의 외환관리법에 연루되어 애매한 고통도 당하고, 1997년 IMF 대환란 직전까지 시중은행 지점장으로 재임하는 동안 금융 위기를 체험하면서 정년퇴직하고 중소기업체의 부사장으로 IMF 하의 혹독한 구조조정에 은행과 기업들이 문을 닫고 쏟아져 나오는 실직자들의 울부짖음도 체험했다.

그리고서 글로벌 시장경제가 양극화 현상과 세계적으로 경제성장이 침체되어 가는 체념을 하면서 우리나라 근세사의 격랑기를 귀로 듣고, 눈으로 보고 직접 체험한 내용을 자전적 자유시로 창작하고, 수필과 소설로 출간된 원고를 본 책자에 문집으로 출간한다.

2013년 봄
박전규

제2부 | 단편소설(短篇小說)

신작로 길

제1부 | 시(詩)

순동 건널목

순동 우리 집

마루에 올라서면
상정 너머로
재빼기가 보이고
재빼기 너머 너머로
읍내 오풋대가 보인다

마당가에 대추나무 그늘 질 때
보리쌀 찧어
멍석 깔아 널어 놓으면
정월 만배 햇장닭이 닭의똥 찍 싸 놓고
울타리 말뚝 위에 올라
어설픈 목울대를 늘어 뺀다
꿱 꾀—

서당산 너머로 노을이 지면
거먹소도 들어와
학독에 모리뜬물 어서 마시고
돼아지도 꿀꿀
누렁이도 어성어성
토방 밑 마당가에 모깃불 타오른다

초가을엔 수수목 늘어지고
늦가을엔 앞마당에 타작 벼눌
뒷마당엔 볏짚 벼눌
담장 밑 울타리 가에 싸 놓고
첫눈이 내리는 밤
삭풍은 틈새에 문풍지를 울리고
등잔 위 호롱불을 흔든다
불꽃 난다 심지 좀 줄여라
아버님의 목소리…

조는 듯한 어머님의 물레 소리에
동짓달 긴긴밤은 깊어 가고
벽장 고개 넘어가는
숨찬 기적 소리에
갓난아이 선잠 깬다

구정물 두동이 반 쌀겨 두 남박
어두운 밤에도
작두질에 여물 끓이고
고구마는 장작불에 구워 먹고
달걀은 짚불에 구워 먹었지

금년에는 창윤이가 머슴으로 들어오고
작년 재작년에는
귀머거리 윤쟁이 영감
늘상 쟁기를 깊이 넣어
거먹소는 울고
갈이삯 주는 사람 좋아했지

창윤이는 쌀밥만 먹는다
햇간장에 햇파 썰어 넣고
참기름 두어 방울
고봉밥 한 그릇 후닥닥 비벼 먹고
가반으로 대접에 물 말아 먹는다

지긋지긋 꽁보리밥
흉년에는 나물만 무쳐 먹고
쌀 아끼랴 잡곡밥
모자라서 시래기밥
논다고, 무밥ㅡ
창윤이는 소죽에도 알곡을 넣어라 한다
거먹소는 머슴 중의 상머슴
아버지는 논두렁의 호랑이

어머니는 길쌈만 하시고
길쌈에는
미영베길쌈 삼베길쌈
모시길쌈 명주길쌈

입추가 지나고
마당가에 쨍 빛이 들면
꽃잎 목화는 상품으로
삼태 위에 펼쳐서
칠성베를 짜아
장가 갈 아들 두루마기감
농 속 깊이 넣어 두고

중품은 북덕베를 짜서 바지, 저고리
하품은 두루뭉실 포대기 솜
삼베길쌈은 2·3월 긴긴낮에
품앗이로 하고
모시길쌈 명주길쌈은 모아서
금산댁에 매낌한다

베틀에는
도토마리, 잉앗대, 바디, 북, 횟대
어머니는 베틀에 앉아
허리에 바디올 감고
횟대에 맨 미투리 짝을
오른발에 당기고 풀고
잉앗대를 조절하며
북을 양손으로
오른손에 주고 바디를 치고
왼손에 주고 바디를 치고
동짓달에 물레 잣고
섣달에 베를 짜서
다듬이질 홍두깨로
고운 옷감 만들어
까치까치 설날에
새 옷 입혀 주신다
어머님
그리운 어머님
경주 김씨 정자 수자

순동 건널목

철뚝 따라 오는 길은
솜내에서 오는 길

만경 거리 신작로로 오는 길은
전주에서 오는 길

만경 거리는
그 옛날
전주 감영에서
만경현으로 가는
삼거리 주막길

순동 건널목은
아랫역으로 가는 통과길
8·15해방 때
호열자 병을
새끼줄로 막고
문맹 퇴치를 위해
낫 놓고 기역자 모른 사람
새끼줄로 막고

6·25 때 부르주아 색출한다
새끼줄로 막고
9·28 수복하고 도민증 없는 사람
새끼줄로 막고
순동 건널목에서
그 옛날
그 옛날을 보았네

흥복사

흥복사 가는 길은
어머님 손잡고 가던 길

흥복사 종소리는
어머님이 부르는 소리

흥복사 느티나무는
어머님의 치마폭

흥복사 사천문은
어머님의 노한 눈

흥복사 부처님은
어머님의 마음

흥복사 가자
흥복사에 가자

난리

저런 쳐 죽일 놈이 있나
저런 짐승만도 못한 놈은
난리가
한번 더 나야
법이 없이
그냥
대번에 쳐 죽이는데
집강소*에 고변하면
돈도 들지 않았다네

* 집강소: 1894년 1월 10일 동이 트기 전 고부현에 모여든 녹두장군 전봉준 휘하에 인근 군현을 차례로 점령하고 4월 27일 전주성을 무혈 입성하여 경기군과 대치 중 일본군과 청군을 청병한다는 것을 우선 막고저 정부군과 폐정 개혁의 27개 조항을 확약하고 전라도 53개 군현에 집강소를 설치하여 보국안민의 기치 아래 폐정 개혁 실현에 들어갔다.
집강소의 조직은 동학의 6임제(접주, 접사, 교장, 교수, 집강, 도집)에 의거 편성되어 질서에 명령 계통이 국가조직 이상의 효율성이 있었다 한다.
당시 김제 관아 순동에서는 영식이 할아버지 4형제 중 3형제가 김제 접주 金奉年 휘하에서 활동하였고 두 사람은 전사하고, 동학군은 2차 봉기하여 11월 8일 공주 우금치 전투에서 패퇴, 11월 25일 금구 태인 전투를 마지막으로 12월 2일 전봉준은 순창의 옛 부하 金敬天을 찾았다가 그의 음흉한 통보로 생포되어 1895년 3월 10일 5차 심문을 받고 3월 29일에 41세의 나이로 사형이 집행되었다.

집강소에서 일했던 한 사람은 토담집 벽장 속에 급히 숨었다가 위장된 문틈에 옷 고름짝 끝이 살짝 비쳐 살살 잡아당긴 민기네 아버지 김형집의 "여기 있네." 고함 소리로 즉시 토방 밑에서 목이 잘렸다고 한다.

김형집은 김제군의 형리로 칼 차고 말 타고 다녔는데 집강소에 협력한 흠을 벗고 자기만 살려고 한 배신자로 그 후에 동네 외톨이가 되어 살림은 망하고 자식 3형제(맹고, 평고, 민기)가 홀아비 병신 바보로 외지에서 엿장사를 하다가 걸식을 하다가 다 죽고 늙은 부부가 해빙 이듬해에 일어 죽고 굶어 죽였나.

동네 아이들의 대물림으로 나도 어린 나이에 그 꼬부랑 늙은이들을 놀려 대고 도망가고 놀려 대고 도망하는 놀이를 하였다. 이때 남자는 방에만 있었고 여자 꼬부랑 늙은이가 사나웁게 큰 지팡이를 휘둘렀다.

나물을 캘 때 '민기 어매 똥걸래' 명칭이 붙은 나물도 있었다.

동학군 형들의 심부름을 했던 막내 할아버지는 6·25 이듬해에 작고하였는데 외아들에 손자만 3형제가 있었고 막내 손자가 나보다 네 살 위로 초등학교를 같이 졸업했다.

가정 형편상 안타깝게 진학을 못했다. 재주가 고루 뛰어나 특히 그림을 잘 그렸고 도장도 무슨 도장이건 잘 새기었다.

그 할아버지는 노망이 있어 어린 막내 손자만 보면 자기가 어렸을 때 형들의 심부름으로 이곳저곳 주로 먼 동네를 다녔던 악몽이 되살아나 "이놈아, 더 어둡기 전에 시원해서 매교리에 다녀오라니까 놀고만 있느냐!" 지팡이를 손자에게 휘두르면 영식이는 늘상 할아버지만 만나면 놀던 판이 깨지고 죽을상이었다.

매교리는 전주 쪽으로 5킬로쯤 되는 큰 마을이다.

백씨 부인

가락 치마
가는 허리
그 밑에
물결치는 두 요람

하중이는 술을 마시고
날마다 날마다 보러 간다네

갑오년의 대 홍수가
우금치 둑을 못 넘고
실개천으로 뿔뿔이 스며들 때

대장의 딸
어여쁜 백씨 부인은
눈먼 창대에 홑치마 올려지고
용케도 이곳 철도 공사*에 왔다네

그리고서
하중이와
검은 머리가 파뿌리 되었다네

* 철도 공사: 1896년 한반도에서 청일전쟁을 일으킨 일본은 조선의 도로가 좁고 교량이 약해서 군대 이동에 어려움을 겪은 경험 탓으로 무르익어 가는 러일 전쟁을 앞두고 서둘러 1905년 1월 1일 경부선을 개통하고 1910년에 공사를 시작하여 1914년에 호남선을 개통했다.

조선 의병들에 의해서 철도 시설이 더러 파괴되자 군포고령으로 경비하며 공사 인력 부족에 자체 공병대를 투입하고 철도 공사에 참여하는 동학도들은 무조건 사면한다는 포고령으로 이리저리 쫓기며 숨어 사는 많은 동학군들이 공사에 참여했다.

전주-김제 간 신작로가 뚫리고 호남선이 지나는 순동 마을에 주보가 생기고 전사한 동학군의 딸 백씨 부인 새색시가 왔다. 빼어난 미인이었다.

하중이는 산판으로 침목을 팔아서 많은 돈을 걸머쥐게 되고 백씨 부인을 찾아 술을 먹기 시작한다. 하중이는 6척 신장에 힘이 장사고 두 아들이 있는 윗동네 부잣집 아들이다.

하중이가 좋아하는 백씨 부인은 누구도 함부로 못한다.

그러다가 순동에 살림을 차리고 3남 2녀를 낳고 동학의 한가족은 살아갔다.

내가 어렸을 때 그 할머니에게 두세 번 세배를 갔다. 덕담이 좋으시고 항상 어린아이들을 어여삐 쓰다듬어 주시었던 할머니다.

순동 사람들

개똥이, 금동이, 쇠산이
염라대왕의 명부에서 빠져
명이 길어라

딸고마니, 딸털이, 끝순이
고만 아들 좀 낳자

바우덕이, 덕타랑
건강하게 잘 크거라

떠바우, 금바우, 산바우
기운 센 장정이 되라

꺼목동이 빨강동이
얼굴색이 왜 그러냐

부자 되라고 만석이, 논산이
순하다고 순이, 예쁘다고 이쁜이
귀하다고 귀냄이, 쉰동이, 종냄이
모두가 어울려져 잘 살았지요

새벽 나팔
―가미카제 비행장*

칼 찬 순사가 아니고
말 탄 군인이라고

동네를
휙―
한 바퀴 돌아보더니만
구장 어른을
얼른
데려오라고 해서

조반을 하자고 하는 것은 아닐 테고

동트는 새벽 마을에
급 물결이 출렁거리고

고사리 눈이
미나리 깡이 있는 좁은 길에서
말 뒷굽이 넘어질 듯
뛰어가는 두 기마병을
사라질 때까지 쳐다보고 서 있다

새벽 나팔 소리가
또
물결을 일으킨다

소나무와 대나무가 있는
앞 동네 하동골
진짜 총을 가진 군인들이
훈련을 하고 있다
멀리서
군 셰퍼드가 짖어 대고
소년은
무서워 돌아왔다

* 가미카제 비행장: 1941년 12월 7일 일본의 진주만 기습 공격으로 태평양전쟁이 시작되고, 전쟁 막바지에 본토 가까이 괌섬이 1944년 6월에 점령당하고 오끼나와섬이 1945년 4월에 미군 상륙, 6월 주민 9만 명 포함, 수비군 12만 명이 전멸된다.
대본영은 본토 방위를 위한 최후 결전장으로 대한해협을 택하고 제주도를 요새화하고 서남해 지역에도 익산에 160사단, 고창에 150사단을 곳곳에 배치하고 국민 의용대를 편성시켜 여자까지도 포함하여 훈련을 강화하고 물자와 모든 국민을 결전 조치 요강에 따라 군사 시설 노동에 총동원하였다.

이때 한반도에 집결된 병력은 제주도 7만 5천 포함, 62만 명으로 대대적인 작전 계획이었다.

이 계획은 임진왜란 때의 이순신 장군의 한산대첩 작전을 교훈으로 한 것이라 해야 할 것이다. (1592년 7월 6일 일본 주력 함대를 한산도 앞바다에 유인, 기습 공격으로 60척을 침몰시키고 참전 함대를 거의 대파시킨 세계 해전사에 최고의 전과로 기록된 임진 3대첩의 하나다.)

이미 1905년 5월 27일 러일전쟁 당시 일본의 도오고 힘내가(전함 4척 포함, 구축함, 순양함 등 총 약 26척) 말라카해협이 아닌 대한해협 진해만에 잠복하고 있다가 제주도 동남방 스시마해협을 통과하여 블라디보스토크 항구로 향하는 러시아의 발틱 함대(사령관 로제스트 벤스키가 이끄는 전함 8척 포함, 총 37척)를 일본은 수뢰정 3척 침몰, 다수함의 파손의 피해로 전멸시킨(격침 17척, 포획 5척, 침몰 2척, 파손 도주 9척, 완전 탈주 4척) 경험과 자부심을 갖고 항공 기습 공격을 목표로 하여 가미카제 특공대를 요소요소에 매복시키려 했다. 군산 비행장에 170대가 있었고 한반도 서남해를 중심으로 500대가 배치되었다 한다.

그 증거의 하나로 제주도에는 물론이고 김제군 용지면 소화리 소나무 숲이 우거진 야산 속에 가미카제 특공대의 출격용 비행장을 건설하였으나 사용 못하고 잡풀만 무성하다가 6·25 피난민 정착촌으로 개발하였다.

소화리 비행장 터에는 어린 나이(1948년 7월 말)로 비행장을 보고자 하는 호기심에 기필코 따라가서 본 적이 있고, 2001년 8월에 본 글을 쓰기 위해 직접 답사하였다.

옛날 설한에 길손이 눈사막 속을 헤매다가 죽었다는 풍경은 사라지고 지금은 많은 농가가 들어서 있다.

해방 나그네

고향으로 가세
고향을 찾아가세

철길 따라 오는 사람
신작로로 오는 사람

배고픈 나그넷길에
땅거미가 진다
아직도 읍내 길은 십 리 길

사랑방을 찾는 남루한 사람들
지나가는 나그네인데 밥 한술 주십시오
어느 때는 두 사람이 겹쳐진다

투가리에 크게 한술 떠 넣으니
반 사발 밥은 차고
포기김치 반을 정지칼로 쑥덕쑥덕
적은 밥에 짜서 어떻게 먹을까

간장 한 깍정이에 물 한 사발이면
나그네는 또 백 리 길을 간다네

만주에서 온 성규

8 · 15해방이 되고
만주에서 성규네 식구가 왔다

아버지는 중앙군에 체포되어 간 곳을 모르고
어머니는 귀국선을 못 타고 병사했단다
할머니와 어린 동생
열두 살의 성규가 가장이 되어
돌아왔다

통포슬로 가자
창선이는 우편배달부
어깨 너머 배운 한문 실력으로
일본어를 3개월 만에 전부 익힌
천재
중국어도 그렇게 얼른 익히고
일본의 만주 개척
조선 농민 이주 지역 단장으로
간다

신질이, 긍기, 필생이 순동 사람
모두가

여섯 명이 따라나서고
통포슬 토성 안에서
살아간다

곡간에 곡식이 쌓이고
창선이는 밤이슬을 맞고 다닌다
그러다가
곡식을 몰래 빼 가고
비적을 막는다 쌓아 놓은 토성은
창선이가 구멍을 뚫어 놓고
독립군이란다

조국은 해방이 되고
이곳에는
홍군이 왔다가 또 중앙군이 오고
군기 문란한 중앙군이 오면
모두가 울었단다

재주가 빼어난
성규는 초등학교도 중퇴한 채

고향에서 울다가
독학한다
서울역에서 울다가
서른세 살에 냉병으로 죽었다

해방의 감격이여
해방의 환희어
민족의 역사여

작은 무덤
—소록도*

물안개가 머물고 있는
소방죽 길에
검은 홑이불 무릅쓰고
가만가만 신음 소리
들린다
여자 문둥이

모두가 저만큼 돌아가고

어린 눈이
하굣길에 또 가까이
쌀밥 반 그릇에 날간장 반 종발
그래도
사람이 사는 세상
한술도 못 먹고 그냥 홑이불 무릅쓴 채
가느란 신음 소리만

등굣길엔
이미 저세상 사람
그렇게도 감추려 했던 육신을

반나로 내놓고 갔다
애띤 처녀 문둥이

어두운 밤 인적 멀리
맨땅 위에 홀로 누워
두 팔을 벌렸음은
스쳐 가는 바람이라도 잡아 보렸던가
두 눈을 뜨고 있음은
오직 별님 하나 있어 줌이
그리도 고마웠던가

이승에 버림받은 육신 다 까 버리고
훨훨 별님 따라
하늘나라로 갔으리

* 소록도: 그의 작은 무덤은 오랫동안 재빼기 상여집 아래 있었고 늦은 하굣
길에 무서움을 주었는데 지금은 내 머릿속에만 있을 뿐이다.
이를 본 글 속에 옮겨 준다.
해방 정국에 소록도의 환경은 극도로 곤란하였고 많은 환자들이 탈출하여 삼
삼오오 방방곡곡에 걸식하며 살았다. 자체 감찰반을 조직하고 단속하였지만 속
수무책이었다.
이 애띤 처녀 환자는 왜 무리에서 이탈하여 혼자서 노사했는지 알 것도 같다.

한센병은 당시에는 몰라서 3년, 알아서 3년, 고통으로 3년이라 했다.
고통의 3년이란 불가피 가출하고, 떠돌다 3년이 고작이었을 것이다.
여기에 한하운의 〈파랑새〉 시를 적어 본다.

나는
나는
죽어서
파랑새가 되어

푸른 하늘
푸른 들
날아다니며

푸른 노래
푸른 울음
울어 예으리

나는
나는
죽어서
파랑새가 되리

벙어리 마누라

보국대야
너는
왜
날갗이 맨마든 타성받이만
뽑아 왔냐

벙어리 점순이는 어찌 살라고

뜬눈으로
날밤 새는 점순이를
6·25가
사나운 홀애비 정식한테
시집 보내고

더 늙은 시어머니가 또 있어
서릿발에
맨발로 새우 잡아
올리고
어깨가 쑤셔 또 잠 못 이룬다네

나가라는 정식이한테
매만 맞다가
또 단봇짐을 싸고
울고 갔다네

정자나무 밑

뙤약볕 아래
그늘 밑은 천국

고산 영감이 못난이를 안고
이야기를 한다
아— 전에 어른들 이야기를 들으면
저 화륜차가 지나가면
땅이 울리고
시커먼 연기가 뒤덮어
농사가 폐농하고
조상 뼈가 울려서
동네 망한다
걱정이 태산이었지

김제발 11시 46분
목포행 급행 열차가
벽장 고개를 넘고
높은 기적 소리로 한숨 돌린다

들밥을 이고 가는 진관이 댁은
어서 바쁘다

억새띠 부채가 흔들리고
쉰둥이 아버지가
말한다
저 차가 내려가면
배가 고파 오기 시작하지
오포 소리가 들려도 밥이 안 나오면
허리가 아파서
일을 더 못해요

쇠산이 할아버지는
우두커니 앉아서
잇몸까지 드러나는 웃음을 짓고

금방 죽을 듯
끙끙 앓고 다니는
영식이 할아버지

겉보리밥 한술이라도
얻어먹으려면 일어나야지
꼬부라진 허리를 일으키며
지팡이를 잡는다

털보 영감이 점심을 먹고
시원한 정자나무 밑으로 온다
미끔 유월이라 하더니
벌써 내일이면
어정 칠월이구만

마침
김 영감을 보고
갑오년 그 야단만 없었어도
저 사람들 삼 형제만 다 죽었지

평고마을 만석군 아들
김병집은 열아홉 살 때
동학군에 잡히고

방에서 튀었어
내리친 칼날이
왼발 뒤꿈치만 자르고
대추나무 문턱이 딱 갈라졌지

동학군이 몰려올 때는
멍석 뒤에만 숨었어도
다 살았대어
나중에는 사람은 죽이지 않았고
집강소에서 경우 바르게 했지

갑오년에 십대 소년들의
이야기를
열 살 소년이 듣고
예순다섯 살에
이 글에 옮긴다네

지평선 길

하루 종일 지평선으로 가는 길
광활면 망해서 가는 길

그 옛날
준원이 부자 유판녀의 땅은
배설을 서너 번 해야
땅끝을 지났다네

그래도
고산자 김정호 선생은
이 땅을 주셔서
조선 백성이 굶주림은 면하게 되었다
하눌님께 감사합니다
절을 세 번 올렸다 해서

김제 만경평야가
펼쳐지는 시점에
삼례란 이름이 있다네

이 기름진 옥토를 가꾸려고
제방을 쌓고
짚신에 묻은 흙을 털어 산이 된
신발 털이산
김제 벽골제가 또 있다네

이제 단번에
새만금 평야가 완공되면
제방의 길이가 세계에서 제일 긴 삼십사 킬로
농경지가
삼만 팔천 헥타르
기존 삼만 육천 헥타르보다……

달밤

재빼기 상여집 문짝은
도깨비 낯짝

멀리서 가물치 잡는 횃불은
수방죽에 도깨비불

논두렁에 백사금치는
귀신을 노는 불

뒤통수를 따라오고
발목을 붙잡는다

장승배기
외딴집 호롱불은
그새 꺼지고

밝은 달빛 아래
얼어붙은 몸
차라리
그믐밤이어라

비밀 당원

읍내에서
거친 바람이 불어오고

저녁연기가 흩어지고

최식이만 끌려 갔네
해방 덕에 모아 논 연자로
새집 짓느라
무슨 바람이 부는지
파도가 치는지

구장 아저씨만 바빠졌네
박헌영이
이름도 모르는 사람들이
손도장만 찍히고
남로당원이라네

예비 검속이란
무슨 말라삐틀어진
난리 당가라오

장날에 내갈
달걀 한 줄 들고
소산댁도 바쁘네

국군 패잔병

나는
물 위에서
연자방아를 돌렸지
이것이
내 인생에 전부라네

갈매기 멍에가 셋
작대기 하나
이등중사 현규는
뽐내던 날도 있었다네

찢어진 밀짚모자를 쓰고
천행히도 살아왔다
이웃 치안대에 끌려가
죽도록 얻어맞고

9·28 수복 후 모내기하다가
마구 잡아가는 신병 충원에 끌려가
용공 분자 탈영병으로
또
허천나게 두둘겨 맞고

제주도 훈련소에서
자기 군번 똑똑히 외우고
훈련기관병이 모자란 덕택에
논산 훈련소에서
멍에가 셌, 작대기 두 개로 제대했다네

서울에 올라와 돈 없는 인생을 살다가
칠십 성수가 넘고서야
어머님이 주던 안방에서
저녁을 먹는다네

인민군 패잔병
—홍위영*

빵
한 방의 총소리가 천둥이 되어
창공을 흔들고
벽장 고개 철길을 달린다

들녘에
허수아비들이 발돋움하고
풀을 뜯던 거먹소가
귀를 세운다

한 젊은 청춘이
허망하게 고꾸라지는 순간이다
그의 가슴에서 흐르는 피가
그의 영혼과 함께
서서히
신작로 모랫바닥에 스며들고 있다

먼
북녘 하늘 함경도 땅에서
6·25의 소용돌이 바람에 날려와

남녘 하늘
이곳 순동 철둑가에
고독한 무덤으로
오랫동안 있더니

널펴지는 신작로에 밀려나고
이젠 나의 머릿속에만 남아 있다

* 홍위영: 6 · 25는 애매한 동족상잔의 피바람.
　제헌 국회의원에 출마했던 홍민희는 공산 치하에 끌려가 친일 부르주아로 몰려 몽둥이로 맞아 죽었고 전주 가는 신작로가에 매장되었다는 소식을 듣고 확인하러 가던 길의 충혈된 전투경찰 아들과 일행 1명.
　변장을 하고 철둑길로 내려오던 키가 크고 살 빠진 젊은이가 마주치게 되고 사타구니에 숨겨진 인민군 대위 증명서가 나오니 살려 달라고 두 손을 비벼 대며 애원했으나 즉시 총살당했다.
　본적은 함경북도, 성명은 황위영.
　증명서는 순동 건널목 낮은 칙간 처마 밑에 꽂아 있었다가 이 또한 나의 기억 속에 남아 있다.
　이때 나는 열세 살의 나이로 소를 뜯기고 있다가 목격했다.
　음력 8월 말경이다.

소천 형님

소천 형님은 나의 넷째형
작은 키에 담대하고 지혜로웠던 형

둘째형과 서울 유학 중
6 · 25를 맞아
구사일생으로
끊어진 한강 다리를 도강하고
칠백 리 길을 걸어왔지요

니쿠사꾸 속엔 딸그락거리는 냄비, 밥그릇
발가락은 부풀어 오르고
평택 땅에 도착했을 때

중공 팔로군 출신
게릴라 요원에게
둘째형이 국방군 패잔병으로 오인 받아
총살 직전에 이른다
피눈물이 쏟아지는데

때마침 남진하는
인민군 수송 차량을 가로막고

따발총에 등 밀려가는 형을 가르키며
머리를 조아려 애원했다

어린 소천을 바라보고 있는
인민군 중좌
양어깨엔 붉은 별이 둘
바지엔 붉은 금줄
생명의 은인

그는 함경도 사투리로 신가라고 했으며
후일에
김제에 꼭 들르겠다는 약속을 남기고
낙동강 전선으로
급하게 갔다네

이젠 모두가 가고 없는 사람들

원점

오전 수업 마치고
군산 비행장 앞에 가서

체코 앤드 폴랜드
겟 어웨이
통일 없는
휴전
결사 반대
북진 통일
북진 통일

사나운 북풍은
낙동강 둑을 못 넘고
몰려온 남풍은
원점에서 멈춘다

사나운 북풍아
공연한 소용돌이 일으키고
붉은 옷자락만
하얀 옷자락만
날려 보냈구나

그 옛날엔
돌풍이 남쪽에서 불어와
때묻은
북풍을 오게 하고
7년 간이나 울었네

빛바랜 깃발이
원점에서
펄럭인지
50년
으르렁댄다
반세기는
동서고금에 없는 일

바람으로 여민 단추
햇빛으로 벗겨지면
낯선 깃발도
내려지리라

그리운 동생아

창가에
달빛이 들어오니

머리 내밀어
오랜만에 창공을 바라본다
둥근 달이 구름 없는 하늘에
그 옛날을 그립게 하네

군산항도 월명동에서
마른 갈대로 아궁이 지피고
소천형은 기타 치고, 나팔 불고
예비 선생님
나는 주산 들고, 샌드백 치는
엉터리 권투 선수
너는 가위 들고 본뜨는
어린 여학생

냄비밥 마른반찬에
어머니는 찹쌀떡 보내 주고
우리는 문간방에 자취생

모두가― 가고 없으니
가엾 시간 동생아
소천형은 70 성수도 못 채우고
나 혼자 그 시절을 그리는구나

2002. 4.

한질이 생각

언제나
저녁연기 일찍 피어오르는
정갈한 초가삼간
싸리문 옆에 칙간이 있고
가시 돋친 엄나무가 크게 자라 있다

아랫목 작은 되창문을 열고
오느냐고 반겨 주는
한질이 어머니 진관이 댁
작은 키에 부지런함이
늘상 군입정거리가 떨어지지 않는
오순도순한 식구들

마루 끝에는 윤니 누나 방
손태 그릇에 학이 그려진 베개침 수틀이
안에는 얼레빗과 참빗
긴 댕기 머리 통치마에 허리띠를 맨 날씬한 누나
한질이는 늦둥이 외아들

우리는 나란히 같은 반 1학년생
읍내 학교 길은 신작로 길로 십 리 길

내 고무신 군산 만월표는
5개월을 신는데
한질이 고무신 호랑이표는
7개월을 신는다

호랑이표는 재생 고무신
한질이는 줄넘기할 때
고무신을 벗어 놓고
진흙탕 길에는 두 손으로 들고 간다

해방이 되고
모두가 2학년이 되었을 때
세네 살 위백이들이
야학당에서 몰려와
1학년 5반이 2학년 7반이 되고
1·2·6학년 오전반, 3·4학년은 오후반

그러다가
은철이가 운식이가
농사일에 책보를 뺏기고

월사금 못내는 학생 집으로 보내지고
6·25가 나더니
6학년 3반으로 졸업했다

두 번이나 우등상을 받은
한질이의 왜감 괴짝 속엔
4학년 작기장 밑에 그냥 들어 있다

쪽지게를 지고
늙으신 아버지와 등짐을 하는 한질이가
중학생 모자가 보기 싫었나
땅만 쳐다보고 간다

부패한 자유당 말기 군대에서
빽이 없어 전방에 배속되고
못된 고참병에
야전침대 빠따를 너무 많이 맞고
허리가 다쳐
일도 못하는 청년으로 술만 마시다가
노총각으로 저세상으로 갔다

진관이 댁은
그의 무덤을 앞산에 묻고
아침저녁으로 바라보며 한없이 울었단다

고참 병사야
한길이네 저승사자야

장터 길

오늘이 장날
암탉 두 마리 말린 고추 한 푸대

닭전 머리에서
우선 한잔 하고

소금산 주막에서 봉식이 만나
2차 하고

오다가 군침을 삼킨
개다리가 그리워
대금산으로 돌아가
주변머리 없어 멱살 잡히고
화햇술로 3차 하고

홧김에 재빼기에서
또 한 사람 주정뱅이 붙잡고
순동 사람 오면
또 마주 앉고
모두가 취해서

장승배기 외상술로
하루해가 저물었네

순동 사람
술 못 먹는 사람 있어!
없지
살림 망한 놈 나 하나야
몇몇 되지
읍내 장터 길은 순동 사람
술터 길

밑거름

소낙비가
자국을 남기고
뒤엄자리 퇴비
다
씻어 갔네

짠물 마시고 거름 빼라
사랑방에 동치미국
보냈더니
소매통은 차지 않고

새벽마다
개똥 망태 지고
동치미 얻어 먹고
집에 와 오줌 싸고

밑거름 장만하니
우수 경칩에
언 땅
풀려나네

외출

상정 넘어
밤나무꼴에
외딴길 셋 채

길여는
댕기머리 치렁지렁
단발머리 순임이와
읍내 극장에 가고

드높은 창공에는
둥근 달이 휘영청 밝다

재빼기 갈림길에서
서성대는 총각들과 마주치고
시아가시 치고는
멋없는 시아가시 당한다

그래도
수줍은 길여의 가슴은
갈림길이 아쉬워
발걸음이 멈춰 서네

3 · 15

박 상병
세 사람이
동시에 기표소에 들어가고

두 일병은
양쪽에서
가운데의 박 상병에
보이도록 방향을 잡고
투표용지를 접어
함에 넣는다

박 상병은
앞에 자유당 참관인에
보이도록 접어서
함에 넣어라

모두가 알았느냐
옛
3 · 15 부정선거
나는
3인조
투표조장

주장 막걸리

김제 역장이
역전 주장에서

넘실거리는 큰 대접을
바짝 마른 입술에
쭉—
단숨에 마시고

굵은 소금 사발에
손을 넣는다

4 · 19 대홍수가
경무대 둑을 넘고
실개천에까지 흘러
부패한 정권의 풀뿌리까지
잡아당기고 있었다

"지렁이가 나들이 길에
뱀을 만났다네
아! 형님!
어데 가십니까
뭐? 형님?

건방진 놈 쪼그만 새끼가
앗따 웃기네
다같이 배 깔고 다니는 처지에."

기관장 해먹기가
스스로 썩지 않고
될 수도 할 수도 없었지

그럼
지금은
청문회 때 다 보았지 않아
그럼
물어보는 사람은
아— 자기는 제외지
나는 항상 빼고—
그럼 뭐야

아— 누구나 등 맞으면
거시기
한잔이 쭉—
들어가지

할머니 이야기

신뱅이 영규가
일찍 타작을 하고
잠에 드는데

어슴푸레한 창호지 문살에
오동잎 떨어지는가
그림자가 스치는 듯

토방에 타작 볏섬 떠오르고

가만히 몸을 일으켜
틈새에 눈을 대 보니

이게 어떤 놈이냐
지게를 지고 살금살금

옳커니
너 이놈 일어날 때 덮치리라
방바닥에 몸을 눕히고

그만 곤한 잠이 들고
말았다네

벽시계

선잠 깬 아이
다독거려 주는 벽시계

동짓달 긴긴밤에
우리 어머니 잠재워 주신단다
똑딱— 똑딱—

아래채에 밥상만 차려 올리는 손자며느리
다—
길러 낸 팔 남매는
바다 건너에
제사 때에나 오는 서울에

그래도
틈틈이 들리는 아들에게
어머니는 말씀하신다

안방에 혼자 있는 것은 절간 속이다
월급쟁이 자주 오는 것은 힘든 일
편지해라 편지해
편지만 와도 너 보는 거나 같더라

"자식새끼 다 키우고
빈속이 된 우렁이가
둥둥 떠다니니
이웃에 살던 미꾸라지가 묻더란다
우렁이 아줌마 우렁이 아줌마
어데를 나니십니까
오늘은 큰 딸네집 내일은 작은 딸네집."

나는 여기저기
다니지도 안 하니
편지 자주 해라 편지 자주 해
동구 밖까지 지팡이를 집고
배웅해 주신
어머님
어머님

1973. 5.

내 집 마련

대처동 건너방에서
연년으로 아들딸 낳고
연년으로 쌓아 온 소망

팔고 보태어도
노상—
백만 원이 부족하구나

이자를 내고
뭘 먹고 살았어

쥐꼬리 권리로 살고
주변에서 살고

세금 좀 떼먹고 살고
거짓말 좀 보태서 살고

새벽잠 못 자고 살았지
에—라!

오직 못났으면
새벽잠 못 자고 살아왔냐
우리도
탁 까놓고
오기 좀 부리고 살았지
나—
지나간 일이네

형수님 젖꼭지

보리방아 찧다가
아기 울음소리
젖꼭지 물려 놓고
사르르…
꿀잠 들었네

하얀 목화 덤에
고사리 손 올려놓고
오도개빛 봉오리에
풀렸다가
풀렸다가
힘을 모은 입술이
호수에 풀잎같이
흐느낀다

잠깐만 사랑

비를 맞고 가다가
의지해서 가자기에
우산을 높여 주었지요

빗발이 세어지고
손목을 포개 잡다가
뜨거운 비에
가슴이 젖었어요

눈을 마주 보고
서 있다가

차 한잔 하자기에
잠깐만
사랑했어요

1991. 8.

주말부부

사택에서
일박 이일을 보내고
모두가 떠난다

동짓달 찬바람은
가로등을 흔드는데
고요히 잠든 아파트 가에

자동차 시동 소리 조심스럽게
군성군성
빠른 손길로 짐을 꾸린다

나 혼자 저만큼 서서
아내와 딸과 아들
또
딸과 아들
빠르게 눈을 마주치고
손 흔들어
작별하고

뒤돌아보는 아내와
다시 눈을 마주 할 때
자동차는 모퉁이를 돌아가네

홀로 남아 서서
식구들 따라 고속도로를 달리다가

두 주머니에 손을 넣고
텅 빈 사택에
혼자 서 있다

1991. 12.

연남동 집

개나리 진달래가
뜰 아래
봄빛을 즐기고 나니

그 봄빛 받아
목련이 활짝 웃고

모란이
아침 햇살에
꽃분홍 치맛자락 펼친다

상당화가 연지를 찍고
철쭉이 꽃 나라를 이룬다

라일락 향기
이웃집까지 건네주고

꽃 잔치가 끝날까 봐
장미꽃이 머물러 주네

앵두는 빨갛게 익어
접시 위에 놓여지고

복마다 대추꽃 피어
삼 형제가 같이 살더라

국화는
덧없는 춘광이 싫어
가을 하늘을 즐기고

창공에 별을 보며
달빛 먹은
가로등을 원망하더라

1985.

술과 나

나는 술이 취해서
밤늦게 들어왔지요

당신이 끓여 준 술국으로
아침 속을 풀고서
언제나처럼
출근하는 월급쟁이

나는 술을 먹고 화난 적이 없고
술이 싫다고 거절하지도 않지요

산에서 마시면
우거진 숲과 같이 즐거웁고

들에서 마시면
들꽃과 같이 웃음 짓고

강가에서 마시면
강물과 같이 노래하지요

어제는 빌딩 숲에서
그림자 없는 춤을 추고
들리지 않는 이야기만 했지요

무릉도원

오후 4시
청량리발 완행열차를 타고
까치산 또아리 굴을 돌고 넘어
우리는 재잘대며
단양역에 도착한다

여관을 정하고
새벽 5시로 택시를 예약하고 나면
먼― 데서 온
토요일 하루가 저물어 간다

앞좌석에 한 사람
뒷자석에 세 사람
늪실 고갯길은
청풍에서 도화리 가는 울퉁불퉁 길

옥순봉을 돌아오는 물길은
명석을 나른 태고의 물길
그 밑에
늪실은 명석의 고향

돌은 돌끼리 모여 살고
강물은 부지런히 흐른다

낮은 강바닥은
우리들 넷뿐인 한더위를 식혀 주고

술잔을 들면 노래를 불러 준다
햇빛은 술잔에 독기를 빨아 주고
바람은 술잔 흔들어 권한다

너무 좋아서
구름이 멈춰 쳐다보니
무릉도원이 이곳이네

1975. 8.

조령

문경새재
산새나 넘나든다는
조령 봉우리가
구름 같은 운무에 덮여 있구나

동쪽에는 해가 이미 솟았건만
망망한 운무는 뚫지를 못하네

그 옛날
소서행장이
동래에서 웃고
달려오다가 우뚝 멈추어 선 곳

망망히 하늘만 쳐다보았다네
빙빙 노는 새가 있어
무릎을 탁 치고
얼른 넘었다네

숨은 화살이 5백 개만 날아왔어도
살아서는 못 돌아갔을 것을

신립 장군은
탄금대에 배수진을 치고
전사하니

그 안타까운 사정을
조령은 알랴마는
오늘도 침묵하고
운무 속에 그냥 있네

지나는 길손
임진년의 한을
비경은 잠시나마 달래는 듯하나
탄금대의 한은 어찌할꼬

명석을 찾는 길은
청수, 청산에 역사의 탐험길

1990. 4.

풍도

통통배가
당진 앞바다
해안 초소에 깃발을 올려 신고하니

바로 앞이 대조도이고
소난지도 대난지도를 거쳐
멀리 수평선 끝으로
푸른 하늘에 닿을 듯이
보이는 섬이 풍도

근해에는 바닷물이
속으로 급속히 돌아
그 옛날 청일 해전에서
일본군이 청나라 군함
두 척을 침몰시킨 곳

사공이 물때를 아는지라
오석의 산지를 찾아드니
남한강의 오석이
이곳에 다 모여 있네

수수만년을 파도에 출렁이며
타조 알같이 마석이 된
몇 점만을 골라 넣고

오늘도 이곳의 명산 실치로
술안주 삼고
바다 바람에 심취된 신선이 된다

1986. 5.

가로수 밑을 걸어가며

쌍용아파트
가로수 밑을 가노라니

울창한 플라타너스 잎은
하늘을 가리고

귀뚜라미 소리가
바람을 타고
가을 문턱에 들어서네

그 옛날
참새 쫓던
황금벌판이 펼쳐지고
뒷동산에 달마중 가던 시절

눈감으면 떠오르고
꿈에도 떠오르고

옛 동무들 옛 산천
고향에 간들

있으랴 만은

잔뼈 속에 남아 있어
씻지를 못하네

1992. 9. 8.

파리의 영혼

어머님이 들려준 파리의 전설
파리야
내
너를 항상 죽이려 하거늘
너는 왜
내 앞에 와 앉아
두 손을 모아 비벼 대느냐

네가
온몸으로 무엇을 말하려 한들
내
어찌 알겠느냐

나는
그 옛날 임진년에
우리 조상이
당신의 버려진 조상의 혈을
배불리 배불리 먹다가
당신 조상의 영혼을 삼킨 죄로

당신 앞에 목숨을 걸고
말해야 한답니다

후손들아 후손들아
원수를 갚아다오
원수를 갚아다오

파리 속의 영혼은
두 손을 비비며
머리를 조아린다
어머님이 들려준
파리의 전설

이작도의 밤하늘

두 가족이
발 담궈 놓고
파도가 일렁이며
들물이 들어온다

누런 보리 이삭이 익어 가는
오월 초생달이
어슴푸레 떠 있는 바닷가
이작도

두—둥실 두리 둥실
배 떠나간다—

마산이 고향
장광기가 아내와 나란히 앉아
병아리 딸 넷을
품에 안고
노래 부른다

우리 아이들이 따라 부르고
모두가 노래 부른다

섬 마을의 밤하늘에
시원한 바람이
또 좋더라

1989. 5.

일몰

열기를 다 토하고
붉은 쟁반이 되어
서쪽 바다에 떨어진다

붉게 타오르는
수평선 너머에는
하늘과 바다가
뜨거웁게 입맞춤하고

하얀 솜털 구름이
홍조 띤
하늘을 닦아 주고
무지갯빛으로
물들어

저녁노을은
서서히
저물어 간다

1992. 7. 안면도에서

새벽길

오늘은 어데로 갈까
목도 연풍은 지난주에 갔고

이포 소태 조타골은 가나 마나고
미원 청천 칠성리는
큰물이나 지면
가 볼까 말까

평창 정선 소금강은
너무 멀어 자주 못 가겠고

서산 당진 바다섬은
아예 방향도 틀리구요

그립구나
청풍 도화리 지곡 한수가
구만리 물속에 잠겼으니

제천 수양 단양을 지나고
여주 이천 충주를 들락이며

미사리 양평 청주를 지난들
강태공만 줄줄이 앉아 있고

그 옛날 배낭 메고
명석 찾던
그림자만 아른거리네

1992. 6.

소금장수 고개

칠월 장마철이 오기 전
물 빠진
남한강의 상류
수산 지곡 계곡에 가면
명석을 만날 수 있다 하기에

언제나처럼
우리 세 사람은
즐거운 드라이브로
오늘만은 주중의
석양 노을을 등지고
막힘 없이 달린다

이천 장호원 충주 얼악을 넘으니
서산에 기우는 햇님은
조각구름에 걸렸고

끝없이 드넓은 하늘에
빗살처럼 무지갯빛이 퍼져 내린다

그 옛날
밥 짓던 촌락은 연기 하나 나지 않고

"소금장수가
해는 저물고
고개를 넘고 또 넘어도
인가 한 채 보이지 않더라
멀리
반짝거리는 불빛 있어
단숨에 들어서니
어여쁜 새색시가 혼자 있어 반기더라
그리고서
지어 온 밥은 모래알이요
김치 가닥은 머리카락이더라
마침
새벽닭이 울고
백 년 묵은 여우가
둔갑하여 나가더라."

어디 만큼 가도 가도

집 한 채가 보이지 않던
그 옛날 길을
자동차 네 바퀴로
한 마장에 넘고서
촌가에서 하룻밤을 새고

문명의 이기에
고마움을 드린다

1992. 6.

멍석

비바람으로
군살을 빼고

모래 옷을 벗고
강물에 씻었다네

그대
만생의 인연으로
나와 마주치니
보고 또 보고
좋아서 또 보고
그대를 찾아 청수 청산을 헤맸네

그대를 보면 모두 다 좋아하네
그대는
침묵하고 자태만을 뽐내나
오직
태고의 정이 있음이라네

1984. 5.

외갓집

강 건너
고개 넘어가는 길

외갓집 가는 길에
신작로가 뚫리면

엄마랑 아빠랑
차 타고 간다네

이모도 만나고
삼촌이랑 만나고

외할아버지
외할머니
앞에 나가

노래자랑할 테야

2002. 5. 5.

한 그릇 속에

장마철에
양말 젖을까 봐
건너
뛰고 뛰고
삼 주간이나 뛰고

이곳이
6·25 때
전쟁 난 줄도 모르고 살아왔다는
횡성군 구접리 발교산
소쩍새의 고향
한 그릇 속이어라

머―언
계곡에 꼬불꼬불 고개고개
들어오는 바람 요란한데

아직도
구접리 인심
꼬불꼬불 고개고개
나가지 못했네

방앗간을 찾아 앉는 참새 떼
산이 좋아서 한잔
경치가 빼어나다고 한잔
봄바람
가을 하늘 꽃눈깨비에
씻겨 간 세월이
오 년…

아이엠에프가
귀밑머리에 서리 내리더니
가는 세월이
멋없는 번데기 되라 하네

한 그릇 속에
한 그릇의 명퇴자들

2002. 8. 20.

이전투구

제일 큰 도적은
칼 들고 담 넘어가는 놈
아니고

붓대로 해먹은 놈
그놈인가
권력으로 해먹는 놈
그놈이다

사화란
조선 때
정객 선비들이
대화로 잘 풀어 가는 것
아니고
뒤집어씌우고
몰리고
권력 싸움으로 입는 화난

그래서 정치하는 사람은
포도청 출신

사헌부 출신들이
제일인가

그 사람들은
한 우물 속에서 자라고
한쪽 귀
한쪽 눈만 뜨고 사는 사람들이야

어떻게 그렇게 컷어
다
너하고 나하고
한쪽 귀
한쪽 눈 만 뜨고 키운 거지
모두가
내 탓이야

이전투구는
개들이
진창에서 싸우는 짓

정치가란
큰 귀
큰 눈
크게 뜬
바람의 대왕 붉은 악마

외욕질나는 투구를 크기 전에
내려치는 날 번개의 큰 형

새로운 물방울 잉태하여
맑은 물이
방방 계곡에서
여의도에 모여드는
보슬비의 여왕이오소서

2002. 8. 29.

물꼬 싸움

감나무
꽃 밑에서
쐬왜기에 쐬고

때깨벌에 쫓기어
깨굴창에 뒹굴고 큰 놈
연판징이가

부아가 터져
또랑을 단숨에
훌쩍 뛰고

호박에 말뚝 박고
상추밭에 똥 싸고 큰 놈
노철이가
또랑 둑에
우뚝 서서 있네

수세 없는 방죽물이지만
위 아래가 있어

새벽잠 안 자고
물꼬를 돌려봐

들어가는 것도 없다
또랑물까지
다
말라 간다

비만 오면 그만인데

비가 오나
눈이 오나
싸우는 놈들
물속에서 싸우고
큰 놈들

그가 남긴 이삭

그는 떠나갔습니다
암울했던 80년대에
미치광이같이 웃어라
했습니다

그래서
미어지는 가슴이
활짝 피었습니다

모두가 추억에 눈물 흘리고
손수건 적시었네

　　이삭
일단 한번 와 보시라니깐요
못 생겨서 죄송합니다
뭔가 보여 드리겠습니다
정치는 코미디에 불과하다
담배 좀 끊으십시오
1차를 조심하라
2차를 노린다

인생은 나그넷길
모두가 나그넷길

2002. 8. 29.

봇물

너는
청풍명월도
모른 채
그냥 가느냐

두견새 울어 울어
길을 막거늘

너
가는 곳이
남해라
멀다 하면

봄 안개
꽃놀이는 언제
즐겨 볼거나

당신

항상
모자람을
절약으로 채워 주고
삼십오 년 동안
채워만 주었구려

당신이
채워 준 그릇에
나는
노상
배불렀지요

술을 마시고
즐거웠고
아들을 낳아 주어
즐거웠고
딸을 낳아 주어
즐거웠고
건강을 보태 주어
오래 삽니다

그런대로
이대로
이대로
소중하게
살아갑시다

2002. 8. 24.

열국사*

옛날 하나라 걸왕은 유시를 점령하고
말회라는 미인을 얻고
그에 망하고

은나라 주왕은 유소를 점령하고
유소의 딸 달기라는 절세미인을 얻고
그에 망하고

주나라 주유왕도 포인이 바친 포사를 얻고
서주를 망친다

진나라 진헌공도 여융을 정벌하고
여융의 딸 여희와 소희를 얻는다

그중 여희는 절세미인으로
요사하기로 말하면 달기와 같고
꾀는 비상하기가 천 가닥이나 되고
수단과 거짓은 한 입에서 백 가지 말도
쏟아져 나오는 요녀였다
이 여자로 인하여 진나라가 어지러워지니

염옹이 시로써 이 일을 탄식하였다
"여색이란 원래 재앙의 근본이니
여희를 총애하는 진헌공이야말로
혼암한 임금이다
헛되이 먼 변방에 성을 쌓았을 뿐
창과 칼이 궁문에 숨은 걸 어찌 알리요."

*『고전』을 읽어 보고.

1 · 4 후퇴

눈보라 치던
오십일년 일월 사일

전투 지역
열여덟 금순이는
어쩌다 나홀로 내려오고

접경 지역
수원 안서방은
서른아홉에 제삼국민병
토끼 새끼, 병아리 같은 아들딸 어찌하라고
무조건 남쪽으로

후방 지역
김제 박서방은
스물일곱에 제이국민병
꽃잎 같은 각시는 어찌하라고
모두 다
낙동강을 건너 모여라

국방 예산은 종이쪽지에 묻어 있고

모두가 날거지가 되고
신작로가 동네 사람
나눠 먹을 밥 없네

아파트 화단

찾아오는 벌 나비 없어도
꽃잎은 항상 화사하다
그윽한 향기는
안방에 보내 주고
은은하게 정다움을 나누는 꽃
바라보고 있노라면
멀─리 솜털 구름이 다가오고
석양 노을은 화단에 머물러
저물어 간다
우리 집 21층 아파트

살피재 추억

어찌하여 당신은
정기 없는 희멀건 눈빛이 되어
그 고개를 바라봅니까
무슨 생각을 하기에
윗입술을 올리고
바보처럼 앉아 있습니까
장미꽃이 곱게 피는
봄날이었네
아가씨는
하얀 종아리에 분홍 구두를 신고
바람에 펄럭거리는 플라워 치마를 입고
나는
낡은 구두를 신고 낡은 책가방을 끼고
어깨를 나란히 넘나든 고개
상도동 하숙집에서 흑석동에 넘나든 고개
새들이 노래하는 숲속을 거닐면
가슴에 고운 장미꽃이 피어나든
살피재에 소슬한 가을바람이
가랑잎을 굴린다

2008. 10. 16.

회상

내 머릿속엔 작은 그릇 하나
그마저
채워 보지도 못하고 한평생이 저물어 가네
그래도
내 뱃속엔 큰 술그릇 하나 또 있어
긴긴 세월 진로가 일만 오천 병이나
들어가고
늘상 흥취로 즐거웠네
이제 칠십사 세로 쭈그러 쭈그러 들지만
시절이 좋아
아직도 벗들과 마주하면 일주는 멀다 하고
서성대며 설렁거리네
방앗간 참새는
해가 지면 떠나지만
꽃잎이 진다고
참새가 떠나던가?

2011. 8.

내 마음

기축문에 들어서니
찬바람이 매섭구나
산은 희경에 이르고
술은 한용에 접하네
명우산 노송 아래
해 그림자 드니
경제, 근창, 대병, 주배도
저물어 가는가
세월은 흘러가도
가슴에 스며드는 내 마음
항상 그 자리에 가네

己丑 元旦

七旬배기

새끼 호랑이 똥쌀배기가
칠순배기가 되어
황금 돼아지를 잡았네

육십이면 耳順이 되고
七十而 종심소욕 불유구(慫心所慾 不逾矩)라

미련한 놈아
칠순이 되고야 이순이 된 듯하다고

七十而 八十而이요
구십이 황천이래요

벗님네와 은하를 건너고
靑山을 오르내리니
일백 년이 뉘라서 길다고 할손가!

아서라 아서
늙은 호랑이 덜렁거리는 그것 두 쪽마저
껍질만 남으리

丁亥 元旦

가을 하늘을 바라보며

수정처럼 맑은 하늘에
아련하게 떠오르는 숙미야
서울행 완행열차의 기적 소리가 울리고
고향역에서
이슬 맺힌 눈으로 이별했던
숙미야
애련한
숙미야
기쁨에 환희도 괴로움에 쓰라림도
추억만 남기고
강물처럼 흘러간다

2005. 10. 22.

마음의 상처

서러운 과거가 분노하는 마음
응어리져 따라다니네
조용한 시간이면 또 나타나고

억울했던 과거가 한스러운 마음
지워지지 않고 따라다니네
늙어 가면서 자꾸 나타나고

잘못한 과거가 후회스런 마음
고개 숙이고 따라다니네
뉘우치면서 되살아나고

육신에 상처는 멀어져 가는데
마음의 상처는
다가와 곪아 간다

주중팔

빈농에 널부러진 열두 남매
중팔이가 호쾌한 사나이로 자라네
호주성 의병장 곽자홍은 양아들로 삼으니
그의 이름은 주원장
재색을 겸비한 수려한 처녀가
열정의 사나이를 따르네
공중의 화살도 가슴에 찔러 오는 창칼도
영웅을 비켜 가니
세월은 16년이 흐르고
1367년 금릉성에 입성 분열된 오합지졸
의군을 통합하고
황제에 오르네
황제의 씨가 따로 없네
귀신도 퇴치 못한다는 탐관오리들
잡고 또 잡고 또 잡고 하니
개국공신 모두가 공신패를 반납하네
개천가에서 중원에 우뚝 선 명태조
주원장

2011. 8.

로마인의 영혼

파묵깔레 목화성에 오르니
크고 작은 바윗덩이 석관들이
널브러져 있다
로마인들의 정으로 두드려 맞고
엄마 바위와 함께 잠들어 있었다네
세월은 흐르고
주인들의 영혼도 떠나고
나만 여기 남아 있다네
내 모습 비록 험상하나
나는
나만은 하나님과 함께 영원하리

2011. 8.

늙은 호박

씨받이로 울타리에 매달려
노랗토록 살아간다
어젯밤 된서리에
알몸이 드러나고
그래도
생명줄은 꼭 붙들고
호박이 넝쿨째 굴러오는
꿈을 일군다
몸값은 배로 뛰고
따품으로 팔리는
돼지 몸을 비웃는다

2012. 11.

속소리

불러 보고 또 불러 보고
그렇게 세월만 흘러간다
보고 싶고 보고 싶고
그렇게 세월만 흘러간다
주고 싶고 주고 싶고
그렇게 세월만 흘러간다
높이높이 오르라 높이높이 오르라
속소리만 울린다
훈아야, 훈아야!

2013. 2. 5. 새벽

영원한 사랑

사랑하는 딸아
멀리 은하수 아래
한 송이 백합꽃처럼
가까이 서쪽 하늘에
등잔 위 불꽃처럼
두 별이 된 딸아,
아기별도 보이는
맑은 하늘
그리워라

2009. 7.

제2부 | 단편소설(短篇小說)

신작로 길

신작로 길

신작로 길

뙤약볕이 내리쪼이는 뒷당산 나무 아래에는 노인 할아버지들이 앉아 지난 그 옛날 소년 시절 겪었던 갑오년(동학혁명) 난리 때의 이 나라 역사의 한 굴절을 이야기하는 시간으로 대부분의 시간을 보내며 똑같은 이야기를 되풀이하고 지낸다.

한 고을에서 평생을 품앗이하면서 농사를 지으며 살아온 그들에게는 총기 어린 나이에 세상에 눈뜨고 유일하게 머릿속에 박힌 추억담이다.

"아! 그런 게 그때에 저 사람 시아버지 '주창길' 어른하고 우리 아버지랑 깎아 낸 죽창이 백여 개가 되었어. 그 죽창에 죽고 다친 사람이 몇 명이나 되었는지……. 그 일로 저 사람 집도 다 망하고, 저렇게 남은 자손들까지 가난을 대물림하며 이 뙤약볕에 저 고생이야!"

호롬씨 지천 어머니가 늦깎이 어린 딸 연희를 데리고 남의 집 날품 일을 하고 점심때 잠깐 쉬는 틈을 타 손바닥만한 자기 밭일을 하고, 삼베 적삼이 땀으로 후줄근하게 젖은 몸으로 들일 나갈 시간을 맞추어 들어오고 있다.

연희 나이 열 살. 들국화 꽃잎처럼 끈질긴 가냘픈 몸매에 웃을 때는 하얀 이빨이 총총 드러나는 어여쁜 얼굴에 마음속 가득히 선한 티가 흐르는 소녀다.

정자나무 그늘 아래를 지나는 초롱초롱한 두 눈동자가 무엇을 찾는 듯 푹 쉬어 가고 싶어한다.

"어서 가자, 연희야."

초가삼간 오두막집에 들어온 지천 어매는 더위 먹을세라 얼른 연희부터 등매시켜 주고 자기도 엉덩이 쳐들어 엎드리고 연희가 물동이에서 바가지로 퍼붓는 등매 물에 시원하다, 시원하다. 삼베 잠뱅이까지 적신다.

연희는 숟가락 들고 어머니를 찾아가 쌀밥 한 그릇 얻어먹은 대가로 부엌일의 잔심부름을 다 해 준다. 그리고 하루 일을 다 마친 어머니와 같이 저녁까지 얻어먹고 늦게까지 여린 손으로 기명통에 설거지 일을 거들어 주고 집에 와 호롱불도 켜지 못한 채 고단한 몸을 방바닥에 붙인다.

큰아들 지천이는 열다섯 살에 쌀 세 짝을 받고 일 년 머슴살이로 이웃 동네 유씨 집에 가 있다.

이제 어머니는 나이 오십 줄에 무거운 머릿짐 이고, 십 리 길이 넘는 읍내 장터에 다니는 일을 계속하기가 점점 힘들어진다.

지천이 오빠가 어서 잔뼈가 굵어져야 할 판이다.

그동안에는 어머니가 바쁜 농번기에 품팔이와 부엌 허드렛일로 세 식구 풀칠을 하고, 농한기에는 동네 부잣집 안방 심부름으로 봄철에는 각종 푸성거리, 늦여름에는 콩밭 지거리(콩밭 그늘 속에서 자란 열무)를 머릿짐으로 팔아다 준다.

더러는 무거운 곡식도 내다 팔아 주고, 겨울철에는 읍내 부잣집이나 장사하는 집에 땔나무를 이어다 팔아 살아왔다.

"이제 지천이도 세경을 받고 머슴살이라도 하게 되고, 연희도 남의 집 아기를 보아주는 등 각기 제 밥벌이를 하게 되니 지천 어머니도 한숨 놓으시게 되었네."

우물가에서 만나는 아낙네들의 이야기다.

지천 어매가 마흔둘에 막내딸 연희를 낳은 1938년은 연년이 대흉년이 들었다.

설상가상으로 목수 일에 눈 하나를 잃고 애꾸눈이 된 지천 아버지가 새집을 짓는 상낭을 올리다가 떨어져 목뼈가 부러지고 사경을 헤매다 눈을 감으니 농촌에서 땅 한 평 없는 지천이네는 졸지에 알거지가 되고 말았다.

그래도 먼 옛날 할아버지가 쌓아 놓은 인심으로 이 집, 저 집의 도움으로 살아는 가지만 날이 갈수록 지친 심부름꾼이 되고 날품팔이가 되어 간다.

읍내 장터 길은 장승배기를 지나 재빼기를 넘어 신작로 길로 십 리 길…….

아침 일찍 해 먹고 나서면 게으른 읍내 사람들의 조반 식사 때가 된다.

순동 칠십여 호 제일 부자 원촌댁은 마음씨 넉넉한 마님. 그러나 호랑이 같은 바깥양반 때문에 큰 인심 한번 마음 놓고 못 쓰지만 그래도 몰래몰래 많이 도와주는 사람이다.

장터에 나가는 물건도 푸성거리며, 곡식이며, 뭉텅뭉텅 손이 크게 나온다. 반면에 나가는 물건뿐 들어오는 물건 부탁은 없다.

그래서 돌아올 때는 다른 집의 부탁 건을 주문 받아 오니 원촌댁이 부르는 날이면 몸은 고단해도 벌이는 이중삼중 포개지게 된다.

오늘도 원촌댁의 심부름에 남의 돈이지만 두둑한 돈 주머니가 허리춤에 팽팽하다.

이게 웬일인가!

생전 쳐다도 안 보고 발바닥이 안 보이게 바삐 다니던 사람이 오늘은 가벼운 몸에 한번 호기심으로 구다본 것이 화근이 되었네.

　손님은 보는 재주, 나는 감추는 재주, 보는 재주가 짚으면 백환이면 삼백환, 천환이면 삼천환이요 뚝 따먹고 그냥 가도 원망을 못하네.

　몇 번을 짚어 보다가 사기 노름판에 그냥 다 털렸네.

　어쩌면 좋다냐? 나는 죽네! 나는 죽어!

　이미 웅성대던 사람 다 흩어지고 배부른 사기꾼은 사라진 지 오래네.

　"원촌마님, 돈에 눈이 멀어 귀신에게 홀렸네요. 내 무슨 낯으로 원촌마님을 뵈옵지요. 연희가 불쌍하여 소방죽에 몸을 풍덩 못 던지고 살아 돌아왔네요. 그 지긋지긋한 수물통(배수갑문) 다리 밑에서라도 그냥 목을 매고 죽을까도 했지만 우리 불쌍한 연희 때문에……."

　"지천 어매, 그리 속 썩히지 마소. 한두 번의 실수는 어느 사람에게나 다 있는 일. 다행히 내일을 갖고 실수했으니 그냥 다 털어 버리고 연희를 위해서라도 밥 잘먹고 건강해야지. 그리 낙심 말고 어서 돌아가소."

　지천 어매는 말없이 눈물만 흘리고 있다.

　"그리고 내 또 연통할 터이니 장터에 한 번 더 다녀오소."

소방죽 수물통 다리 밑은 재빼기 아래 장승배기 오기 전 전주—김제 간 신작로가 생기면서 큰 다리 밑이 되었다. 좀 떨어진 언덕 아래에는 상여집도 있어 지천 어매는 읍내 장터에서 저문 해걸음에 여기를 지나올 때는 머리끝이 서고 온몸이 떨린다. 건장한 도둑놈에게 알몸으로 벗겨지고 가랑이가 찢어지도록 당했었다.

세월이 흐르고 목구멍이 포도청이라고 잊어버리고 다니다가도 이곳을 지날 때는 항상 뇌리를 때린다.

"연희야! 어린애가 어린애를 업고서 어떻게 그 또랑 길을 건너갈꺼나?"

원촌댁네 미영 밭은 등자봉 밑 조그만 야산 자락에 붙은 미사부토에 토질이 좋아 매년 좋은 목화를 따는 길고 큰 밭이다.

지천 어매는 보릿고개에 쌀 한 말에 품삯 엿새를 파는 고지를 먹고 장민이 어매는 쟁기질 갈이삯으로 미영 밭 매는 하루 일꾼들이다.

젊은 장민이 어매는 아기의 세 때 젖을 연희에게 부탁하고 쉴 참에 모두들 그늘에 앉아 사카린을 탄 시원한 시암물과 달짝지근하게 모신잎 밀개떡을 먹으며 연신 고개를 들어 검푸른 들판 길을 쳐다보고 있다.

산에서는 쑥국새가 울고 순동들 갓절 논바닥에서는 뜸북새가 운다.

‘두루루~’

‘뜨멈~뜨멈’

‘땀~땀~’

칠월의 불볕 아래 무성한 벼 포기 속에서 짝을 찾는 소리음이 한낮의 정적에 울려 퍼지고 있다.

‘틀림없이 쉴 참을 맞추어 잘 나오는 애가 웬일일까?

옆에 회룡댁이 말한다.

“저— 논두렁길로 오는 것을 멀리 본 것 같은데.”

“혹시, 어린것이 그 큰애를 업고서 또랑 뛰다가 빠진 것이 아닐까?”

“아이고머니나! 지천 어머니, 그럴 수도 있것네요.”

장민이 어매는 통통 불은 젖을 두 손으로 받치고 두 여인이 논두렁길을 따라 꼬불꼬불 뛰어간다.

“연희야! 연희야!”

두벌 기심을 맨 논의 나락은 너울너울 사람이 엎드리면 잘 보이지 않을 정도로 자라고 있어 또랑 속에 빠진 연희를 얼른 찾지를 못하고 있다.

뽀글, 뽀글, 뽀글~

숨이 넘어가는 순간이다.

“아이구머니나! 저~기 큰 또랑에 빠졌네!”

무거워 자꾸 처지는 어린애를 긴 포대기 띠로 세 번, 네 번 돌려 꽁꽁 묶어 업혔으니 혼자 뛰기도 힘든 큰 또랑을 어찌 뛸 수가 있겠는가?

농사일에 바쁜 어른들의 잘못이다. 보낼 때부터 걱정스러웠다면 보내지를 말았어야지.

각자 자기 아이를 부둥켜안고 몸부림치며 울부짖고 있다.

연희는 차츰차츰 소생하고 있으나 젖먹이 떡애기는 시간이 지날수록 차가워지고 있다.

꽁보리밥만 먹는 한더위 여름에 흰 찹쌀죽은 그냥 보약이다. 원촌댁이 찹쌀 세 되를 보내 주고 연희는 금세 건강이 회복되었다.

동네 회실에 야학당이 생기고 학교에 못 가고 있는 연희는 밤마다 한글을 깨우치고 있다.

'기역, 니은, 디귿, 리을, 가, 갸, 거, 겨, 바둑아, 바둑아, 이리 오너라 나하고 놀자.'

"우리 연희는 이제 소학교 책은 다 읽을 줄 알고 산수 공부도 어른들보다 훨씬 빨리 깨우친다네요."

지천 어매는 무거운 머릿짐을 이고 쉴 때 쉬지도 않고 읍내 신작로 길을 단숨에 다닌 탓인지 목이 아프고 어지럼병이 생기더니 눈이 차츰차츰 어두워진다.

눈에 새똥을 넣으면 낳는다는데 왜 그렇게 해 보지 않느냐고 방물장수 할머니가 말한다.

얼굴에 곰보가 지고 코가 찌그러져 코빵뱅이 방물장수라 하는 할머니는 앞 동네 하동골에 사는 과수댁으로 젊어서부터 수십 년간 각종 물감(염색)과 바늘, 실, 노리개, 참빗, 얼레빗, 연지 곤지 등을 설기짝 등짐으로 지고 다니며 환갑이 넘었어도 하루 백 리 길을 다니는 여장부라 하는 장사꾼이다.

물물교환의 풍습이 잔존하고 있는 시절, 백미쌀도 두어 말씩 거뜬히 지고 다니며 순동에 오면 잠자리는 언제나 남자가 없는 연희네 집에 와 밥값으로 쌀을 조금씩 내놓고 간다.

그러다가 근동에 전문 중신애비가 되어 이제는 장사일보다 중매쟁이로 어느 동네건 몇 집씩 실적이 있어 소식을 전해 주고 밥을 얻어먹고 가고 하는 전문 중신 할매가 되었다.

지천 어매는 병원에 한번 못 가 보고 단방 약으로 이 사람, 저 사람의 말을 듣고 이것저것을 눈에 바르고 넣고 하다가 점점 눈이 더 악화되어 이제는 돌아다니지도 못하는 앉은뱅이가 되어 가고 있다.

연희 나이 벌써 열다섯.

지천 오빠는 1·4후퇴 때 제2국민병으로 남쪽 끝 진주에까지 갔다가 신성모 국방장관의 예산 없는 무모한 계획으로 모두가 떼거지가 되고, 다른 사람들은 다 천 리 길도 고생고생 돌아왔는데 순동에서는 동근이와 두 사람만이 지긋지긋한 가난이 싫었던가 배고픔을 못 참고 군에 입대하여 최전방 일선에 배치되었다 한다.

그러고는 소식도 없다. 전사 통지는 두 사람 다 오지 않았으니 살아는 있으리라 믿고 있을 뿐이다.

심청이가 따로 있나, 연희는 밤이면 어깨가 쑤시고 다리가 저려 잠을 잘 못 이룬다 한다.

김제 만경평야는 6·25 때도 연년이 풍년이었다.

일손이 모자란 전쟁기에 모심을 때나 동원되는 여성 노동은 이때부터 모든 농사일에 동원되어 갔다.

그 대신 길쌈하고 도구통에 나락방아, 보리방아 찧는 일은 차츰 줄어들어 자급자족 문명은 산업사회 문명으로 급속히 이어져 갔다.

하얀 무명옷과 광목옷은 물감 들이고 수선해서 입는 미군 사지바지와 군복으로 대체되고, 가난한 농가의 나락방아, 보리방아는 전기모터 방앗간에서 산출되어 갔다.

연희는 열여섯 살이 되면서 어른 품삯으로 뛰었다. 모든 일에 최선을 다하여 오히려 어른보다 능률을 더 올리고 밤이면 그렇게 피곤해했다.

나락을 홀태에 훑으면 꼬불꼬불한 묶음 볏짚이 나온다. 보통 어른이 하루에 백이십 묶음 다발을 훑고, 다른 일도 그렇게 최선을 다하여 일해 준다. 그 인생관은 선천적이라 할 수 있지만 부닥친 환경에 적응하기 위한 최선의 방법이었을 것이다.

'뱅~뱅~~뱅'

웬 징을 새벽부터 또 울려 대고 그런 대어?

뒷당산 정자나무 밑에서 징을 치면 칠십여 호의 순동 전체 구석구석까지 울려 퍼진다.

오늘은 신작로에 자갈을 깔라는 부역이다.

왜정 때부터 반별로 호수가 편성되었고, 전주—김제 간의 국도 순동 부락의 긴 관할을 반별로 호수별로 정하여 어디에서든 돌멩이를 주어다 해방되고부터 패인 신작로를 보수하는 부역이다.

연희네라고 예외일 수는 없다. 이 부역 일 만큼은 누구도 품삯으로 하는 일 없이 각자 자기 몫을 스스로 해결한다.

남자들은 지게에 바작을 받쳐 철도 가에서 주어 모아 오고, 여자는 광주리에 머릿짐으로 이어 나른다. 일단 정해진 자기 자리에 모아서 품평을 받은 후 신작로에 깔아 정돈한다.

식구 수가 많은 집은 목이 길고 적은 집은 짧다.

연희는 짧은 구간 탓도 있지만 부역 일에도 누구보다 훌륭하게 완성시켰다. 그리고 항상 마음에 빚을 지고 있는 장민이네를 도와 몸을 아끼지 않고 완성시켜 준다.

1953년 휴전협정이 체결되고, 지천 오빠와 같이 군에 간 동근이는 그동안 공병부대에서 복무하고 제대하여 왔다.

오빠는 직업군으로 남아 하사가 되어 역시 최일선 보병부대 분대장으로 지오피 근무를 하고 있다는 소식만 왔다.

연희네 초가지붕은 몇 해째 이영을 못하여 이제 큰 비가 오면 담벼락에 빗물이 새어 들어온다.

그래도 연희네 집은 동네 할머니들의 사랑방이 되어 밤이면 많은 사람들이 모여들고 이런 이야기, 저런 소문의 산실이 되니 순동 중앙청이라고 동네 사람들은 말한다.

연희는 참으로 곤혹스럽다. 낮에 고된 일을 하고 피곤하여 죽겠는데 어머니도 그런 딸의 고충을 알면서도 이야기하고 노는 사람들이 다 자기 집에 돌아갈 때까지 잠자리를 펴지 못하고 기다린다.

그런 중에 연희는 피곤을 못 이기고 방벽에 기댄 채 잠이 들곤 한다.

그때서야 재잘대든 할머니들은 서둘러 자리를 비워 준다.

먹을 양식이 떨어지는가 하면 또 땔나무가 떨어지고, 여린 연희는 살림살이 꾸려 나가기에 정신이 없다.

군대에서 돌아오지 않는 오빠가 참으로 야속하기도 하다.

이 추운 엄동설한에 어이할꼬, 뒤안길 너머로 땔나무를 하러 가는 연희의 머릿속에는 새로운 번민에 가득차 있다.

뒤안길 너머는 얕은 야산 지대이지만, 소나무가 울창한 국유지로 해방 후에는 산감이 소홀한 틈을 타, 너도나도 사람들이 나무를 베어다가 연자를 깎아 새집도 짓고, 수선하고, 장작을 패어 나무장사도 하고 했던 나무꾼들의 먼— 산길이다.

전주 감영에서 만경현에 가는 우마차 길로 솔밭 사이를 지나고 들판을 건너가는 뱀 같은 길로 옛날에는 여우와 늑대가 나타나 쪽지게 어린 나무꾼은 못 가는 곳이었다.

지천 오빠는 거기에서 나무를 해다가 읍내 장터 나무전에 팔아서 집안 살림을 돕고 하니 땔나무는 항상 풍부했는데 연희는 이제 앞가슴이 부푼 처녀의 몸으로 그 먼— 산 나무 길도 다녀야 하니 난감한 일이다.

차라리 다른 품팔이로 나무와 교환하여 해결하지만 급할 때는 뒷당산 잔솔밭에서 몰래 얼른 베어다가 청솔가지로 아궁이를 지피면 연희네 낮은 굴뚝에서 나오는 연기가 좁은 고샅길을 메우고 이웃집, 건너, 건너 집에까지 자욱하게 퍼져 간다.

춥고 고달픈 겨울이 지나고 해가 길어지는 정, 이월이 되면 모자라는 양식에 두 끼니를 먹고 지내기가 더욱 힘들어진다.

품팔이 일도 아직은 없고, 농사철에 일해 주기로 하고 우선 가져다 먹는 고지를 내면 쌀 소두 한 말에 여섯 품을 일해 주어야 한다.

고지를 내주는 집도 동네에서 두서너 집으로 한정되어 있으니 너도나도 고지를 내야 하는 가난한 사람들의 경쟁이다. 매년 오라는 때 가서 일을 잘해 주는 성적에 따른다.

우리나라의 농번기는 몬순기후(계절풍)로 모를 심을 때는 약 일주 기간의 적기 동안 하루가 다르게 나락이 성장한다.

그러니 고지를 먹는 가난한 농가의 나락은 이래저래 부잣집 나락보다 늦게 심어지고 뒤처져 자란다.

다른 곡식의 씨를 뿌리는 시기 또한 마찬가지이며 가을의 수확기에도 마찬가지이다.

연희네는 아예 농토가 없으니 이러한 마음의 고통은 없다. 다만 고지를 너무 과다하게 먹고 하니 농사철 내내 품삯 없는 품팔이로 점심 한 끼 얻어먹는 노동으로는 살 수가 없다.

항상 허드렛일까지 해 주고 저녁 한 끼 더 얻어먹고 어린 연희의 고사리손까지도 보태어 주었다.

이제 바뀌어져 연희는 노동력을 잃은 어머니의 저녁을 싸 가지고 돌아온다.

원촌마님 댁의 고지는 너무 많이 먹다 보니 작년 일도 다 채워 주지 못했는데 무슨 낯으로 또 간단 말인가.

하늘이 있고, 땅이 있어 그래도 산 사람은 굶어 죽지 않고 살아간다.

모처럼 원촌댁이 지천 어머니 집에 나들이를 왔다.

바깥어른 어려워 망설이던 참인데.

오십이 갓 넘은 원촌마님은 흑단 같은 머리채를 참빗질하여 옥비녀를 꼽고 가을 하늘처럼 푸른 치마에 옥양목같이 새하얀 칠성 베적삼을 받쳐 입었다.

솜털같이 온화한 그 갸름한 자태는 과연 일촌의 미인이었음이 틀림없다.

안타깝게도 열한 살에 조실부모하고 큰 오라비 밑에서 자라는데 그의 나이 십오 세 때에 이미 드러나는 절세의 미모에 바깥양반이 반하여 날마다 양가의 안팎에 졸라 일촌에서 성혼을 하였단다.

팔 남매를 낳고 모두가 훌륭하게 성장하고 있다.

원촌댁은 시금자깨 한 되쯤 하고 쌀 대여섯 되쯤 되는 양식을 갖고 오셨다.

며칠 전 연희가 뒷고라실 멀리 참샘골까지 가서 우렁이를 다른 사람의 두 배가 넘는 한 소쿠리를 잡아 왔다.

아직도 물가리 논 속을 맨발로 첨벙거리고 우렁이를 찾고 다니기에는 차가운 물속이다. 연희는 해오라기 황새처럼 살금살금 찾고 다니다가 수렁에 정강이까지 깊숙이 빠져 옆 사람의 도움으로 간신히 빠져나오기도 했다.

가마솥에 삶아서 속을 까낸 알맹이는 한 소쿠리가 겨우 두어 사발 정도다.

"연희야, 그 한 사발은 원촌마님 댁에 갖다 드려라. 바깥양반 어른이 무척 좋아하신다더라."

시금자깨를 갈아 넣고 만든 우렁탕은 비린내 나는 음식을 싫어하는 원촌댁의 바깥어른은 무척이나 좋아하셨다.

큰 농삿집에 식솔들이 많아 한 달에 양식 쌀만도 너댓 가마씩 들어가니 쌀 여섯 가마니가 들어가는 큰 채독 항아리에서 곡간 열쇠를 관리하는 원촌댁은 가끔씩 듬뿍듬뿍 떠내어 은행 저금통장에서 필요한 용돈을 찾아 쓰듯 한다.

하늘엔 먹구름이 오락가락하여 금방이라도 소낙비가 쏟아질 듯하고, 이리저리 던져지는 못다발에 흙탕물이 철벙거리는 널따란 논에서 모내기를 한다.

"오라이! 오라이잇, 팽팽히 잘 잡아당겨!"

이십여 명이 모를 심고, 양쪽 논두렁에서 못줄을 잡은 사람이 소리를 지르며 옮겨 가면 그 순간에 손놀림이 빠른 사람은 허리를 펴 보는 시간이 된다. 일손이 느린 사람은 뒤따라가기 바빠 정신없이 허둥댄다.

일정한 간격에서 연희는 모 한 줌을 왼손에 요령 있게 쥐고

네 이파리씩 엄지와 인지 세 손가락으로 집어내고 오른손의 엄지와 인지 네 손가락으로 깊게도 얕게도 아니게 3~4센티씩 깊이로 쑥—쑥—쑥— 여섯 번 내지 일곱 번 꼽는다.

허리 펴 모 한 줌 다시 쥐고 다리에 달라붙는 거머리 떼어 내고 몇 십 년 숙련된 일꾼보다 빠른 동작이다.

이 다리에 붙는 거머리 때문에 한때는 이화여대에서 헌 스타킹을 수집하여 농촌에 보내기 운동도 했었다.

원촌댁네의 모심기는 수월한 편이다. 우선 논바닥이 부드럽고 못자리판에서 모를 찌는데 상일꾼들이 많이 찌기 때문에 모를 네 잎씩 가르는데 수월하다. 다만 땅이 비옥하여 거머리가 많다.

연희는 일손이 더디어 허둥대는 옆 사람의 간격에 두어 번씩 더 꽂아 준다.

꽃같이 피어나는 새악시가 어찌도 그리 마음씨도 고운지 온 동네 입들의 칭송이 자자하다.

모심을 때나 김맬 때나 원촌댁네가 빨리 일 날짜를 정해야 한다. 그래야 품삯꾼이나 갈이삯꾼이나 서로 품앗이 날짜를 정하고 자기 집일 날짜를 정한다.

우리 집일 때문에 못 간다 하고 거절할 수 있는 형편이 못 된다.

원촌댁네는 가능한 장날을 피하고 다른 사람 형편도 생각하여 초 꼬동에 하루 이틀 빨리 날짜를 정하면 입과 입을 통하여 또 모정에서 서로 물어보고 하여 동네 통신이 이루어진다.

장민이네는 갈이샀품으로 못 가게 되는 형편이면 연희에게 부탁하고 품삯을 준다. 품앗이 일에도 서로 형편대로 이렇게 이루어지니 연희는 온 동네의 웬만한 집에는 다 가서 일해 보았다.

제일 고단한 일이 한두 사람이 호락질하는 일이다. 그래서 품삯일 하는 사람은 몇 명 놉 얻어서 일하느냐 물어보고 정한다.

그러나 연희는 자기가 아무리 고단해도 날짜만 맞으면 거절을 하지 않고 누구네 집이고 가서 일해 준다.

원촌댁네는 항상 이십여 명씩 놉을 얻어서 일을 하니 그날은 일꾼들의 잔칫날이다. 특히 남자들의 세벌 기심 만두리하는 날은 논에서 풍장도 울리고 풍년을 자축하며 술항아리가 넘실거리는 날이다.

그날 연희는 부엌일로 가서 음식을 익히는 일에 더워 고생이다.

또 그 집 시암은 노깡이 열 개가 들어간 깊은 시암이라 두레박질을 하고 나면 어깨가 뻐근하다. 요즈음은 도르래를 달아서 좀 나은 편이지만 도르래의 두레박은 너무 커서 남자 아닌 여자의 힘으로는 이 또한 오래하면 더 뻐근하다.

"연희야, 허리 좀 펴고 잠시 쉬어라."

원촌댁네 맏며느리가 어쩔라고 그런 임심도 쓰네!

시아버지 닮아서 독하다고 소문이 나 있는 삼십대의 맏며느리다.

남은 음식을 먹고 가는 것은 관여 안 하나 가지고 가는 것은 싫어한다.

물론 소, 돼지 같은 큰 짐승이 있어 그렇다 하지만 그 집 시아버지는 소를 사람 이상으로 곡식을 먹여 키운다.

천성이 좀 독한 편이라 시어머니 원촌댁도 가능한 며느리 몰래 인정을 베푼다 한다.

그 독한 며느리가 큰 도시에 나가 학교 다니는 다섯째 시아제를 퍽이나 귀여워하여 같은 동갑내기인 연희만큼은 좋아해서 인심을 쓰면 손은 꽤 크다고 한다.

연희는 가마솥에서 훑튼 쌀 깜밥을 어머니에게 갖다 드리니 치아가 부실한 어머니는 끓여서 누른 밥으로 먹으려 고소하고 맛있어 하신다.

부지런한 연희가 커 가면서 지천댁의 살림살이는 그럭저럭 좀 나아지고 있다.

연희 나이 열여덟이 되고, 초겨울이 다가온다.

제때에 학교에 들어갔다면 여고 이학년생이다.

연희는 거친 노동일에 얼굴은 곱지 않지만 원래 바탕의 살결은 고운 피부다. 백육십이 넘는 날씬한 키에 짧게 잘라 땋은 댕기 머리, 검정 통치마에 언제나 허리띠를 꽉 졸라맨 제비 허리, 초롱초롱한 눈빛은 재기가 넘쳐흐른다.

농촌 일은 이제 김장도 다 하고 나래를 엮어 지붕 이엉을 하고 담장과 울타리 손질하는 일 등 늘상 바쁜 시간으로 살아간다.

내일은 네 살 더 먹은 분순이 언니가 시집가는 날이다.

가장 가깝게 지냈고 친언니가 없는 연희에게는 형제 못지않은 사이다.

틈틈이 수틀을 잡아 수예점의 고급품 못지않은 선물로 동침 베개와 양복거리 옷 덮개를 하얀 옥양목에다 수를 놓아 만들어 연두색 고운 보자기에 쌓아 들고 간다.

"연희야! 너 항상 바쁜 몸에 언제 이렇게 곱게 수를 놓았니. 참으로 솜씨 훌륭하다."

"그러네요. 분순아씨."

옆에서 보고 있는 전주사범학교를 나온 오빠의 올케가 감탄을 하고 있다.

농촌에서 막일을 하고 살기에는 너무나도 아까운 재기 넘치는 처녀라고 새삼스럽게 느끼고 있다.

"분순 언니, 정말 맘에 들어? 시집가서 잘살고, 내 생각도 많이 하고……."

연희는 쓸쓸한 마음에 내일이면 떠날 분순 언니의 손을 모아 잡으며 울먹인다.

"언니, 나는 이제 누구와 더불어 속마음을 털어놓고 이야기할 사람도 없어."

"연희야, 그리 슬퍼하지 마라. 너와 헤어지는 내 마음도 섭섭하기 그지없단다."

하지만 어떻게 하나 여자의 팔자란 때가 되면 부모형제와도 멀리 떨어져 시집살이로 가야 하는 것.

연희는 사춘기를 넘기면서 얌전하고 마음씨 순한 분순 언니 덕택에 위험한 소녀의 험한 언덕을 무사히 넘겨왔다.

한글을 익힌 후부터는 언니 집에서 많은 책들을 갖다 읽어보고, X오빠 동생으로 인연을 맺은 석철이 오빠한테서 배운 알파벳으로 영어의 기초 공부도 하며 때로는 언니 혼자 쓰는 방에서 자고 가는 일이 허다했다. 연희에게는 학교나 다름없는 집이었다.

흘러가는 세월은 인간의 고뇌도 잊어 주고, 또 새로운 희망의 기회도 주어진다. 열심히 살아가는 사람에게는 절망이 없다.

동이 트는 새벽이면 으레 들려오는 읍내 성당의 종소리가 오늘따라 연희의 마음을 흔들어 놓는다. 이집 저집에서 새벽닭이 울고 어슴푸레 창호지 문살이 밝아 왔다.

새봄이 오고 읍내로 시집간 분순 언니가 친정에 와 오랜만에 연희와 마주앉아 깊은 정의 회포를 풀고 있다.

"언니 얼굴이 참 복스러워 보여. 읍내 수돗물이 그렇게 좋은가? 아니면 형부의 사랑이 그렇게 좋은가? 물론 둘 다 좋겠지만."

"연희야, 너 양장점에 취직해라. 너라면 무슨 일이든 할 수 있어. 새 길을 찾아가, 시다 노릇하기에는 좀 늦은 감이 있지만 열심히 하면 너도 양장점 주인이 될 수 있어. 지금은 세상이 바뀌어 모두 다 양장을 하고 사니까 니 재주라면 그 길을 택해 보아라."

한 달 후, 연희의 긴 댕기 머리는 싹둑 잘라 꼬시래기 파마 머리가 되고 통치마 아닌 플라워 치마를 입고 검정 고무신이 아닌 반 뾰족구두 신고 매일 이른 새벽에 일어나 장승백이를 지나 재빼기를 넘어 신작로 길로 십 리 길을 출퇴근한다.

어머니가 무거운 머릿짐 이고 장터 길을 다니던 길이다.

"연희야, 언제나 해 있어서 집에 와야 한다."

지천 어머니는 소방죽 수물통 다리 밑이 꺼림칙하여 장미 꽃같이 화사하게 피어난 딸의 안전을 걱정하는 새로운 근심거리가 생겼다. 희미하게 아른거리는 딸의 모습을 더듬으며 또 걱정, 또 걱정이다.

읍내 부잣집 맏며느리로 시집온 분순 언니가 양장점에 가끔 들러 연희를 격려해 주고 간다.

남편은 석유집 큰아들인데 오빠와 김제중앙초등학교 동창이며 둘이 공부를 잘해서 전주사범학교를 졸업하고 교편생활을 몇 년 하다가 월급이 워낙 박봉이라서인지 그만두고 부친을 이어 사업에 열중하고 있다.

양장점 여주인은 읍내 유지인 석유집 맏며느리 분순 언니를 최고의 고객으로 우대한다. 분순 언니 또한 인성이 좋아 많은 손님을 유치해 준다.

전주에서 양장학원을 나온 연희보다 네 살 위인 처녀다.

"연희 씨의 바느질 솜씨는 참으로 훌륭하네요."

"어려서부터 손수 옷을 지어 입은 탓이 덕택이 되었어요."

연희는 잡심부름 한 달 만에 재봉틀에 앉아 재단해 주는 대로 빈틈없이 바느질을 해낸다. 그리고서 단 몇 달 만에 최고의 숙련공이 되었다.

"연희가 읍내 양장점에 다니더니 완전히 때 벗었어!"

태양 볕에 그을은 살결이 서서히 제 살빛으로 돌아오니 하

는 말들이다. 사실상 옷매무새 달라지고 모든 면에서 신여성
이 되어 간다.

갯가물댁이 연희를 찾아와 멋들어진 양장 한 벌을 맞춤하
고 동행한 한우물댁도 남편 소식만 오면 맞추겠다고 한다.

갯가물댁은 순동에 시집온 새각시 중 신여성의 한 사람이
다. 남편 배연수가 강경상고를 나와 정읍 금융조합에서 근무
하다가 늦게 군에 입대하니 아직 어린애가 없는 신혼 생활에
남편이 복직할 때까지 큰집에 와 있는 새각시다. 항상 입술
에 굿지변우를 빨갛게 바르고 화사하게 화장을 하고 다니니
젊은 청년들이 힐긋힐긋 쳐다보고 다른 새각시들의 시샘의
대상이다.

'정근이는 눈요기가 매일 좋겠네.'

배연수 집에 철머슴으로 살고, 그 집일을 도맡아해 주며 장
가를 들어 그 집의 아래채에 세들어 사는 정근에게 건네는
농담이다.

그러나 사실상 정근이는 건너지 못할 또랑 건너 사람 보듯
아무런 관심 없이 스치곤 한다.

원래 정근이는 육척 신장에 힘만 장사일 뿐 말수가 적은 호
인이다.

갯가물댁은 한 울안에서 어쩌다 정근이와 스칠 때는 걸축
한 남성미가 있는 정근에게 굶주린 욕정이 솟구쳐 몸이 오싹

오싹 떨리곤 한다.

늘 막걸리에 거나하게 취해서 밤늦게 들어오는 정근이를 보기 위해 측간에 가는 척 대문 옆에서 서성거리다 마주쳐 보고 들어와 잠을 못 이루고 뒤척거리다 늦잠이 들곤 한다.

시아버지가 일찍 돌아가시고 남편이 군에 입대하면서 허리 요통이 더욱 심하여 항상 안방에 누워만 계시는 시어머니와 이제 중학교, 초등학교에 다니는 시누이, 시아제 둘 뿐이라서 갯가물댁은 바깥일까지 살림을 하고 있다.

정근이 마누라 남포댁은 아무런 병이 없는 새각시인데도 얼굴색이 확 피어 있지 못하고 피곤한 기색으로 허리를 쭉 펴지 못한 채 걸어 다닌다. 동지섣달 긴긴밤이 깊어진 어느 날 갯가물댁 방에서 같이 놀고 있던 남포댁이 서방이 늦게 들어오는 기색을 보고 한숨을 푹 쉬며,

"아이구! 또 저 짐승 같은 인간에게 어떻게 시달린담."

갯가물댁이 묻는다.

"아니 남포댁, 그게 무슨 소리여!"

"아이휴, 모르는 것이 좋아요. 나는 저 사람 들어오는 발자국 소리만 들어도 소름이 끼쳐요."

"신혼 생활에 왜 그럴까. 벌써 질 났을 텐데. 남포댁, 말해 봐. 같은 여자끼리 말 못할 것이 뭐 있어?"

"아이구 말도 마요. 매일 좋아하는 것까지는 좋은데 저 사

람 그것이 너무 커서 배창자까지 땅겨 못 견디겠어요."

그 소리에 갯가물댁은 더 이상 말을 듣지 못하고 가슴이 두 방망이 쳐 숨이 헐떡거린다.

남포댁이 나가고 도저히 누워 잠이 오지 않아 이리저리 뒤척거리다가 가만히 일어나 아래채로 살금살금 다가가 창호지 문살에 귀를 대고 있다.

호롱불은 이미 꺼지고 깜깜한 방에서 남포댁의 가느다란 신음 소리가 마치 병자의 앓는 소리같이 들려오고, 정근이의 황소 같은 거친 숨소리가 들린다.

욕정이 치솟아 오르는 갯가물댁은 환장을 하고 미치겠다. 자신도 모르게 손이 자기 사타구니에 들어가 있다.

정근이의 그 크다고 하는 물건을 상상하며 그 거친 숨소리에 맞춰 헐떡거리고 있다.

다음 날부터는 정근이와 마주치는 생각 외에는 아무런 정신이 없다. 밥맛도 떨어지고 입속에 침이 마르니 상사병이 바로 이것이로구나.

결혼반지 중 금 쌍가락지 한 벌을 꺼내 놓고 이런저런 궁리를 하다가 용기를 내어 보기로 결심을 한다.

그런데 남포댁이 요즈음 어찌 꼼짝을 하지 않고 방에서 나오지를 않는다. 추위를 많이 타는 탓도 있지만 혹시 몸이 아파서 그런가 하고 정근이가 나가고 없는 틈을 타 방에 들어가 볼 양으로 아래채에 가까이 가 보니 마침 남포댁이 헬쑥한 얼굴로 방문을 열고 나온다.

"남포댁 어디 아퍼? 우리 이야기 좀 하게 내 방으로 저녁에 와."

"남포댁 몸이 약해서 몹시 시달리는 것 같은데 좋은 처방을 생각해 봐?"

"친정에 가 본들 마음 놓고 지낼 형편도 못되어요."

"그래서 어떻게 하나, 그럼 이거 갖고 친정에 가 보약 한 채 먹고 몸을 일으키고 와. 마침 농한기 때고 하니 기회가 좋지 않아?"

"어머나! 이렇게 비싼 금반지를 나한테 그냥 준다는 거요?"

"괜찮아요. 나는 또 다른 진짜 결혼반지 다이아 반지가 있어요."

"갯가물댁, 눈치 채것구만요. 그 사람은 하루도 빼지 않는 사람이에요. 대신 들어가 보세요."

"남포댁, 그게 무슨 소리요?"

갯가물댁은 반문을 하면서도 얼씨구 좋아 자신이 먼저 차마 내놓지 못한 말을 상대방으로부터 들으니 가슴이 벌렁벌렁 뛰어 더 이상 말을 못하겠다.

"그럼, 이 비밀은 서로를 위하여 무덤까지 갖고 가는 거지?"

"그래야지요."

남포댁은 힘없이 대답한다.

며칠이 지나도 남포댁은 친정에 간다는 소식이 없다.

갯가물댁은 밤이나 낮이나 죽을 지경에 이른다. 이제 정근이와 마주치면 사족이 오그라져 걷지도 서 있지도 못하고 폭삭 주저앉아 버린다.

"어디 아프십니까?"

말수가 없는 정근이도 그 상황에 안 거들을 수 없는지 손을 잡고 일으키며 말한다.

"괜찮아요. 잠시 어지럼증이 있어서."

"죄송합니다. 그럼, 살펴 들어가시지요."

정근이는 한마디 하고 그냥 나가 버린다.

이 모습을 보고 있던 남포댁이 다가와 말한다.

"그렇게 못 견디겠어요? 큰일 나셨네. 우리가 얼른 이사 가야 하겠네요."

왜? 친정에는 안 가냐는 말이 목구멍에서 간신히 멈춘다.

꾹 참고 기다리다가 갯가물댁은 할 수 없이 남포댁에 사정을 한다.

하룻밤 만이라도 대신 들어가겠노라고.

정근이는 사랑방에서 막걸리 내기 화투를 하고 거나하게

취하여 갈지자로 들어온다. 마누라가 항상 기다린 듯 반겨 주는 사람이 아니니 어디 있겠지 하고 방에 들어가자마자 드 렁드렁 코를 곤다.

갯가물댁은 두 방망이 치는 가슴을 숨을 몰아쉬며 진정을 시키느라 온몸을 덜덜 떤다. 추운 겨울인데도 속치마까지 다 벗어 버리고 가락치마, 홑치마로 갈아입고, 아래채로 발걸음 을 옮긴다.

오늘따라 누가 볼세라 이리저리 둘러보고 문고리를 가만히 잡아당기니 문턱이 닳을 대로 닳은 외짝 문이 사르르 열린다.

드렁드렁 코를 골던 정근이가 감각적으로 꿈틀하며 옆으로 돌아누웠던 몸을 큰 대자로 바로 누워 다시 코를 골기 시작 한다.

갯가물댁이 살며시 이불을 떠들고 옆에 누우니 술 취한 남 자의 냄새가 물씬 풍기며 뛰던 가슴이 섬짓한다.

어찌할까 망설이다가 손을 살며시 더듬으니 어머나 이게 웬일이여!

홀랑 벗고 자네!

그렇다.

남자는 홀랑 벗고 자면 그것이 매일 선다.

꺼칠꺼칠한 살갗에 솟아 있는 방망이가 갯가물댁의 큰 손 안에 한줌 넘치게 잡힌다.

“음~ 음~ 어쩔라고. 만지고 야단이야!”

반사적으로 솥뚜껑 같은 손이 슬슬 더듬어 내려온다.

“이ー크! 뒤안질 넘어 솔밭 속이 철퍽철퍽하네!”

정근이는 술이 확 깨며,

“알겠구면. 그렇다면 만족하게 해 드려야지.”

겨울 이불이 들썩ー들썩, 쭈물떡ー쭈물떡, 뽀동ー뽀동, 삐적ー삐적!

애를 태던 용두가 흥건한 물속에 춤을 추니 마냥 즐거워 북적ー북적 좋아라! 논다.

“아이고머니! 나 좋아!”

“아이고머니! 나! 너무 좋아! 나 죽어!”

갯가물댁은 연신 비틀던 엉덩이를 멈추고 숨을 몰아쉰다.

빡빡하게 들어차 힘발이 스며 묵직하게 짓눌러 허리를 으스러지도록 껴안고 용트림하며 숨을 몰아쉰다.

정근이는 모르는 척 돌아누워 떨어지고, 갯가물댁이 나지막이 귀에 대고,

“저~ 아시었지요? 가끔 들어올게요.”

얼른 일어나 방문을 열고 나오자 시원한 바람이 얼굴을 스쳐 간다. 온몸이 날아갈 듯 가벼웁고 후줄근하게 젖은 땀이 적삼 속 등허리를 시원하게 한다.

자기 방 창호지 문살에 귀와 눈을 대고 있는 남포댁이 한숨

을 쉬며 투덜댄다.

"몇 시간을 저 지랄하고 있는 거야. 얼래! 별 개지랄도 다하
네."

실한 장정이 벌어서 먹는데만 다 쓰고 하루 밥은 새밥이다.
뭐다 해서 다섯 끼씩이나 처먹고, 집안 망하려면 그것 큰놈
생긴다는데.

"아이구! 내 팔자야. 어찌하면 좋단 말인가. 갯가물댁 저것
도 큰 등치에 애지간히 좋아하는 여편네야. 돈 있고, 배운 년
들이 더 좋아하누만. 저 꼴을 언제까지 봐야 한데요. 문을 한
번만 열자고 사정하더니 이제는 자기 멋대로 방에 들어가네.
오그라질 것 돈이나 좀 달라고 해서 친정에 가 이참에 팔자
를 고쳐 버러! 내가 저 인간하고 살다간 병들어 죽을 거야. 새
길을 찾아야지."

이렇게 궁리하고 나니 남포댁은 마음이 편해진다.

휴전 이후 미군 문화에 물들어 도시에서는 지르박이다, 도
롯도다, 춤바람이 일어나고, 이성간의 교제는 간접적으로 X
누나, 동생, 오빠 하고 성행했다.

여기에 전쟁미망인의 젊은 여성들이 끼어드니, 조용한 농
촌 마을의 순동 사람인들 어찌 물결이 일렁이지 않겠는가!

남포댁은 친정에 가서 오랫동안 돌아오지 않고, 소문은 입에서 입으로 돌아 우물가의 여인네들은 소곤소곤, 쑥덕쑥덕—

"밤마다 들어간데요. 정근이 그것이 어찌나 큰지 갯가물댁은 속궁합이 맞아 미쳐 죽는다는구만요."

"남포댁은 아예 팔자를 바꿀 요량이고, 농 짐만 아직 안 실어갔을 뿐이래."

남의 흉을 보면서도 한우물댁과 갯다리댁은 갯가물댁이 은근히 부럽다.

아랫도리가 지근지근하고 물 긷는 두레박 끈이 흔들흔들거린다.

한우물댁의 남편은 아직도 아무 소식 없이 돌아오지 않고 있다. 6·25 때 공산군 의용군에 끌려간 후 거제도 수용소에 있었다는 소문뿐이고, 갯다리댁의 남편은 포탄을 맞은 상이군인으로 가슴에 훈장을 달고 왔으나 밤자리를 같이 못하는 남정네가 되어 왔다.

한우물댁은 순동에서 갯가물댁과 유일하게 일본어도 잘하는 고등 여학교를 나온 새각시다.

칙칙한 검은 머리 파마에 흑안 미녀여서 여자를 좋아하는 남자가 보면 대번에 눈독을 들이는 섹시한 자태이지만 순동에서는 그럴만한 남자가 없다. 물론 같은 집안끼리의 박씨

촌이니 그냥 느끼고, 보고, 사랑스러워해 주는 정도뿐이다.

흑안, 출치, 단모, 그중에 매끈한 흑안 미녀는 스스로 못 견디는 미녀란다.

나날이 쓸쓸하기 그지없는 생활에 옆집 석철이의 친구 이웃 동네 남석이가 왔을 때 몰래 화투 놀이를 같이하며 X동생으로 청하여 맺어졌다.

석철이는 키도 크고, 운동도 잘하고, 공부도 잘하여 장래 공군사관학교 입학을 꿈꾸는 패기 넘치는 중학생이다.

외갓집인 돌무산 부잣집에서 여름방학을 지내고 오더니 헛바람만 잔뜩 들어왔다. 같은 또래 회식이와 영식이와 어울려 동네 처녀들과 'X동생이다, 오빠다' 하여 공부는 뒷전이다.

각자 짝을 하나씩 정해 밤마다 모여서 미국 화투 트럼프 놀이로 서로 손목을 잡고 때리고, 맞으며 짜릿짜릿한 황홀감에 젖어 밤 깊어 가는 줄 모른다.

회식이는 어머니 원촌댁을 졸라 쌀 다섯 말 값을 가지고 세 명이 대전에까지 가서 하모니카를 사 가지고 영식이와 밤이나 낮이나 삐삐거리고 다닌다.

회식이는 또 어머니만 믿고 싸인을 해서 동네 구멍가게에 보내면 늦은 밤에도 셈베과자 등 비싼 양과자까지 외상으로 얼마든지 보내 준다.

그래도 농촌 마을의 순진한 처녀총각들이라 집안 어른들의 따가운 눈총이 무서워 위험한 선을 못 넘고 있다. 그러니 매일 선을 넘을 듯, 말 듯, 가슴만 부풀어 연일 밤만 되기를 기다린다.

여기에 또 젊은 미망인들의 엉덩이가 들썩거린다. 전깃불이 없는 순동의 동지섣달 긴긴밤은 고요한 적막 속에 이렇게 젊은 청춘들의 사랑이 술렁거리고 있었다.

대금산의 지영자는 학교에서도 소문난 후랫바, 남학생들은 도그벌바라고 한다.

당시만 해도 여자가 다소곳하면 얌전하다고 하고, 좀 활발하여 이 사람, 저 사람 가리지 않고 사귀고 놀면 그렇게 심한 별명으로 불렀다.

염색한 미군 사지바지를 물에 묻혀 요 밑에 깔고 자고 나면 주름이 칼날같이 서고 그것을 교복에 받쳐 입고 다니는 멋쟁이 아가씨 지영자는 회식의 짝, 둘이는 잘 어울리게 사지바지를 입고 다니며 멋을 부린다.

회식이, 영식이는 어른들의 눈총 때문인지 이제 이웃 대금산 여학생들과 어울려 원정 교제로 크리스마스를 보내며 가끔 야경꾼들에게 들켜 곤혹을 치루기도 한다.

숫처녀와 다른 한우물댁은 어떻게 다루었는지 남석이 동생은 사흘이 멀다 하고 찾아온다. 석철이 집에는 모습만 잠깐 들를 뿐이고 이제는 둘이서만 어디에서인지 몇 시간 보내고 간다.

조실부모하고 큰오빠의 성화에 약간 밀지고 시집온 한우물댁은 오랫동안 소식조차 없는 남편을 더 이상 기다릴 수만은 없다.

새 길을 찾아 친정에 다녀오겠다는 말에 눈치를 챈 시부모인들 젊으디 젊은 며느리를 어찌 붙잡을 수 있겠는가.

밤마다 방을 비우는 며느리를 보고도 모르는 척, 그냥 동네 같은 처지의 아낙끼리 서로 마음을 위로하며 그러려니 하고 있는 터에 보내는 사람이나 떠나는 사람이나 마음은 그지없이 쓸쓸하고 서글프다.

한바탕의 전쟁을 치르고 난 대다수 국민의 정서가 그러했으리라.

넙죽이는 높은 나무를 잘 타는 곰돌이 나무꾼,

솔방울을 털어서 읍내 구루마 공장을 겸하는 큰 대장간 석탄 불쏘시개로 팔아오다가 군대에 가서 운 좋게 헌병대 취사장 흙연탄 불 당번으로 배불리 잘 먹고 제대하더니 홀랑 까진 청년으로 빈둥거리면서도 가끔 돈을 한 움큼씩 쥐고 이리 역전 창녀촌에 다녀오곤 한다.

호남선 화물열차가 순동 벽장 고개를 넘어갈 때는 항상 숨이 차서 칙―칙―폭―폭―챙챙챙― 걸어가는 속도로 겨우 간신히 넘어간다.

넙죽이가 잘 받는다는 손짓을 하고 기관차 화부가 오케이 수신을 한다. 넙죽이는 후다닥 바작을 받친 지게에 십여 미터 간격으로 떨어진 석탄 두 포대를 위장하여 짊어지고 읍내 대장간에 내려주고 배당금을 받아 콧노래를 부르며 재빼기 주막집에 앉아 있다.

갯다리댁은 첫아들을 낳고 그의 남편 정호는 얼씨구 얼씨구 보듬고 다니나 달이 갈수록 동네 그 총각을 꼭 닮아 간다.

한 달여 차이로 긴가민가했는데 씨는 못 속인다고 이미 이웃집 다른 사람들이 알고 있는 사실이다.

다행히도 정호만이 다시는 낳을 수 없는 천하에 귀여운 내 자식하며 보듬고 다닌다. 그 천성이 순하고 착하여 하느님이 점지해 준 아들이다.

동네 사람들은 쉬쉬 행여나 정호가 눈치 챌까 오히려 걱정이다.

그해 가을걷이도 다 끝나고 첫눈이 펑펑 내리는 밤, 갯다리댁은 호롱불을 켜 놓고 얼마 전에 오랜만에 휴가로 다녀간 남편을 그리며 늘 혼자 자는 방에 찾아와 자는 시누이를 기다리고 있었다.

오두막집을 하나 장만하여 남편과 제금난 지 몇 해 안 되는 지라 살림살이도 신혼살림과 같고, 울타리 싸리문도 그냥 시누이가 밀치고 들어온다.

막 불을 끄고 잠이 들려는데 시누이가 방문을 연다.

"정애 아씨야 추운데 좀 늦었네, 어서 들어와."

웬일인가!

이불 속에 들어오는 사람은 육감으로도 딱딱한 남자의 몸이다.

"누, 누구요?"

"갯다리 아줌마, 너무 놀라지 마세요. 저예요."

낮은 울타리 너머로 자주 엿보고 하던 이웃집 넙죽이 청년이다. 기어코 예감했던 일이 닥쳐왔다. 갯다리댁은 이웃 간에 소리를 지를 수도 없고 다만 매일 시아버지가 보내는 시누이가 늦게라도 올까 봐 걱정이다.

"정애 아가씨는 오늘 안 옵니다. 걱정 마세요."

"어떻게 알아요?"

"눈이 이렇게 오는데 너무 멀어서 못 와요."

"총각 발자국은 어떻게 하려고?"

"여자 고무신을 신고 왔어요."

…….

…….

"금방 두 번이나 했는데, 또?"

"나는 다섯 번은 할 수 있어요. 오늘은 일곱 번만 해요."

새벽 일찍 일어난 갯다리댁은 아직도 기운 빠져 잠들어 있는 넙죽이를 발로 밀어 깨운다.

"나, 우물가에 가니 그동안 나가세요. 그리고 다시는 오지 마세요."

정근이는 돌아오지 않는 마누라를 기다리다가 혼자 밥을 해 먹을 수도 없고, 돈도 없고 하니 농한기에 사금을 파는 금구면의 땅띠기 판에 두어 달 일하기로 하고 보따리를 쌌다.

갯가물댁은 독수공방에 쓸쓸하기 그지없다. 형수도, 형도 없는 방에 정근이의 막내 동생 재근이가 가끔 와서 건불을 때고 자고 간다.

재근이를 무슨 생각으로 송아지 마냥 물끄러미 쳐다보고 있다.

'열일곱 살쯤이면 남자 구실을 충분히 할 수 있을거야. 즈형 타입이라면 그것도 클 것이고.'

"총각, 그 솥에 맹물만 붓고 불만 때는 거야? 오늘은 누가 와서 자."

슬금슬금 수작을 걸어 본다.

"저 혼자 아니면, 친구랑 같이 잘 거예요."

"왜? 집에서 어머니, 아버지랑 같이 자기 싫어?"

"이제 저도 다 컸잖아요."

소학교도 중퇴하고 나무나 하고 일이나 하는 가난한 집의 총각이다.

"재근이 총각, 혼자만 와서 자요."

"왜요?"

"남의 집에 외간 남자들이 들락거리는 것을 우리 시어머니께서 싫어하거든."

"아, 예! 그래요."

"재근이 총각이야 아직 어리니까 괜찮아요."

재근이가 어디서 놀다가 늦은 밤에서야 들어와 호롱불을 켠다.

침을 삼키며 기다리고 있던 갯가물댁이 슬렁슬렁 다가가

"총각, 방이 안 식었어. 찰 텐데."

들어오란 말도 안 했는데 아랫목에 손을 집어 보며 나갈 생각을 하지 않는다.

재근이도 사내라고 눈치는 채고 있으나, 자위행위만 했을 뿐 여자 손목 한번 못 잡은 숫총각이라 어찌할 바를 모르고

서 있기만 한다.

노련한 갯가물댁이 얼른 불을 끄고 재근이의 손을 잡아당겨 끌어안는다.

그 형보다 생각과는 다르고, 금방 끝나 버리니 참으로 싱겁기 그지없다. 다만 송곳같이 찔러오는 짜릿한 숫총각의 새물맛을 느끼고 나니 기분은 상쾌하다.

횟수가 몇 번 이어지고 어느 날, 누워 계시는 시어머니가 부른다.

"갯가물애야, 너 거기 좀 앉아라."

여자는 한번 저지른 일에는 남자보다 대담하다. 또한 꼼꼼히 야물지다가도 구멍이 뚫려서 허망하게 당하기도 한다. 진작 정근이와의 관계를 낌새챈 시어머니임을 알고 있었으나 본인도 어쩔 수 없이 또 저지른 일이다.

"긴말하지 않겠다. 너, 친정에 가서 느 남편 제대할 때까지 있어야겠다. 미영이도 이제 나이 열여섯 살이 되고 식구도 적고 하니 우리끼리 그냥 종전과 같이 살란다. 집안 큰일은 싸군을 사서 하면 되는 일이니 걱정일랑 하지마라."

갯가물댁은 허탈한 마음에 텅 빈 가슴을 부여안고, 자기 방에 들어와 경대 앞에 앉아 애처러운 모습을 들여다보며 한숨을 푹— 품어 낸다.

컴컴한 창밖은 겨울바람이 마른 나뭇가지를 흔들어 대며 수선스럽게 허공을 스쳐 간다.

밤마다 솟아오르는 열정에 젊은 육신을 불태웠던 지난날들, 후회없는 과거가 없으랴만은 친정으로 돌아가야 할 처신을 생각하니 망막하기 그지없다.

여자란 무엇인가?

동물들은 암컷의 바람기를 어떻게 잠재울까?

보름달이 뜨는 밤이면 그리움에 젖어 몸이 근질거리는 것은 달이 끌어당기는 젖가슴이 있고 달의 주기에 월경이 있기 때문에 여성을 거절할 수 없는 자연의 달력에 매여 있다고 고대인들은 말하였다.

성감의 간질대가 남자들의 귀두와 달리 꼭꼭 숨어 있어서 여자들조차도 궁금해하는 클리토리스의 역할부터 살펴보면 수천 개의 신경섬유로 뭉친 신경 덩어리가 그렇게 예민한 것이 순전히 여성의 쾌락을 돕는 일에만 있다 한다.

같은 성행위에서도 남자와 달리 여러 차례 오르가즘을 느낄 수 있는 비결도 여기에 숨어 있다 한다.

여성의 몸은 환희의 육체다.

몸의 아름다운 부위들—

신체 부위에 잠재하고 있는 환희와 쾌락.

인류 역사의 변천사에 어떤 영향을 끼쳐 왔는가?

고전을 뒤져 보면 끝없는 설화가 나온다.

기나긴 겨울도 지나고 새봄은 또다시 찾아왔다.

한때 방황하던 회식이, 영식이도 다시 공부에 열중하여 모두 상급 학교에 진학했다.

회식이는 군산사범학교에, 영식이는 김제농업학교, 석철이만 갑자기 그 튼튼한 몸이 B형간염이란 병으로 중학교 졸업장만 간신히 받고 새로 이사 간 대금산 집에서 투병 생활을 하고 있다.

쥐똥나무 울타리 가지런한 네 칸 집에 논, 밭도 더 늘려서 새 꿈에 젖은 식구들은 걱정이 태산이다.

아버지 이기순은 박씨촌 순동에서 그 활발한 기질을 다 펴지 못하고, 굳은 인내로 살림을 늘려 겨우 마음을 펴고 읍내 가까이 이사 왔는데 큰아들 석철이가 이사 오자마자 죽을병에 걸려 누워 있으니 어떻게든 최선을 다하여 나선다.

우선 장리빚으로 쌀 다섯 가마니를 같은 이씨가 경영하는 대금산 방앗간에서 보관증으로 받아 가지고 읍내 이화상회에 가서 김제 도매시세로 환산 받아 석철이를 가시기리에 태워 전주예수병원에 입원시켰다.

세월이 흐르고, 그렇게도 활달하고, 똑똑한 석철이가 아직도 누렇게 뜬 얼굴색으로 이화상회 사환으로 큰 주판알을 튕기고 저울질을 하고 빗자루를 들고 창고 바닥을 쓸고 갖은 고생을 다하고 있다.

이화상회는 쌀 도매상으로 김제평야에서 수집한 쌀을 매일 철도 화차 한 량을 채워 서울 용산 화물기지에 보낸다.

당시 쌀의 시세는 요즘 주식시세와 같아서 시시각각으로 오르고 내리니, 리듬을 잘 타야 했다.

사장이 서울 전화를 받더니 화가 머리끝까지 났다. 김제역에서 이화상회 쌀을 실은 화물차 한 량이 대전역에서 떼어져 차량 검증을 받고 있다 한다.

무슨 말이냐 하면 호남선 화물열차는 이리역과 대전역에서 설망치를 들고 기차바퀴 등을 두들기고 다니며 이상 유무를 검증하는 기술역이 이상이 있다는 판정을 내리면 그 차량을 우선 떼어 놓고 출발한다.

그러면 짧아야 하루, 길면 2~3일이 늦어진다. 청과물 같은 화주는 그것으로 폭삭 망한다. 그러니 화주는 망치 들은 기술역을 조상 섬기듯 우대한다.

너무 비대해진 이화상회는 많은 중간 수집상(대부분 방앗간 주인)들에게 많은 피해를 주고, 부도나 버리니 돈과 쌀은 서울에 다 올라가 버리고 풍부했던 김제 바닥은 바닥이 나

버렸다. 장리빚이 곱빼기 빚도(쌀 한 가마니에 가을에 두 가마니) 얻기 힘들어졌다.

연희는 난감하다.

그동안 종이에 본을 뜨고 가위로 재단을 하며 열심히 배우고 공부하여 독립을 결심하고 가능한 순동에 가까운 경찰서 옆 오포대 앞에 가게를 계약해 놓은 상황인데 돈을 주기로 한 사람이 도저히 안 되겠다는 통보가 왔다.

나무는 큰나무의 덕을 못 보아도 사람은 큰사람의 덕을 본다.

"분순 언니, 김제에서 제일 큰돈을 움직이는 이화상회가 부도나니 돈이 메말라 돌지 않아요. 순동의 원촌마님 댁에서도 소금산 방앗간에 쌀을 보관했다가 보관증 종이때기만 가진 상태라 하네요. 그렇게 현금이나 다름없던 방앗간 보관증이 일순간에 휴지가 되어 버렸어요."

한 지역사회의 경제가 마비되어 버렸다.

분순 언니가 무겁게 입을 뗀다.

"연희야 얼마면 되느냐? 우리 집에도 문제가 생겼단다. 시대의 흐름이지, 하지만 그 돈이라면 걱정하지마. 그 대신 일년 이상은 어렵다."

석철이는 오후 한나절 내내 멀리 양지바른 벽에 기대어 연희의 양장점 가게를 응시하고 있다. 누렇게 뜬 얼굴색은 여전히 건강이 회복되지 못하고 있음을 말해 준다.

자기 때문에 집안이 풍비박산이 되고, 어린 동생들에게도 공연히 죄스러워 죽겠다.

아버지, 어머니의 만류에도 불구하고 재빼기에 구멍가게 터를 닦고 방 하나에 가게 하나, 마른안주로 소주 몇 잔 먹을 수 있는 술좌석 몇 석, 이것으로 신장개업을 했다.

순동에서 친구들이 왔다 가고 연희가 퇴근하는 길에 무겁게 선물 몇 가지를 들고 어둠이 깔린 뒤에야 찾아왔다.

'석철이 오빠, 그렇게 패기 왕성했던 우등생이 감히 이성으로서 넘볼 수 없었던 X오빠, 축축한 마당 귀퉁이를 쓸고, 나무 꼬챙이로 알파벳을 쓰며 가르쳐 주던 인정이 넘치던 오빠.'

그 바싹 마른 손목을 붙잡고 연희는 눈물을 주르르 흘린다.

같이 어울렸던 회식이는 초등학교 선생이 되어 멀리 있고, 영식이는 4H 농촌 청년지도자가 되어 활동하고 있다.

틀림없이 공군 파일럿이 되어 빨간 마후라를 목에 걸고 뽐내고 휴가를 왔을 석철 오빠가 공군사관학교 문턱에도 가 보지 못한 채 청춘이 다 시들어 가고 있다. 목소리마저 가냘프게,

"연희야! 다행히 너 사업은 잘되는 것 같더라. 나는 이제 오래 살 것 같지 않구나. 그냥 사는 날까지 집안 식구를 위해 최선을 다해 보고 갈란다."

"오빠! 오빠! 무슨 말을 한들 오빠가 위로가 되겠어? 그 몸에 훌륭하신 용기예요. 지난날 오빠가 읽고 나에게 이런 책도 읽어 보라고 했던 이광수의 '흙', 당시 계몽주의 소설을 읽게 해 준 오빠는 학교 문턱도 못 가 본 나에게 대 스승이요, 대 선배였어요. 그 후 나는 틈만 나면 분순 언니 댁에 가서 많은 책을 가져 다 보았지요. 그 은혜를 언제 갚으라고 그렇게 나약하게……. 오빠는 확실히 다시 건강을 찾을 꺼예요. 누구보다 용기가 있고, 활달했잖아요."

"고맙다. 너무 늦었구나, 어서 가 보아라."

연희의 가게는 날로 번창해 간다.

김제 동북쪽에서는 순동양장점 하면 모르는 사람이 없다. 특히 부자와 신여성들이 많은 읍내, 신풍리, 요촌리 사람들은 연희의 친절함과 야물게 매듭짓는 바느질 솜씨에 소문이 꼬리를 물고 눈코 뜰 새 없이 바쁘다.

그러던 중, 이게 또 무슨 시련이란 말인가!

칠흑같이 어두운 밤, 어머니는 연희를 기다리다가 호롱불에 석유를 붓는다는 것이 벽에 걸린 석유병이 아닌 후막기에 타 쓰는 휘발유병을 들고 희미하게 불꽃이 아물거리는 호롱에 붓다가 확—! 불길이 올라 일순간에 온몸에 화상을 입고 방 안에 불이 붙었다.

앞 마당길을 지나는 옆집 장민이 아버지가 그때 마침 들어오다가 불이야! 불이야! 소리 지르고, 쏜살같이 뛰쳐나온 이웃들에 의해서 불길은 번지기 전에 잡았지만, 어머니의 화상은 너무도 극심하여 눈뜨고 볼 수가 없고, 가엾고 불쌍하여 한없는 슬픔으로 온종일 울고 또 운다.

할아버지는 왜! 집안을 풍비박산으로 만들어 가난을 대물림하여 이렇게 서럽도록 하는가? 한번도 원망하지 않았던 조상을 탓하며 흐르는 눈물이 그칠 줄 모른다. 연희는 사실상 할아버지 이야기는 아주 어렸을 적에 누구엔가로부터 어렴풋이 들은 기억이 떠올랐을 뿐이다. 조선 시대 역적 자손은 대를 이어 노비가 되는 세상에 동학혁명군의 이야기는 가족은 물론 모두가 철저하게 감추워 온 비밀이었다.

지친 어머니는 얼굴 전체를 붕대로 칭칭 감고, 병석에 누워 신음하고 계신다.

"어머니, 석철이 오빠가 왔어."

"응, 그래. 아이구 고마워라. 가게는 어떻게 하고 왔어요?"

"연희야, 이게 어찌된 일이냐."

“내 잘못이에요. 항상 늦게 들어가니 눈도 어두운 분이 그
만…….”

“오빠는 건강이 많이 좋아지는 것 같네요.”

“토룡탕이다 뭐다 좋다는 것은 어머니가 열심히 구해 주시
고, 온 집안 식구가 내 건강 하나에 매달리고 살지. 나도 그
정성에 살아날 것 같아. 조금씩 자신감이 생겨.”

“얼마나 다행이에요. 오빠는 승리할 수 있어요.”

“어두워지기 전에 집에 갈려는 참이었어요. 이참에 초가지
붕도 개조하고 전체를 수리해야겠어요. 농사도 짓지 않는 집
에서 해마다 지붕 이영하기도 힘들고.”

연희의 집은 새마을운동 직전에 순동에서 제일 먼저 기와
지붕에 개량 부엌이 되었다.

읍내에서 재빼기까지는 삼십 분 거리다. 둘이는 이런저런
이야기를 하며 걸어오면서 새삼 지난 사춘기 시절의 감성에
젖어든다.

여름날의 긴긴해도 이미 땅거미가 지고 불그스레해지는 연
희의 얼굴이 어둠 속으로 감추어진다.

석철이도 활발했던 중학 시절 다른 여학생들과도 잘 어울
리곤 했지만 당초부터 가난하고 예쁜 연희에게 연민의 정을
담고, X동생의 인연을 맺었던 것이다.

추석 한가위가 닥쳐오고, 얼굴에 화상만 입은 어머니는 흉한 모습이지만 건강을 회복했다. 그리고 순동양장점은 추석 대목에 재봉틀 석 대가 주야로 달달거린다.

스물두 살에 여사장, 새 시대에 수요가 왕성한 와이셔츠도 만들고 봉제공장을 시작해 본다.

연희는 기성복 시장에 뛰어들 요량으로 사업 계획을 세우며 그 활달했던 석철 오빠가 군산, 이리, 전주시장 개척을 감당할 수 있다면 얼마나 좋을까 생각한다.

천고마비지절, 구름 없이 높은 하늘엔 약간 찌들은 밝은 달이 떠 있고, 재빼기 석철 오빠가 불그스레 화사한 얼굴로 연희를 반긴다.

"오빠, 웬일로 술을 다 드셨어."

"응, 두어 잔 먹었어. 대금산 건달패들이 왔다 갔거든. 너, 신작로 길 조심히 다녀야 해. 이때쯤이면 밤늦게 읍내 극장에 다니는 처녀들을 노리는 건달패들이 많아."

연희와 헤어진 석철이는 왠지 껄쩍지근하다.

연희는 건강이 회복되는 석철 오빠 생각으로 꽉차 소방죽 스물통 다리 위를 걷고 있을 때다.

갑자기 나타난 건장한 청년 두 놈이 다짜고짜 양 옆구리를 끼고 다리 밑으로 밀치고 있다.

연희는 순간 소리를 지른다.

"석철이 오빠!~ 석철 오빠!"

재빼기 아래 수물통 다리는 삼백여 미터 거리,

'이 새끼들이 거기서 기다렸구나.'

가게를 보며 호신용으로 갖고 있는 미군 탄띠 혁대에 칼빈 총 대검을 얼른 허리에 감고 뛰어간다.

"연희야! 연희야! 어떤 놈들이냐."

고함을 질러 대지만 다리 밑에서는 정신없이 몸싸움을 벌이고 있다.

이미 팬티가 벗겨지고, 이리 틀고 저리 틀고 간신히, 간신히 방어를 하고 있는 순간, 석철이가 휘두른 탄띠 혁대가 두 놈의 등줄기를 후려친다.

"썩 꺼지지 못해? 이 새끼들, 너희들 이따위 짓만 하고 살 테냐?"

두 놈이 불알을 덜렁거리며 주섬주섬 옷을 입고 있는 사이, 연희도 얼른 일어나 몸을 감싸고 분함을 못 이겨 울음을 터트린다.

"석철이 오빠, 석철이 오빠."

"다친 데는 없지? 어서 가자. 우선 우리 집으로 가자."

찬물로 세수를 하고 옷매무새를 가다듬고 나니 다소 원상 회복이 되어 가는 듯하나 석철 오빠가 따라주는 '칠성 사이다’ 한 잔을 먹고 나서도 아무런 말을 하지 못하고 있다.

“피곤할 텐데 어서 집에 들어가야지. 장승배기까지 나랑 같이 가자.”

어머니가 더듬더듬 차려 놓은 밥상에 숟갈을 들었으나 가지나물 국물만 조금 마시고 물 한 동이를 데워 목욕을 한 후, 곧 한숨 잠이 들었다.

“장민아, 너 읍내 우리 옷집 알지? 이 편지 거기 있는 사람 누구에게든 전해 주고 누나가 몸이 좀 아파 오후에 나간다더라고 해.”

“응.”

장민이는 금년 추석에 연희가 해 준 새 양복바지를 입고 누나 심부름이면 신나서 좋아한다.

이제 연희의 퇴근길은 석철이 오빠와 데이트 길이다.

둘이는 그 지긋지긋한 다리 밑을 지나 장승배기까지 항상 같이 간다. 장승배기는 바로 순동의 입구이고 보면 아무리 밤길이라 하지만 소문이 자자하다.

“오빠, 우리 둘이 연애한다고 순동 사람들의 소문이 자자하데. 오빠도 들었어?”

묻는 연희의 말이 떨리고 있음을 느끼는 석철이의 가슴도 벌렁벌렁 뛴다.

"연희야!"

손목을 꼭 잡는 석철이가 와락 연희를 껴안는다. 얼마나, 얼마나 조심스럽게 서로가, 서로가 기다렸던 순간인가!

"오빠! 나, 오빠가 완전히 건강을 회복할 때까지 시집 안 갈래. 그러니 빨리 건강을 회복하란 말이예요. 일 년 후면 오빠가 할 일이 있어."

"무슨 일인데?"

"나 좀 도와줘요. 내가 닦은 새 길로 같이 가자구요."

석철이가 바닷가 부안 변산 내소사에 온 지도 벌써 육 개월이 되는 일요일.

사월의 봄날은 많은 상춘객들이 특히 쌍쌍이 찾아드는 곳, 내소사 들어오는 길은 외변산 비포장도로로 꼬불꼬불 해안을 끼고 들어오는 경관도 빼어난 곳이다. 백제를 침공한 당나라 장수 소정방이가 백제 부흥군을 물리치고 다녀간 곳이라 해서 내소사란 이름의 절이다.

하루에 두어 번 들어가는 버스 길에 연희는 무거운 봇짐 하나를 들고 마음이 급하다.

"오빠!"

“연희야!”

“중들이 보면 시샘내. 우리 저쪽으로 올라가자.”

한적한 골짜기를 찾아 앉은 두 청춘 남녀는 천당에서 만난 듯, 얼싸안고 숨이 막힐 지경이다.

“연희야!”

“오빠!”

“어머나! 오빠~!”

퉁퉁 부풀은 그것이 연희의 배꼽 밑을 짓누른다.

“연희야, 어떻게 하면 좋겠냐.”

“나도 못 참겠어요.”

산 까치가 히더덕거리고, 다람쥐가 지나다가 멈춰 훔쳐본다.

흥, 우리와는 정반대야. 새끼를 날 때는 와자지껄하고 쥐들은 밤이면 조용히 이루어지는 안방을 흉보며 히히덕거리고 요란을 피우며 교민한다.

졸졸 흐르는 골짜기 맑은 물에 얼굴을 씻고, 둘이는 겸연쩍은 듯 석철이가 찬물을 슬쩍 연희의 이마에 찍는다. 지긋이 사랑스러운 애정의 표시에 연희는 흐뭇하다.

맞장구로 한 움큼 손바닥의 물을 석철이에게 띄운다. 웃고 즐거운 시간에 배고픈 줄도 모르다가 하산을 하려니 몹시 시장하다.

"나 이제 식욕이 왕성해 가지고 한 끼도 못 굶겠어."
"오빠 건강이 완전히 회복된 것 같아요."
"일 년까지 이곳에 있어야 할 필요가 없겠어."

장래가 촉망되던 우등생이 어쩌다 몹쓸 병에 걸려 십여 년 간을 허송세월하다 이제 다시 새로 태어나 새 희망의 미래를 향하여 사랑하는 사람끼리 결혼하던 날, 신랑의 아버지 이기순은 신부 주연희의 어머니를 등에 업고 춤을 춘다.
회식이도 영식이도 흐뭇하다 하여 술에 취하고, 순동 사람 모두가 잔칫날이다.

〈순동골〉

멀―리 등자봉에서 쑥국새가 울고
계집 죽고! 자식 죽고! 그윽! 그윽!
진 푸른 들녘에서 뜸북새 소리가
두루루~! 뜨멈― 뜨멈―
땀― 땀―
뙤약볕 한낮의 적막을 깨고 흘렀지요
콩밭엔 수수목 늘어지고
텃논에 허수아비는 춤을 추고
오이야라! 오이야―
간질대 흔들어 대는 해순이는 누른 깜밤
새막 속에 감추어 놓고
단수수대 껍질 벗겨 빨아먹었지
서당산 너머로 노을이 지면
배부른 참새 떼는 상정 너머로 드높이 날아가고
참시암골 외딴집엔
달빛 먹은 하얀 박꽃이 지붕 위에 한들거리었네
대목 장날, 순이네는 머릿짐 이고 신작로 길에 나서고
판식이의 구럭 속엔 헐떡거리는 햇장닭 두 마리

옴매!— 옴매!—
팔러 가는 전규네 송아지는
모가지 힘 버티며 끌려갔지
재빼기 주정뱅이는 장승배기에 또 주저앉고
등잔 위 호롱불 아랜 더운 밥상, 다— 식어 버렸네
벽장 고개 넘어가는 숨찬 기적 소리에
한밤에 잠든 아기 선잠 깨고
동지섣달 긴긴밤 물레 소리에
까치, 까치설날은 손꼽아 왔었네.
_『순동 건널목』에서

우리 아버지는 묻지 마라 갑자생

우리 아버지는 묻지 마라 갑자생

묻지 마라 시팔 것 더럽게 태어난 갑자생이다
태평양전쟁에 일본군 총알받이로 끌려가고
해방의 감격도 잠깐 두 동강 난 조국에
너는 좌익, 나는 우익
남로당 지하조직의 무장투쟁 요원

'최후 결전을 맞이하러 가자
생사가 운명에 반반이다
다 앞으로 동무들아
높이 세워라 붉은 깃발을 그 밑에서 전사하리라
비겁한 놈은 갈려면 가거라
우리들은 붉은 기를 지킨다.'

모자라는 경찰치안 병력에 대한청년단

'무명지 깨물어서 붉은 피를 흘려서
태극기 그려 놓고 천세 만세 부르자
한 글자 쓰는 맹세 두 글자 쓰는 맹세
나라에 병정 되기 소원입니다.'

'양양한 앞길을 바라볼 때에
혈관에 파동 치는 독립의 소리
넓고 넓은 사나이 마음 생사도 다 버리고
공명도 없다
보아라 휘날리는 태극 깃발을
가슴에 파동 치는 독립에 소리'

6 · 25 때 복날 개 패듯 뚜드려 맞고,
죽창에 찔려 죽고,
빨치산으로 굶어 죽고, 얼어 죽고,
총 맞아 죽고.
젊은 청춘 다 보내고,
돈 없는 생활에 자식 며느리한테 업신여김당하고
다행히 늦게나마 조국 근대화의 덕택으로 노인정
아랫목에 앉아
그 옛날을 이야기한다네.

1.

“정림이냐?”

“어서 온니라 요새는 가끔 늦는구나.”

“오늘은 진짜 야근했어.”

“피곤해.”

“저녁은?”

“먹었지.”

“동생은 아직도 안 들어왔어?”

“그래, 아직도 안 들어왔다. 느 아버지가 공산당 한 관계로 연좌제가 뭐 말라삐틀어진 것인지, 학비 안 들어가는 사관학교에 입학할 수 없다고 번민이 많다.”

“할머니, 엄마 나 그냥 들어가 잘래.”

3월의 이른 아침 비교적 중산층 월급쟁이들이 많이 사는 서울 은평구 역촌동.

지 기사는 남가좌동에서 차를 몰고 와 새로 부임한 이지석 지점장 댁 대문 앞에 대기한다.

“지점장님. 녹번동으로 나가면서 김 지점장을 모시고, 연남동으로 돌아 저축부 정 차장과 같이 가기로 했습니다.”

“그래요. 회의 자료 뒤로 좀 주시오.”

예금 목표액 대비 실적, 그리고 각종 업무의 증강운동 목표치 대비 실적을 비교해 본다.

"지 기사! 이 회의 자료 누가 작성한 거요?"

"섭외과장을 보좌하는 미스 최가 썼을 겁니다."

"필체가 깨끗하네."

"무슨 일이던 잘하는 아가씨예요."

"내가 직원 파악을 할 때까지는 가끔 묻겠소."

"아! 이 선배. 영전을 축하합니다."

"많이 기다렸어?"

"아니요, 방금 나왔어요. 우리 기사가 새벽에 못 나올 형편이 되어서 지 기사한테 부탁했나 봐요."

"나는 그냥 B급 점포에 있는 것이 편한데, 수신고 칠백억이면 관리하기가 너무 힘들어서. 더군다나 바닥 예금보다 외지예금이 많고."

"전 지점장이 특군 점포에 갈려고, 지점 운영(예금, 대출)을 너무 무리한 것 같아. 후임자만 자칫 남이 싼 똥에 주저앉겠어."

"CD(3개월, 6개월, 1년 기간 만기 양도성 정기예금증서)가 너무 많아. 이건 다 웃돈 얹혀 주고 해야 유치할 수 있는 거 아니야."

"아, 요즈음 다른 예금은 그렇지 않나요? 업무추진비는 쥐꼬리만치 주고, 지점장 대출 한도는 날이 갈수록 줄어들고, 이젠 웬만한 기업 대출은 본부 한도로 일일이 승인 올려야 하니, 여기저기 해당 부서 찾아다니고, 중역들도 찾아뵈어야 하고, 너무 힘들어요."

"재무부가 시중은행을 손아귀에 넣고, 우지좌지하니, 업무추진비 같은 것도 적절치 못하게 예산이 편성되는 거지. 지금 재무부 간섭을 받지 않는 신한은행 봐, 신설한 지 불과 몇 년에 오 개 시중은행에 따라붙고 있어. 그 사람들은 모든 경영이 합리적이야."

"대기업과 주거래하고 있는 특군 점포 운영이 오히려 훨씬 편하겠어요. 대출 승인 신청에 신경 쓸 필요 없고, 오다만 받아 처리하고, 예금 주는 것 먹고, 이래저래 윗사람 잘 사귀고요."

"월급쟁이가 윗사람에게 잘 보이려고, 다 자기 관리를 하는 거지."

"그것도 어느 정도 나름이지요. 요즈음은 차장 이하 행원들도 인사고과 비중을 첫째도, 둘째도 예금 유치 실적에 두고 특진까지 시키고 하니 수익성이고 뭐고 예금만 끌어다가 대기업에 몰아주는 형국이예요. 제도 금융의 한계가 오는 것 같아요."

"은행원들이 내자 동원에 적극 기여했지. 이제 국민과 대기업, 은행, 3자가 공생하고 있는 거여. 어느 한쪽이 무너지면 다 같이 어렵게 돼 있어. 고속성장 팽창경제에 자금은 늘상 초과수요 상태이니까 자금 시장의 흐름이 산업자금 조성에 고비용 체계로 가속화되어 가고 있어."

"CD가 뭐요. 당초 취지는 음성 자금을 양성화시켜 생산 자금화하려는 것인데, 지금에 와서는 부익부로 가는 지름길이 되어 가고 있어요. 최하 오천만 원 이상 무한대로 발행한 증서가 무기명으로 아무런 제한 없이 양도되고 거기다 이율도 저축성 예금보다 좋고, 그러니 개인이고 기관이고 큰돈의 여유자금은 CD로 몰리고 있지요. 그것도 단기 구십 데이스로요."

"은행 지점장들은 여러 사람 섭외하여 기껏 몇 억 유치하느니 잘 걸리면 한 군데서 몇 십억, 몇 백억 유치할 수 있으니까 유동성 자금 많이 보유하고 있는 공기업 등을 찾아 지록, 학록, 사돈에 팔촌까지 찾아다니고, 친동생한테도 금쪽같은 한도를 팔아야 하고, 있는 사람한테만 더 보태 주는 꼴 아니예요."

"그렇구만. 나도 어제 이 년 만기 신탁 기일이 다가오는 것이 있어서 그 귀한 굴비를 상품으로 한 두름 깨끗한 보자기에 싸들고 찾아가니 일수놀이로 성공한 늙은 아주머니인데 지점장들 울궈 먹는데 이골이 났더만. 자기 돈이 아니래. 그래서 그냥은 연장 안 된다는 거야. 이제 부임했으니 이번 한 번만 봐 달래니까 하는 말이 '이제 부임해 가지고 뭐 그리 예금에 무리를 하려고 하느냐.' 인사이동 때쯤 되면 CD 삼 개월짜리로 몽땅 채우지. 그래서 이 신탁예금도 모 은행 지점장이 이동 때가 되어 몇 번이고 안달, 안달 찾아와서 반 약속을 했다는 거야. 그리고 이제 CD맛을 알아가지고 장기 예금은 안 하겠다는 거야……. 굳이 그 예금을 유치하려면 일억당 얼마는 주어야 친구한테 이야기할 수 있다는 거야."

"권력으로 번 사람이나, 사업해서 번 사람이나 공무원, 월급쟁이들이나 돈 취급하는 사람 다 마찬가지예요. 돈은 숨어 다니니 찾기도 힘들고요. 언론에서 대도(大盜)라고 칭해 준 조세형의 행적에 부유한 고위층들, 특히 당시 경제부총리 김준성 씨의 집에서 몽땅 털어와 공개된 현금 자산을 보면 수십억 원대가 나왔지만, 은행 예금증서는 하나도 없었어요. CD와 각종 채권, 보석뿐이었어요……. 전국민저축증가운동을 전개하여 각 시중은행에 산업자금 조성 경쟁을 고취시켜 놓고 경제정책의 총수는 막상 정기예금 통장 하나 개설 안 했어요. 그래서 공개를 못하다가 결국 언론에 보도되었지요. 값비싼 물방울 다이아 보석은 끝내 주인이 나타나지도 않고, 조세형은 도적이 예외로 하는 유가증권까지 은닉 재산을 몽땅 털어와 공개되었지요. 그러니 서민들은 우리 은행 문턱만 높다고 하고요. 특히 민법이 아직도 개선되지 못하고 옛날 그대로의 조항에 따라 채권 서류를 갖춰야 하니 은행만 까다롭다고 하고요."

"정 차장. 오늘 회의는 아홉시 반이면 끝나겠지?"

"A군과 B군만 하니까요."

"그런데 저축부에서는 무슨 운동을 그리 많이 추진해?"

"우리도 죽겠어요. 지점의 애로사항을 모르는 것도 아닌데요."

"적금 계약고, 총예금좌수 증가, 외환거래처 유치, 중소기업대출비율, 수입대체 부품, 소재, 생산업체 발굴지원, 실적보고 등은 그렇다 치고, 재산세수납 증가운동 전 직원 캠페인은 정 차장이 기안해서 올린 것 아니야?"

"담당 상무가 지시한 거예요."

"한 상무가? 그 예금 며칠이나 먹어?"

"삼 일에서 긴 것은 이주일 정도 가지요. 수수료도 약간 있고요."

"그것 때문에 항상 객장이 난리야. 그렇지 않아도 창구 직원이 모자란 판에 늦게까지 야근들 하고."

"한 상무님은 일장일단이 있다는 거지요. 재산세를 내러 오다 보면 거래가 없는 손님은 거래를 개설하게 되고, 신규 예금이 증가한다는 거지요."

"편하고만, 탁상에서만 예금 올리고."

"지 기사, 이 돈 받아. 식사하고, 회의 끝날 때까지 어디 가서 푹 쉬고 와. 오늘은 들릴 곳이 많아."

오후 5시 30분 은행 셔터가 내려지고 한 시간이 지났다.

지점장 책상 위엔 결재할 서류가 산더미같이 쌓여 있고, 각자 자기 업무를 마감하고 일찍 퇴근하려고 모두 고래를 숙인 채 열심히 마무리하고 있다.

서무 여직원이 두터운 결재 서류를 한 장 한 장 넘겨주며 도와준다.

대출본부 한도승인 서류가 놓여진다. 검토해 볼 시간이 없을 것 같다.

옆으로 보류하고 직원 개인별 예금권유 실적카드가 선임 차장을 순서로 과장, 대리, 고급행원, 하급행원, 순무, 청경, 보일러실 기사까지 전 직원 카드가 매일매일 섭외과장, 차장을 거쳐 지점장에까지 올라와 있다.

실적 내용은 자연 신규 증가분을 창구에서 얻어 적은 것인지 실제로 노력하여 올린 실적인지 지점장은 대충만 보아도 정확히 파악한다.

차례차례 결재해 주다가 최정림 카드에 한참을 들여다본

다. 적금 3년 만기 계약고 1억 두 건에 무기명 CD 3개월짜리 3억을 유치했다.

"미스 김, 주기승 차장 올라오라고 해."

"네, 지점장님."

주 차장, 나 오늘 밤 술자리 약속이 있어 곧 나가 봐야겠는데, 얼마만 봉투에 넣어 주고, 내일 아침 일찍 총 직원회의 좀 주관해 줘. 여기 행장님 훈시 먼저 전달해 주고, 회의 자료에 나타난 각종 목표 대비 실적을 점검 독려해 주시오. 먼저 나 갑니다."

이지석 지점장은 오늘도 은행 지점으로 곧바로 출근하지 않고, 아침 일찍 신흥 재벌이 된 나규식 회장을 찾아간다.

한강변은 버드나무가 강변도로를 따라 늘어진 가지마다 풋노란색을 띠고, 새싹이 돋아난다.

봄 안개는 자욱이 강을 감싸고 아침 햇살이 포근한 느낌으로 강물 위에 비친다.

"지 기사, 그 카세트 누가 산거여? 안다성이 노래만 좋아하는고만. 조용히 가게 좀 *끄자고.*"

"예, 지점장님."

푹신하게 뒷좌석에 기대앉은 이 지점장은 아련하게 김소월의 시 한 구가 떠오르고.

'봄이 왔네. 봄빛이 왔네. 버드나무 가지에도 실버들에도'

김삿갓의 해학시 한 구절이 떠오른다.

'계변 유수 불우장(溪邊 柳水 不雨長)이요, 후원 황률 불봉절(後園 黃栗 不蜂折)이라.'

개천가의 버드나무는 비가 오지 않아도 항상 푸르고, 뒷동산에 밤송이는 벌이 쏘지 않아도 때가 되면 저절로 벌어지더라.

통천의 땅 북촌 마을에 글을 많이 읽고, 시문에 능하다는 노처녀 훈장이 있다는 소문을 듣고, 찾아가 사귀게 되고, 서로 심상이 맞아 하룻밤을 사랑하고 심술궂은 장난기가 발동하여 가만히 탁상 위에 한 구절 적어 놓았다.

'심모 내활 필과 타인(深毛 內闊 必過 他人)이라.'

털이 깊고 속이 넓으니 필히 타인이 다녀갔구나.

위 시문에 대단히 노한 처녀가 반박한 구절이다.

육두문자로 '근소아 타보대라.'

내 그것이 작은 놈이 남의 여자 그것만 크다고 탓한다는 속담이고 보면 삿갓 양반도 그것만은 크지 않았나 보다고 생각한다.

이 지점장은 별로 내키지 않는 골프 부킹을 하고 첫새벽에 일어나 역촌동 집 대문 앞에 대기하고 있는, 지 기사와 서로 아무런 인사말도 없이 먼 골프장을 향해 출발한다.

한 달이면 두세 번 정도 필드에 나가지만 항상 연습해 볼 틈도 없이 그냥 사교운동으로 하고 있으니 마냥 핸디 25 제자리다. 그래도 구력이 있어 투 빠따 이상은 안 나오는 편이라서 그 정도다. 오늘도 원아 한번 못 잡고, 술값만 부담하게 되었다. 하지만 요청하는 예금만 해 준다면야 피로도 확 풀리겠는데 상대는 좀처럼 시원한 말이 나오지 않는다.

강남의 지점장들 이야기를 들으면 유한마담들이 몇 억쯤 예금하고, 고액 거래티를 내며 가끔 부킹을 안 해 주면 다른 은행 지점으로 젊고 멋있는 지점장을 찾아다닌단다.

술도 춤도 고스톱도 아주 먹고 노는 데는 프로급으로 애인을 갖는 것이 요즈음 유행이란다.

예금 고객들도 여러 층이라 별별 섭외를 다하고 다닌다.

"지 기사."

"예, 지점장님."

"당신이나 나나 일요일도 쉬지 못하고……."

"자, 이 봉투 받고 식구들하고 저녁 외식이나 한번 해요."

지 기사는 그래도 가끔 지점장이 내미는 봉투에 밤늦게까지 끌고 다녀도 큰 불평 없이 잘 모신다.

나이 젊고 욕심 많은 전 지점장 김기창에 비하면 너무나 마음이 편하다.

기어이 같이 가자고 하는 것을 한사코 뿌리친 것이다. 역시 이지석 지점장은 기사실에서 들은 바 그대로다.

다음 날 오후.

"지점장님, 지점으로 바로 들어가셔야지요."

"아! 시간이 벌써 그리되었나?"

"여름 해라 많이 길어졌어요."

주기승 선임차장이 헐레벌떡 2층으로 따라 올라온다.

"지점장님, 급히 보고 드릴 것이 있습니다."

"그래요. 들어갑시다."

"천오백만 원 무자원 네트입금이라고?(다른 지점 구좌에 입금)"

"창구 전결은 천만 원까지인데 누가 결재했나?"

"고 대리가 바쁜 틈에 그냥 믿고 했답니다."

"지금, 미스 최는 어데 있어요?"

"네시 반에 잠깐 나갔다 들어온다고 하고서 연락도 없습니다."

"인사 카드 좀 봅시다."

견습 출신 여행원으로 발령받은 지도 15년이나 되고, 연수

성적은 항상 1등으로 여린 뼈가 휘어지도록 고생하며 서울여
상 명문고를 졸업한 수재다. 늘씬한 키에 손색없는 미인이
고, 남행원이라면 벌써 대리 나갈 호봉이다.

주 차장은 곧 지점장 나갈 호봉에 안절부절이다.

그렇지 않아도 하급 직원들이 별명을 똥 마른 강아지라 부
른다. 매사에 자기만 똑똑한 척 하급 직원에 설쳐대는 좀생
원…….

"주 자창."

"예, 지점장님."

"왜 그리 정신을 못 차려. 그것 가지고 설마 도망갔겠어?"

"지점장님, 그래서 혹시 다른 사고는 없는지 전 직원을 동
원하여 조사하고 있습니다."

"우선 출납 사고로 가지급금 처리하여 시재를 막고 해당계
직원 외에는 퇴근시키시오."

"지점장님, 출납 사고로 처리하면 곤란합니다."

"특별검사를 받게 될 텐데요."

"그럼, 사표 받고 퇴직금으로 처리하겠다는 거요?"

"고 대리도 곧 과장 나갈 서열이고……."

"아! 세 사람 모두가 그렇게 되나?"

"내 통장 줄 테니 이걸로 우선 빼서 막으시오."

두 눈이 퉁퉁 부은 미스 최가 풀죽어 들어온다.

이지석 지점장은 직원들의 몇 마디만 듣고도 사건의 전말을 정확하게 파악하고 있었다.

다음 날 아침 지점장실.

"미스 최 어머님이시군요."

"아ㅡ 예, 예."

"어서 그리 앉으세요."

"똑똑한 사람이 어쩌다 그리 사기를 당했어요."

"모든 원인이 그놈에 예금 권유 때문이었습니다."

"아무튼 너무 염려하지 마시고 다만, 대출을 하자면 주택에 근저당권 설정하는 것만은 어쩔 수 없겠습니다."

"지점장님, 그것이야 제가 당장 서류를 구비해 오겠습니다."

"당사자는 처녀로서 얼마나 마음의 상처가 크겠습니까!"

"오늘부터 삼 일간 연휴를 내줄 것이니 진정토록 해 주십시오."

"지점장님, 너무 감사합니다."

정림이 어머니는 얼었던 몸이 녹아내린다.

늘상 나쁜 사람만 만나는 것도 아니고 그늘이 지나면 양지가 오는 법.

미스 최는 부모 같은 좋은 지점장을 만나 전화위복의 전기
가 찾아온다.

"정림아."

"네, 어머니."

"할머니한테는 아무런 이야기도 하지 않았다."

"이제는 귀도 어두워지시고, 고향에 가서 살자고 보채는 일
뿐이시다."

"내 몸 다치지 안 했으니 그까짓 돈이야 우리가 계획했던
것을 이 년만 더 미루면 그만이다."

"너희 지점장도 말씀하시더라. 은행 지점장 자리가 만고풍
상을 다 겪고 앉는 자리라 하더라. 그런 실수는 경력이 커가
는 과정이라고도 하더라."

"……"

"다 잊어 버려라."

"하지만, 어머니."

"할머니가 자꾸 서두르시니 그냥 제가 어떻게 해 볼래요.
미루지 마세요."

세 사람은 손을 마주 잡고 그 험한 세월의 강을 건너온 끈끈
한 정이 서로의 소망과 마음을 소중히 여기며 살아왔다.

"정림아."

"네, 어머니."

"오늘 밤은 푹 쉬고 내일 너와 같이 어디 나들이나 한번 다녀오자."

"네, 어머니 그렇게 해요."

두 모녀는 경포대, 설악산으로 1박을 하고 평소 못 다한 집안 내력의 이야기도 많이 하고 돌아왔다.

정림 아버지 최병섭(崔秉燮; 1924~) 묻지 마라 갑자생.

김제 광활면 육닥구 출신.

광활면은 1920년 김제 만경평야 서쪽 끝 만경강 하구 남부 해안 갯벌을 일본의 동진농업조합이 약 10Km의 제방을 쌓고, 조선인 소작인들을 집단 이주시킨 개간 농지로 전국에서 유일하게 토지 지목상 임야가 한 평도 없는 광활한 평야이다.

이러한 갯벌 개간 농지가 예부터 서남해 지방에 많이 있어 전국에서 영세 농민을 이주시켜 왔기 때문에 그 신분을 비하하여 전라도 갯땅쇠(개똥쇠)라 하고 강원도 감자바위라 했다.

최병섭은 이런 서민 집단 지역에 이주해 온 고또니(중학 2년 과정) 출신으로 키가 180이 넘는 건장한 미남이다.

다방면에 앞서가는 청년층의 리더였다.

죽산면 주재소.

"최병섭, 묻는 말에 바른대로 말해라."

"지금 네가 하고 있는 일이 무슨 일이야?"

"향리에서 야학당을 운영하고 있습니다."

"그것은 나도 알고 있다."

"이번 죽산면과 광활면의 축구 시합에 참가한 청년들의 이름을 이 종이에 적어라."

그날 병섭은 김제경찰서에 넘겨지고 악명 높은 고등계 형사 다께구찌 앞에 앉아 있다.

"최병섭."

"하―잇."

"너는 일본 말도 잘하지!"

"죽산에 최주일과는 어떤 관계인가?"

"같은 최씨 집안의 대선배일 뿐입니다."

"자주 만나는가?"

"아닙니다."

"너희들은 죽산에서 광활에서 같은 야학당을 경영하고 있지 않은가?"

다께구찌는 최병섭에 관한 서류를 뒤적이며 얼굴을 한참 뜯어본다.

요놈은 냄새가 나는 놈, 공연히 근거 없이 말씨름만 하지 않겠다는 태도다.

"최병섭."

"하—잇."

"너희 조선 속담에 미꾸라지는 호박잎으로 잡고, 자라는 솥 뚜껑으로 잡는다는 말 아나?"

"……."

"왜, 대답이 없나?"

책상을 한 번 꽝 친다.

"공연히 흙탕물 일으키고, 진흙탕에 숨는다고 우리가 못 잡 겠나? 그 야학당에도 너는 손을 떼는 것이 좋다."

"계장님, 그 야학당은 배우는 사람이나 가르치는 사람이나 주경야독으로 꼭 있어야 할 곳에 있는 곳입니다. 동진조합에 서도 장려해 주고 있습니다. 농한기에 노름이나 하고, 소작 권이 자꾸 변경되면 생산량이 떨어지지요."

광활면은 고등계 형사들의 예외 지역이다.

일본 동진농조에서 가가호호의 숟가락 숫자까지 거울 속 같이 파악하고 있는 곳이고, 최병섭의 집은 가친의 부지런함 에 최우량 소작농가로 분류되어 있다.

무슨 일이고 동지농조의 정보에 의하여 주재소에 전화만 하면 충분히 처리되고 있는 곳이다.

병섭은 큰 짐차 자전거에 소금을 싣고, 광활면으로 오는 도중 길가 농가 집으로 잠깐 들어간다. 죽산에 최주일 선배가 미리와 기다리고 있었다.

"김제경찰서에까지 가서 하룻밤을 새고 왔다고?"

"큰 봉변은 없었습니다만, 많은 것을 감지하였습니다."

"알고 있네. 사실은 자네에게 이제 말하네만 지금 나는 누님 때문에 불정선인(不逞鮮人)으로 낙인 찍혀 저들의 감시 속에 있네. 그래서 지난번 축구 시합 때두 핑계를 대고 안 나간 거야.(최주일의 누나, 최구만(崔九萬) 씨가 백범 김구(金九) 선생의 비서관으로 근무하는 사실이 알려진 것이다) 병섭이 할 수 없네."

"칼날이 설칠 때는 자라목을 움츠리는 것이 모두에게 현명한 일이네. 그리고 동북면(금구, 봉남면) 학생들 일에 우리 서남면(죽산, 광활면)에서 십여 명 참여하기로 했던 일도 무기한 연기한다고 연락이 왔네. 그리 알고 우리가 기다리는 광복군이 잠입해 오기만 하면 바로 연락하겠으니 준비 태세만 갖추고들 있어. 자, 그럼 아무쪼록 서로 몸조심하자구."

김제경찰서는 지금 초비상 상태다.

엉뚱한 실마리에 금구 꽃갈봉 사건(항일 투쟁)을 감지하고 있는 것이다.

최주일(崔主日; 1906~1963)

김제대한청년단장을 역임한 반공 투사로, 김제시 공원에 추모비가 건립되어 있고, 일제 말 건국독립당이란 애국 청년 조직을 편성하여 독립군에 참여하고자 한 애국 투사다.(광복군 역사를 보면 일제 말 지리산 등 산악 지대로 잠입할 계획이 있었다.)

김제 금구 꽃갈봉 사건(1944. 11. 10)은 재김 이리농립학교 재학생들이 일으킨 항일 투쟁사다.

이 사건의 자세한 내용은 김제시 공원에 건립되어 있는 순의비(殉義碑)와 김제문화원에 비치되어 있는 '김제의 인물'이란 책 속에 기록되어 있다.

다음과 같이 요약하여 그 뜻을 추모한다.

1929년 광주학생사건 이후 학생들 사이에 도도히 흐르는 민족 이념을 바탕으로 1943년에 이리농립학교에 재학 중인 재김(주로 같은 기차 통학생들) 학생들이 주축이 되어 항일 비밀 결사단으로 화랑회가 조직되고 회장에 이상운(李相云), 장지환(長志煥), 김구(金九), 장이규(長二圭), 김직수(金直洙), 호중기(扈仲其), 김영준(金英俊), 서기용(徐基容), 박기춘(朴基春), 강동석(姜東錫) 등이다.

화랑회의 1차 목표는 태평양전쟁 막바지에 심하게 수탈하여 김제의 미곡 창고에서 일본으로 반출되는 군수 보급 통로인 이리 목천포 다리를 폭파하겠다는 계획으로 20여 명이 은밀히 규합하여 1944년 11월 10일을 거사의 날로 정하고, 김제군 금구면 꽃갈봉에 있는 무기, 하약고를 우선 탈취하여 먼저 김제경찰서를 습격하고, 목천포 다리를 폭파하는 것이었다.

이러한 치밀한 계획이 주변의 엉뚱한 사건(강도, 살인)으로 이상운의 가택수사에서 들통이 나고 화랑회원들 중 이상운, 장이규, 김직수, 김구, 호중기, 김영준 등과 화랑회 외로 김재두(金在斗), 김해룡(金海龍) 모두 8명이 체포되었다.

일경은 '조선의 독립운동사상 청소년 학생들만으로 이토록 담대하고 조직적인 폭동 계획에 간담이 서늘하여 그 배후에 거물급 조정이 없다는 것은 납득이 가지 않는다고' 하며 모질게도 고문을 계속하였다.

결국은 1945년 7월 12일 이상운은 사망하고, 8월 16일에 남은 사람은 모두가 빈사 상태가 되어 석방되었다.

여기에서 당시 일본의 수탈 역사를 요약하면, 1941년 12월 7일 진주만 기습 공격으로 태평양전쟁을 일으킨 일본은 그 막대한 군량미를 질이 좋은 조선의 쌀로 거의 대체하여 채웠다.

당시, 조선의 총 생산량은 약 3천만 석으로 3천만의 인구가 겨우 1년 식량으로 채울 수 있는 최소한의 절대량이다.

여기에 일본은 갖은 수단을 다하여 절반인 1천 5백만 석을 반출해 가고 질이 아주 나쁜 월남, 대만에서 수탈해 온 안남미와 만주의 옥수수, 조, 콩기름을 짜고 난 맷돌 같은 콩깻묵까지 합해서 배급제도로 하여 허기를 메워 주었다.

김제 만경평야는 만경강 유역의 서남방 총 농경지 면적이 3만 6천 헥타르(1헥타르=3천 평)로 당시 전국의 약 6.6%인 2백만 석이 생산되는 곡창지대로 가장 극렬하게 수탈당한 지역이다.

공출량을 채우지 못한 마을에는 (대부분) 마을구장 입회하에 칼 찬 순사와 읍, 면서기와 합동으로 긴 쇠꼬챙이 들고 쑤시고 다니며 색출해 갔다.

또한 놋쇠 밥그릇, 숟가락까지 동이란 것은 다 색출해 갔다. 색출해도 나오지 않으면 작황을 조사, 파악하고 있는 읍, 면의 서기가 자료를 제시하고, 구장이 책임을 지고 공출량을 채웠다. 그들의 행정력은 정확한 조사, 통계자료에 공정히 배분하여 꼼짝 못하도록 독려했고 가혹했다.

그러면서도 유화책으로 공출 실적에 따라 그들의 귀한 공산품(재봉틀, 광목, 농기구)을 배정해 주었다. 이러한 상황을 당하고 보고 있던 애국 청년 학생들이 참다 못하여 일으킨 항일 투쟁사다.

　최병섭은 김제경찰서에 갔다 온 후 얼마 안 있어 1945년 4월말에 징용장을 받는다.
　아버지가 말하길,
　"병섭아, 도주해야 산다. 지금 끌려가면 살아올 수 없다. 남은 우리 가족이 죽기야 하겠느냐."
　"아버지, 도망가려면 징용장이 나오기 전에 멀리 만주로 잠적했어야 합니다. 저는 여행증이 나올 수도 없고, 신청해 보았자 어떤 명목으로든 구금했을 것입니다."

　일본어를 할 수 있는 소학교 이상 졸업자 200여 명은 이리에 주둔하고 있는 160사단(사단본부 이리농업학교)의 총알받이 병사로 김제중앙초등학교에서 군사훈련을 받다가 해방을 맞이했다.
　병섭은 해방된 조국의 문맹퇴치운동에 적극 참여하여 다시 야학당을 확대 운영하고 있었다.
　1945년 9월 11일 박헌영의 조선공산당은 재건을 선포하고 여러 갈래의 계보를 통일시켜 가며 1946년 11월 23일 서울 견지동에서 결당식을 갖고 조직 확대 운동으로 노동자, 농민 외에 문화연맹, 과학자동맹, 여성동맹, 무신론자동맹, 작가동

맹, 스포츠단체 등 여러 방향으로 발 빠르게 침투해 가고 있
었다.

김제군당 위원장 박철수는 중앙당에서 내려온 고급 선전
요원 공산주의 이론가 이규하와 은밀히 대화하고 있다.
"그러니까 광활면은 그 사람만 포섭하면 애국 청년 이십여
명은 그냥 그 사람 따라 들어온다 이거지요?"
"예, 그렇습니다."
"그 사람과 아주 친한 동지 한 분을 소개하여 드리겠습니
다."

두 사람은 야학당 옆 최병섭의 사촌 손위 처남 박화섭의 윗
방에서 막걸리 상을 놓고, 밤이 깊어 갈수록 이야기도 깊어
가고 있다.
"최 선생님, 우리나라는 러시아와 중국과 같이 붙은 한 대
륙입니다. 러시아는 일찍이 1917년에 마르크스주의자 레닌
지도 아래 볼셰비키 혁명을 달성하고, 세계 사상 처음으로
사회주의 정권을 수립하고, 1918년 러시아 공산당이라 개칭
했으며, 종주국으로서 역할을 하고 있습니다. 중국의 모택동
공산당도 지금 대륙 곳곳에서 승승장구하고 있어 머지않아
중국 대륙이 공산주의 국가로 통일 될 날도 눈앞에 두고 있

습니다."

아랫방에서 가만히 듣고 있는 박화섭 씨는 두주불사하는 애주가로 이곳에 정착하기까지 일본, 만주 등지로 만고풍상을 다 겪은 좋은 집안에서 한문 공부도 많이 한 사람이다.

최병섭을 장래가 촉망되는 좋은 청년으로 보고 사촌누이동생(박순례)을 중매한 책임을 느낀다.(일제 말기 서남해 지방의 일본군은 처녀들에게도 몸매가 드러나는 바지형의 몸빼라는 옷을 입혀 훈련을 시키니 서둘러 혼사가 이루어졌다.)

"병섭이, 아침상도 못 차려주고 미안하네."

"아니요, 그 사람이 서둘러 갔지요."

"어젯밤 자네들의 이야기가 아랫방까지 다 들렸네. 이 후 다시 그 사람 만나지 말게나. 이곳 남한 땅에는 강대한 미국이 주둔하고 있네. 그리고 민중 혁명이란 짧은 기간에 성공하기 어려운 것이고, 공산주의 사상도 새로운 사상이라 말씨 좋은 사람들 이야기지, 믿을 수 없는 사상이네. 자네가 어차피 농사지을 사람이 아닐 테고 하면 우익 진영에 참여하게. 누가 여기까지 찾아오는 사람도 없고 하니 야학당도 그만하고 바깥세상으로 나가 봐."

얼마 후, 병섭은 김제군당 요원에 광활 총책.

"친일파, 특히 악질 경찰 출신들이 우익 진영에서 설치는 꼴을 보고 좌익 진영에 들어섰다는 자네의 말은 하나만 알고 둘은 모르는 이야기네. 좌익 극렬분자들 때문이 아니겠는가. 아무튼 우리 집이 더 이상 자네의 비밀 장소가 되어서도 안 되겠네."

"형님한테 폐를 너무 많이 끼치고 있습니다."

"밥 한 상 차려내는 것이 어려워서가 결코 아니고 진옥이, 진철이도 이제 말귀 알아듣고 세상 눈뜨는 나이 아닌가."

"형님, 그 점은 조심조심하고 있습니다. 워낙 영리한 아이들이라서 눈빛으로 다 통하지요.(절대 너희들은 알아듣지도 말고, 누구한테든 말하지 말라)"

해방 정국의 초에는 미 군정은 미국식 민주주의에 의해 공산주의 활동도 허용함에 따라 남한의 정치 혼란은 극도에 달했었다.

왜 그랬을까……?

1948년 초, 우익의 주요 정당 및 사회단체들은 미 군정의 정책에 따라 최초의 호기를 이용하여 전국에 효율적인 조직망을 펼 수 있었다.

부유한 지주들이 중심이 된 한국 민주당과 이승만을 회장으로 한 대한독립촉성회 등이다.

좌익은 군정의 탄압을 받으면서 완전 지하투쟁으로 조직이 숨어 활동했다.

미소공동위원회가 결렬되고, 한반도 문제가 유엔에 상정되어 1948년 5월 10일 남한만의 단독선거에 의한 정부가 수립되니 남로당은 이에 반대하여 완전 무장투쟁을 감행하며 지리산, 덕유산, 오대산 등의 산악 지대를 아지트로 유격전을 펼치고, 곳곳에서 경찰서와 지서가 습격을 당한다.

이에 모자라는 경찰 병력에 1948년 12월 21일 반공대한청년단이 결성되고, 1949년 9월 총소탕작전을 전개하여 남로당은 수차 소탕되면서 1950년 3월에 이르러서는 남로당의 총지휘부인 서울 지도부 김삼룡, 이주하까지 검거되었다.(박헌영은 월북)

그리고서 6 · 25가 나고 당국의 발 빠른 공산주의자 예비 검속에 병섭은 김제경찰서 유치장에 수십 명이 함께 투옥되고, 모자란 유치장에 경찰서 옆 누에고치 공판장으로 쓰던 함석 창고에까지 검속되었다.

6월 28일 서울이 함락되고, 대전을 사수하던 미24사단(사단장 딘 소장은 최전방인 시가전에서 진두지휘하다가 실종, 포로가 되었다)이 공중 지원 아래 최선을 다 했다.

그러나 재기 불능 상태로 영천으로 후퇴하니 7월 20일 대전이 함락되면서 텅 비어 있는 호남 지역을 서부전선의 최 서단을 침공하던 팔로군 출신 사단장 방호산의 6사단이 번개작전으로 순식간에 석권해 갔다.

(방호산 부대는 9·15 미군의 인천상륙작전으로 고립된 패잔병이 되어 산악 지대에서 빨치산으로 투쟁하다가 소멸되었다)

급속도로 당황한 경찰은 급히 처단하고 후퇴하라는 명령이 하달된다.

차량이 없는 김제경찰서는 한 차, 한 차 부안 변산 골짜기로 실어 갔다.

최병섭.

"누구요."

안면이 있는 대한청년단원, 누구의 지시인지 메모 쪽지가 아무도 모르게 손에 쥐어진다.

'절대 차를 타지 말고, 뒤로 뒤로 마지막까지 남아라.'

밤 9시가 지나면서 여름 해의 긴 하루도 어둠 속으로 장막이 지고, 모두가 조용해진다.

남은 사람은 아홉 사람, 이 밤이 새기 전 어떻게든 탈출해야

살 수 있다.

숨막히는 절박한 시간을 보내고 뱃속은 아침에 주먹밥 하나 들어간 것이 전부다.

"자, 우리 모두 일어서 엉덩이로 벽을 친다."

"하나~ 둘~ 셋!" ―퉁―

"하나~ 둘~ 셋!" ―퉁―

"조용히? 조용히."

새벽녘이 되고 모두가 서 있을 기력조차 없다.

퉁퉁 부어오른 엉덩이는 피멍이 들고, 시간이 갈수록 부어올라 무릎조차 구부러지지 않는다. 일본 놈들이 건축한 유치장이 무너질 리도 없지만 설사 무너졌다 한들 도주할 체력의 한계를 넘었다.

바닥에 엎드린 채 세 번째로 임신한 아내의 얼굴이 떠오르고, 박화섭 처남댁의 작은 윗방이 떠오르고, 항일 투쟁, 야학당, 징용, 공산당원 이렇게 내 인생은 26세의 나이로 끝나는구나. 어젯밤까지 살아야겠다는 독한 마음도 초인력의 힘도 다 빠지고 만다.

밤새 세상이 바뀐 줄도 모르고 모두가 초죽음으로 엎드려 기침 소리 하나 없이 적막한 시간이 흐르고 있을 때 갑자기 유치장 밖이 왁자지껄하고 문이 열린다.

총열 등에 꽹과리 짝이 붙은 처음 보는 총이 보이고,

"동무들 안 죽고 살았구먼."

병섭은 다시 햇빛을 보고 생명의 은인을 찾았으나, 그 사람은 이미 험한 세상을 잘 피해서 추후 국회의원에까지 당선되고 58세에 작고하였다.

60여 일이 지난 음력 8월 15일 중추가절 10여 명이 겨우 칼빈총 세 자루를 메고 무조건 북쪽으로 길을 서둘러 떠난다.

병섭은 마지막 길임을 예견했는지 김제내무서 근처에 분가한 집에 들러 아내와 이별한다.

이제 갓 태어난 딸의 얼굴을 비벼 대며 마음속으로 기도하고, 울며 따라 나서겠다는 아내의 눈물을 말없이 닦아 준다.

서두는 동료들에 등이 밀리고 차츰 아내와 딸의 거리가 멀어져 간다.

혼자만 빠질 수도 없고 좌우간 북쪽 방향의 순동 처갓집에도 잠깐 들른다.

장인, 장모, 큰처남 모두가 자네는 우리 집에 숨어서 잠깐 예봉만 피하면 된다고 총을 뺏고 뒤안으로 밀고 간다.

"그러려고 들른 것 아닌가!"

막무가내이나 도저히 안 될 상황이다.

"나 혼자만 총을 갖고 있는 것도 아니고 가 봐야 합니다."

서둘러 떠나고 만다.

1952년 광활면 6닥구.

우리 집에서는 누가 나설 장정이 없으니 멍석이라도 전부
다 내놓겠어요.

왜정 때는 이런 걱정은 안 했건만, 둑이 구멍이 나 밀려난다
면 이 비바람 태풍에 견디기 어렵겠네요.

지금 모두들 나서고 있으니 그리 걱정은 마시고, 만약을 대
비하여 챙길 것은 챙겨 놓으십시오. 징소리가 크게 울리면
위 농장이 있는 학교로 내피하세요.

광활면은 일제 행정구역으로 1닥구에서 9닥구까지 20~30
호 단위로 종·횡으로 이어져 서로 품앗이하며 영농하도록
하고 적기에 적합한 품종의 씨나락을 배급하여 주고 비료 공
급도 적정하게 배급하여 생산성을 최대한 높이는 집단농장
형식의 소작지 경영을 해 왔다.

그러나 부지런한 사람과 나태한 사람과의 생산량의 차이가
너무 벌어지면 지주가 강제 조정을 하고, 제방 둑은 관리하
는 회사를 별도 설립하여 튼튼하게 관리하여 왔다.

물론 소작권의 매매나 이주의 자유도 있었다.

1943년경의 우리나라 전체의 통계를 보면 경지면적의
63.4%가 소작농지로 소수의 지주 수중에 있었으며 36.4%가

자작농민의 형태였다.

1945년 해방이 되고 미 군정 통치가 시작되면서 정부 수립 후 농지개혁이 실시되기까지(1950년 5월) 미 군정은 직속의 특수기관으로 신한공사를 설립하고 일본인 소유의 전 토지를 관리하였다.(일반 농지, 과수원, 뽕나무밭 등 특수농지 포함, 남한의 13.4%에 이르렀다)

광활면은 김제의 일본 동진농조를 승계 받은 한국의 동진농조가 신한공사의 위탁을 받아 관리하였다.

제방은 어수룩한 해방 행정과 같이 어수룩한 상태로 6닥구 주민들의 노력 정도는 아랑곳 하지 않고 터지고 말았다.

제방의 재 축조는 뒤로 밀려 6닥구 부락이 있는 신작로로 하여 완성하였기 때문에 6닥구 사람들은 대부분 졸지에 생활 근거지를 잃고 알거지가 되었다.

6 · 25 전란 중이라서 정부도 속수무책이었다.

토지개혁에 의해서 완전 자작농이 된 농민들은 이미 바다로 들어간 논두렁을 바라보며 한없이 눈물만 흘리고 떠나지를 못하고 있다.

(지금이라도 그때의 피해 농민을 찾아 의당 보상해 주어야 한다. 이유는 천재지변 재해가 아니고 제방관리를 소홀히 한 책임이 있고, 이미 사유지가 된 국토 면적을 소실한 책임이

있다)

　당시 농지개혁 현황을 요약해 보면, 1949년 6월 21일 농지개혁법이 국회에서 통과되고 1950년 5월까지 대부분 완료되었다. 농지를 분배 받은 농가는 평년작 생산량의 1.5배를 5년간 분할 상환하고 지주는 평균 생산량의 1.5배를 기록한 지가증권을 교부 받아 정부 매상 가격으로 받는다.

　이런 결과 소작지를 분배 받은 빈농들은 연부상 환금과 토지소득세 부담이 부채로 누적되자 분배 농지의 암매매가 심하게 이루어졌다.

　지주계급 부유층을 기반으로 한 한국 민주당이 국회를 장악하고 연부상환 기간을 너무 짧게 5년으로 하였기 때문으로 농지개혁은 실패한 것으로 평가되어 있다.

　박순례의 농지는 전체 일곱 필지 반에서 다섯 필지가 바다로 들어가고 남은 두 필지 반은 부지런한 노부모님들이 농한기에 왕골자리를 열심히 짜서 팔고 하여 신작로 안쪽으로 새로 산 논이기에 다섯 식구가 겨우 먹고 살게 되었다.

　하지만 더 괴로운 것은 친정 오빠와 동생들이 차제에 돌아오지 않는 사람, 더 이상 기다리지 말고 재가를 하라고 서둘러 대는 것에 이래저래 밤잠을 못 이루고 몸이 수척해 간다.

이를 눈치채고 있는 노부모님들도 소리 없이 한숨을 지시고 한다.

드디어, 시아버님이 말씀하신다.

"며느리 아가, 그리 몸이 허약해지니 정림이를 데리고 친정에 가서 오랫동안 몸조리를 하고 와라."

그 말에 박순례는 눈물이 하염없이 더 쏟아진다.

너의 장래를 생각하고 넉넉히 사는 친정에 가서 결심하라는 뜻이니 어린 딸의 얼굴을 비벼 대며 못 잊어 못 잊어 떠나던 남편의 얼굴이 떠오르고, 벌써 세 살이 되어 가고 있는 집안의 재롱이 정림이를 생각하면 재가는 꿈에도 생각할 수 없다.

'나는 정림이와 평생을 같이 살란다.'

"아버님, 저는 그리 오래는 있지 않을 것입니다. 이틀 밤만 자고 꼭 돌아오겠습니다."

그리고서 장수하신 시부모님에게는 꼭 53년을 밥상 차려 올려 드리고, 남편을 대신하여 큰아들 노릇을 하며 유택도 양지바른 좋은 곳을 찾아 장만하여 모시고, 자기도 결국 그 두 분 밑에 잠들고 있다.

중앙정보부 조사계 최병진은 180이 넘는 훤칠한 키에 미남형 공군 헌병 출신이다.

조사과장 이인철과 조용한 방석집에서 몇 순배 술잔이 돌아가고 있다.

"이 과장님, 어렵게 위로 안 해 주셔도 됩니다."

"저는 어느 때인가는 올 것이라고 예견하고 있었습니다. 대기발령 육 개월이면 다 끝난 것 아닙니까."

"최병진 씨 나로서는 참으로 안타까운 일이네."

"차제에 실한 개인회사에 알선해 드리면 어떻겠나?"

"이 과장님, 말씀은 고맙습니다만 저는 이제 월급쟁이는 하지 않겠습니다."

병진의 나이 27세, 다방면으로 재주가 있어 꿈이 많은 청년이 첫 단추가 잘못 꿰어지고 있다.

"도련님, 집과 논을 농협에 저당하면 그 돈은 만들 수 있지요."

"형수님, 너무 죄송합니다. 어려운 살림에 고등교육까지 시켜 주셨는데."

"다, 형님 때문에 앞길이 구만리 같은 도련님까지도 앞이 막히니 나로서는 당연합니다."

"너무 미안해하지 마시고, 어머님께는 제가 말씀 올릴 터이니 그리 알고 올라가세요."

박순례는 막내 시아제를 끔찍이 사랑한다.

남편의 모습을 보는 것 같고, 어쩌면 목소리까지 그리 닮았는지 두 아들 중(홍역하다 시어머니의 부주의로 둘 다 사망) 하나만 살았어도 즈그 삼촌 꼭 닮았을 텐데, 외동딸 하나 키우면서 가끔 아쉬워하는 생각이다.

삼촌도 형님 없는 형수님을 부모와 같이 존경하며 은혜로 갚으리라 항상 마음을 다짐한다.

둑이 터지고 그 난리 속에서 생활의 안정을 찾고 6년이 지난 어느 날, 기둥 같은 시아버지가 사랑방에서 막걸리 마시며 시조가락을 읊다가 뇌일혈로 말 한마디 없이 그냥 허무하게 세상을 떠나시니 그 슬퍼함을 못 이기는 박순례를 보고 울지 않은 사람이 없었단다.

"어미야."

"네, 어머니."

"정림이가 왜 이제껏 학교에서 안 돌아와?"

"곧, 오겠지요."

이십 리 길을 걸어서 죽산여중에 다니는 정림이가 늦게 오는 날이면 할머니나 어머니는 일손이 잡히지 않는다.

여자만 단 세 식구 사는 집이라서 특히 날이 저물면 모두가 같이 있어야 안심이 되는 할머니이시다.

"정림아, 네가 벌써 처녀가 다 되어 가는구나."

“항상 몸과 행동을 조심해야 한다. 애비 없이 자랐단 말 들어서는 안 된다.”

“할머니, 저도 이제 다 컸어요. 노상 하는 이야기 고만하셔도 되요.”

할머니는 젊은 과부 며느리의 기둥이고, 애비 없이 자라는 손녀의 엄격한 가부장이다.

“어머니, 어제 외삼촌들 다녀가셨어? 작은 외삼촌이 무궁화 하나를 더 승진했다고 뽐내고 오셨겠네.”

“이 철없는 것아, 외삼촌들이 뽐내려고 바쁜 시간에 여기까지 왔겠냐.”

“너그 할머니가 어찌나 좋아하시는지 나도 옆에서 흐뭇하더라.”

“정림아, 뭘 그리 꾸물대어. 용돈이 더 필요해서 그래?”

“어머니, 나 어제 농협에서 온 붉은 딱지 편지 다 보았어.”

“정림아, 너 아무 말 말거라. 할머니 아시면 안 돼. 알았지?”

“삼촌이 어떻게든 수습할 것이다.”

광활면에도 버스 노선이 생기고, 정림이도 이제 버스로 통학한다. 그 대신 차 시간을 한번 놓치면 1시간 반을 기다려야 하니 두 시간을 걷는 것이나, 불편한 학교 길은 그게 그거다.

"어머니, 삼촌 편지가 학교로 나한테 왔어. 이것은 어머니한테 별도로 쓴 거야."

박순례는 얼른 뜯어보지 않고, 치마 말에 그냥 꽂고 하던 일을 계속한다.

"어머니, 빨리 뜯어 읽어 봐. 나도 어차피 아는 걸 뭐."

농협 일이 걱정이 되어 불가피 알린다는 내용이나 수습 방안이 없다.

몸은 경찰서에 있고, 곧 재판을 받게 된단다. 사업상 어쩌다 폭행을 했단다.

'그놈의 주먹들은 남보다 커 가지고.'

차라리 나같이 적은 사람이 좋겠다는 생각도 한다.

친정집도 아버지 돌아가시고 큰오빠가 뼈에 배기지 않은 농사일을 못한다고, 전답 팔아 사업한답시고 사기만 당하더니 삼촌도 그리된 것 같다.

"누님, 어떻게 식모살이를 하겠다는 겁니까? 방법을 찾아 봅시다."

"동생, 나는 어차피 휘어진 나무."

"무슨 일을 하든 우리 정림이 고등학교까지만이라도 졸업시키겠어."

"동생도 서울에서 월급쟁이 시작한 지 얼마 안 되고, 오늘 이후 나한데 더 이상 신경 쓰지 마."

"누님, 이렇게 합시다."

"다행히 시어머니께서는 건강하시니 정림이는 김제여중에 편입시켜 큰형님 댁에서 일 년 반만 다니면 졸업합니다. 그리고 서울에 와 은행에 사환으로 취직하면 야간 고등학교에 다닐 수 있고, 열심히 성실하게 하면 여행원으로 채용이 됩니다. 다만, 본인의 고생은 감수해야 됩니다."

2년의 세월이 바쁘게 사는 사람에게는 더 빠르다.

T은행 무교지점.

"정림아, 너 이것 주산 좀 놓아 주라."

"저렇게 날씬하고 큰 아가씨한테 정림아! 정림아가 뭐냐? 미스 최, 그 사람 일하지 말고 이리 와 급한 내 일부터 좀 보아 줘!"

정림이는 새벽에 일어나 일반 직원보다 2시간 먼저 출근하여 지점장실부터 정리하고 모든 직원의 책상을 걸레로 닦고, 전화기 등 집기를 깨끗이 청소하고 나면 후줄근한 몸으로 영업시간이 되고, 은행 셔터 문이 열리고 이 사람, 저 사람 심부름. 오후에 학교에 가면 퉁퉁 부은 다리가 쑤셔 오고 졸음이 오기 시작한다.

"정림이야, 어서 온니라."

"할머니, 또 진지 안 드시고 기다리고 계셨어."

"어머니는?"

"느 어미는 초저녁잠이 많아서 지금 막 잠이 들었나 보다."

"할머니, 그 도라지 오늘 밤 다 까야 되야. 시장 바닥에 종일 쭈그리고 앉아 파는 느그 엄마가 더 고생이지."

"나야, 겨울이면 연탄불 따신 방에서 일하고 여름이면 선풍기 틀어 놓고 시원하게 앉아서 일하는데 무슨 고생이여."

"정림아, 나 먼저 나가니까 할머니 진지 차려 놓고 가. 늙어서 반찬 없는 밥 혼자서 차려 먹는 신세가 여간 서럽지 않단다."

"어머니는 언제 아침진지 드시는 거여?"

한 바퀴 돌고 나면 아침 새때가 된다.

"맛있는 조개젓, 명란젓, 창난젓, 새우젓 사세요."

아침 새벽이면 젓갈통을 머리 고개 짐으로 이고 다니며 팔고, 집에 와서 잠깐 쉬며 밥을 먹고 시어머니가 다듬어 놓은 각종 나물거리를 남가좌동 시장에 가서 저녁 어둠이 깔릴 때까지 쭈그리고 앉아 팔고 온다.

"어머니, 방 두 개짜리로 이사 가자."

"왜? 정림이 네가 많이 불편하냐? 방법이 있다. 방은 이만

하면 큰 방이니까 가운데에 줄을 매고 막자. 그리고 한쪽은 너 혼자 써라. 나는 잠만 자고 일어나면 그만인데 두 개짜리 방을 얻으면 연탄 아궁이도 둘이 되고, 아직은 좀 참자.”

품안에 자식이라는데!

박순례는 옆 돌아볼 시간도 없이 사느라 전혀 느끼지 못했던 그 무엇이 찡하게 스치고 간다.

이달은 보너스까지 포함해서 나오는 월급날이다.

비정규직들의 서러운 날.

이날뿐이 아니다. 매월 5일이면 월차수당, 15일이면 예금권 유수당, 21일은 월급날, 월말이면 숙직수당, 출장수당. 보너스는 3개월마다 연본봉에 650%, 연차수당은 6개월마다 근무 연수와 본봉에 비례하여 누진되어 나오는 알토란 수당.

돈이 나오는 날이면 비정규직들은 서럽고, 서러운 날. 일용직에 준하여 쥐꼬리 월급만 주고, 그 외에는 아무것도 없다. 보너스 날은 그래도 직원들이 사환에게는 각자 심부름을 해준다 해서 직급에 따라 조금씩 거출하여 서무주임이 금일봉을 준다. 사실은 이것 때문에도 여러 직원에게 너무나 손발이 딸린다.

정림이는 서무주임 옆에 앉아 수작업으로 50여 명의 급여를 계산하여 월급봉투에 돈을 넣는 작업을 하고 있다.

“정림아, 한 번에 짝 맞아 버렸어?”

“네, 유 계장님.”

“너, 정말 번개 같구나.”

“너, 정말! 야!”

“서울여상이지? 역시야.”

서무주임 유택근은 대졸 군필의 고급 행원, ROTC 출신으로 주산 실력이 모자라고 출납주임을 거치지 않은 관계로 돈을 다루는데도 미숙하여 몇 번을 계산 다시 하고 하루 종일 걸리는 일이다.

“정림아, 너 내일부터 미스 최라 부른다.”

“아이! 유 계장님 부끄럽게 그러지 마셔요.”

“유 계장님 오시기 전에도 매월 해 온 일이라 숙달된 거예요.”

“정림아! 아참, 미스 최. 연애해 본 적 있어?”

“아이! 유 계장님 저 아래층으로 내려가요.”

“할머니, 할머니!”

“어머니, 웬일이야? 누가 왔다 갔어?”

“너, 어서 밥 먹어야지.”

“아니, 밥이고 뭐고 궁금해서 죽겠네. 어머니, 이거 봉투. 할머니하고 잡수시라고. 지난달에 사 온 건 할머니가 ‘아이구 나는 딱딱해서 못 먹겠구나.' 하시는데 내가 얼마나 마음이 아팠다구. 일부러 그렇게 한번 샀거든."

정림이가 아무리 살살거려 봐도 분위기가 이상하다.

"할머니, 어디 아프서? 왜 꼼짝 안 하고 방에 누워만 계시어?"

"할머니 마음이 아파서 그러시니 어서 조용히 밥이나 먹고 나하고 이야기 좀 하자."

모녀는 골목길을 따라 올라와 천막교회 옆에 앉았다.

모처럼 여름밤 하늘을 쳐다보니 시원한 밤바람에 별이 총총하다.

"인천에 산다는 느 삼촌 색시라고 하는 나이 많은 처녀가 왔는데 어쩌다 그리된 것 같고, 어떻게 알고 여기까지 찾아와서 우리 사는 형편을 보고 어이가 없는가 보더라. 내가 데리고 나가서 김치찌개 하나씩 먹고 갔어. 그리고 약속을 하고 보냈지. 살고, 안 살고는 나중에 당사자들이 알아서 할 일이고……."

"어머니, 어떻게 키우려고 그런 약속을 했어."

"최씨 집안 씨가 틀림없다면 내가 받아서 양자로 키울 것이다. 당장 결혼 못할 형편이고 보면 처녀로서 아이를 낳을 수 없다 하니, 최씨 집안 씨를 내가 받아야지 어찌하겠니."

"딸이라면?"

“그것은 하늘의 뜻에 맡기고 혼전에 낳는 아이는 대게가 아들이라 하더라. 할머니는 그 처녀를 유심히 한 번 보고 나더니 휙 돌아앉으시고, 삼촌의 꼬락서니에 저리 마음이 아프셔서 저녁도 안 드시고 누워 계신다. 오래 참아 온 물코가 터진 거지.”

“들어가서 인삼 죽이나 끓여 드려야겠다.”

2.

정림이는 스무 살의 꽃봉오리 같은 나이에 서울여상을 반에서 1등으로 졸업하고, 그렇게도 그리던 T은행의 여직원 채용 심사에 최우수 점수로 통과되어 다른 신규 행원들과 같이 2개월간의 합동 연수를 받게 된다.

“정림아.”

“네, 할머니.”

“참으로 훌륭하다. 너 하나 믿고 살아가는 느 어미나 모두가 대견하다. 아버지 없이 모질게도 고생하며 커 가는 너를 그동안 나는 속으로 울며 너를 너무 심하게 매질했다.”

말씀하시는 할머니가 목이 메이고, 옆에 앉아 계시는 어머니가 소리 없이 흐느끼신다. 갑자기 세 식구는,

“할머니!”

“어머니! 정림아!”

“어미야! 어미야!”

울음바다가 되어 고부간에, 모녀간에 엉켜 울기 시작한다.

기뻐서 나오는 눈물이나, 슬퍼서 나오는 눈물이나 실컷 울고 나면 개운한 것.

할머니는 아버지가 없는 나에게 엄한 가정교육을 시켰고, 남편 없는 청상과부에 기둥이 되어 왔고, 어머니는 아들 노릇하며 남편에 밀리는 태도로 간섭을 받으며 할머니를 존경하고 모시고 산다. 할머니는 항상 문단속 철저히 하며 식구가 다 들어와야 잠에 드신다.

초저녁잠이 많은 어머니는 마음 놓고 주무시고, 정림이는 할머니 때문에도 해찰할 틈도 없이 집에 들어왔다.

또한 1~2등을 다투다 보면 누구나 그렇게 학창 생활을 보내고 성공한 후에는 그 시절을 못내 아쉬워한다.

정림이는 연수원으로 9시까지 출근하고 오후 6시면 퇴근한다. T은행 연수원은 공기 좋고, 한적한 시내 중심가를 벗어난 곳에 있어 은행 통근 버스로 출퇴근하니 만원버스에서 항상 시달리며 피곤했던 엊그제까지의 생활이 주마등처럼 스치고 간다.

연수 과정은 은행 업무 전반의 이론 과목에 실무·실습 과정이다. 주산 시간과 돈을 세는 실습, 은행부기에 의한 전표 작성요령, 실습, 예·대 업무, 이자계산 실습, 빨리 쓰는 숫자·글자 연습. 내노라하는 대졸 출신들은 가장 어려운 시간이다.

그래서 초급 행원 시절에는 상고 출신들이 날리고, 대졸 출신들 중에는 애를 못 이기고, 더러 전직하는 사람도 있다.

정림이는 편한 시간으로 공부하니 실무 과정은 노는 시간이나 같고, 이론 과목에 열중한다. 이론 과목은 중견 행원 과정이나 초급 책임자 연수 과정이나 거의 다름없는 수준이다.

그래서 초급 책임자가 되면 실무 경험을 쌓으면서 여러 번의 복습 과정을 거치기 때문에 은행 업무 전반에 박사가 된다.

T은행 광화문지점.

최정림의 은행원 생활 첫 출발 지점.

정림은 일찍 출근하여 서무주임에게 인사발령장을 내밀고 공손히 인사한다.

서무주임은 먼저 지점장실로 안내하여 인사 소개를 하고, 차장, 과장, 대리, 계장, 고급 행원, 하급 행원 순으로 일일이 데리고 다니며 인사를 시킨다.

"이번에 새로 입행한 최정림입니다."

그러면 정림은,

"최정림입니다. 잘 지도하여 주시기 바랍니다."

인사를 다 마치고 서무주임 옆의 자리에 앉아 간단한 이력서와 같은 신상명세서를 서무주임이 주는 은행양식에 적는다.

어제는 인사부에서 주는 작성 서류 중(신원보증서 등) 여행원은 결혼하면 퇴직하겠다는 각서 한 장이 더 있었다.

오늘의 신상명세서라는 것은 본적, 주소, 호주, 출신교 외에 가족들의 생년월일, 직업, 총수입, 지출, 소유, 부동산, 동산 등이 기재된다.

정림이는 한참을 침묵한다.

얼굴도 모르는 아버지의 이름 석 자, 최병섭.

머릿속에서만 맴돌고 있다.

묻지 마라 갑자생. 그 아버지만 계시었다면 나는 대학에도 진학하고, 유학도 갈 수 있고 하고 싶은 공부 다 하고 그럴 수 있었을까?

엉뚱한 생각으로 돌아가고 있을 때, 서무주임이 한마디 한다.

"아버지가 안 계시구먼, 오늘은 바로 퇴근하고 내일 업무 분장 명령을 지점장으로부터 받을 것입니다."

다음 날.

본점 인사부에서 봉인된 정림의 인사기록카드가 도착하고, 차장이 업무분장 명령서를 지점장실에서 들고 와 정림을 부른다.

"당좌 업무 보조 겸 출납."

"미스 최, 하명자 란에 도장을 찍고, 가서 열심히 일하시오."

'네, 차장님.'

신입 행원은 특히 남자 직원은 고졸, 대졸 구분없이 최일선 업무부터 시작한다.

어음교환원, 출납보조원, 보통예금 및 저축예금계, 제예금(적금, 정기예금 등) 계산계, 환계 등을 약 6개월 기간으로 업무 분장 이동시킨다.

기동성 있게 숙달시키고 능력에 따라 당좌주임, 대부주임, 서무주임을 거치고 나면 4~5년간의 세월이 가고 완전히 은행 업무를 파악한다.

책임자 자격시험을 거쳐 초급 책임자 대리로 승격하여 신상에 사고가 없는 한 호봉 서열대로 진급하여 간다.

그래서 당시에는 은행원의 직업이 직장의 안정성과 생활의 보장성, 장래의 희망성이 있는 직장으로 A급 직장이라 인정되어 우등생이 아니면 입행하기 어려웠다.

정림이는 연수원에서 무슨 과목이던 1등을 하고, 수료식 때 연수원장으로부터 행장님의 표창장을 받은 실적이 자기 인사기록부에 근무성적 평가란에 기록되어 있어 보조계원 중 가장 중요한 당좌 업무 분장을 받은 것이다.

정림이는 아래층 당좌계로 가니 이미 책상이 깨끗이 정돈되어 주인을 기다리고 있었다.

"환영합니다, 미스 최."

당좌주임 은성표가 반겨 준다.

"잘 가르쳐 주십시오, 은 주임님."

담당 대리가 걸어 나와 반겨 주고, 차장이 뒷좌석에서 웃으며 반겨 준다.

정림이는 가슴이 뭉클, 뜨거운 가족 사랑을 받는 난생 처음 느껴 보는 감정에 어리둥절 한참을 서 있다가 겨우 진정하고 넓은 자기 책상에 앉는다.

4월이 되고 정림이네는 이사를 한다.

전세 60만 원으로 역시 남가좌동 시장 근처 집 지은 지 2년쯤 되는 언덕을 등지고 2층집 형식으로 되어 있는 아래채다.

화장실도 따로 있고, 방 둘에 마루도 있다. 마당은 없이 분합문식 대문이다.

당시 200만 원쯤이면 대지 40평에 건평 22평쯤 되는 단독

주택을 살 수 있는 때다.

할머니하고 어머니가 이틀에 걸쳐 깨끗이 도배를 다시 했다.

"어머니, 이제 새벽 장사일은 나하고 약속한대로 그만하셔요."

"그래 정림아, 새벽 머릿짐 장사는 그만둘란다. 다음 달이 산월달이라 하니 여기 남가좌동 '장산부인과' 로 오라고 했다. 할머니한테는 반 승낙받았다.

"삼촌은 요즘 뭐한데? 뭘 하던 한 가지를 꾸준히 해야지!"

"전주에 가 있다더라."

정림이 옆에 저축계 정일규 주임은 4시 반 셔터가 내려지면 뒷문으로 늦게 들어오는 마감 후 손님 하나 받아 처리할 여유가 없다.

오늘 하루 거래한 예금원장 추려서 서발하느라 고개 푹 숙이고 쳐다볼 틈도 없다.

맨날 옆에 미스 민이 마감 후 거래도 다 처리하고 거래원장 두 배에 가까운 서발을 끝내고 자기 일계장 마감하고는 계산계 주요장부(전표 계정별 합산 잔액)와 맞든 안 맞든 자기 건은 틀림없다 자신하고 퇴근해 버린다.

정 주임은 항상 늦게까지 몇 장 안 되는 일계장을 놓고 주산을 다시 놓아 보고 서발을 대조해 보고 죽을 지경이다. 미스 최가 할 수 없이 거들어 주면 금세 끝난다.

"최정림 씨, 항상 고마워요."

"내 오늘은 그냥 못 가겠어. 덕택에 일찍 끝냈으니 저녁이나 먹고 갑시다."

거절도 한두 번이라 미스 최는 할 수 없이 따라나섰다.

이런 식으로 여상 출신들이 슬슬 접근하여 가끔씩 대어를 낚아 결혼하는 경우도 있다.

"미스 최는 고향이 어디세요?"

정림이는 속으로 첫 대화가 좀 시시하게 느껴진다.

"정 주임님은 울산이시지요?"

정일규는 약간 놀라며.

"어떻게 아셨습니까?"

당시 대통령 비서실장을 지내고 중앙정보부장에 있는 H씨의 고향 울산 담당 비서실이 따로 소공동에 있었다.

울산 사람들은 연줄만 잘 대어서 찾아가면 은행 여직원 정도의 취직은 무난하여 T은행에도 더러 들어오는 것을 정림은 알고 있었다.

절대 공채 시험에 합격하지 못하면 들어올 수 없는 남자 행원 자리에도 교묘하게 뚫고 들어오는 것도 알고 있다.

이 경우는 행장에게 직접 전화를 한단다.

"귀 행의 금번 입행 시험에 내 잘 아는 아이가 응시했는데 발표 일자가 언제쯤입니까?"

"아! 네! 그러십니까? 제가 미리 한번 알아보지요. 성명이?"

이것으로 그 이름은 합격자 명단에 들어가고 재수 없는 합격자 하나가 미끄러진단다. 권위 정권 하에서 어디나 다 서울대를 제외한 대학 입시까지도 있는 일로 들었다.

백락일고즉(伯樂一顧卽) 하면,
가증삼배(價增三倍)라.

옛날 백락이라는 말 거간꾼이 있었는데, 좋은 말을 살려면 모든 사람이 백락에게 부탁한다. 그러니 백락이 말을 한번 쳐다만 보아도 그 말 값이 삼배로 뛴다는 정치 고사성어다.

정일규는 2년 전 입행한 대졸 출신 노총각이다.

자기 나이 먹은 것은 생각하지 않고 앳된 나이 어린 처녀만 좋아한다.

노처녀 미스 민은 일찌감치 눈치를 채고 사무 능력도 없는 뜸식이가 하필이면 같은 파트너로 와서 고생만 실컷 한다고 불평이다.

사실이지 뜸식이, 뜸순이들은 옆 사람과 더불어 살아가는 큰 직장이다.

정림이는 은행 여직원 유니폼이 아주 불편하다. 미니스커트가 되어 창구에서 한발 물러나 있는 당좌계 자리에 객장 손님들과 남자 행원들의 눈길이 오고 있음을 항상 주의하고 있으나 일에 열중하다 보면 피로한 다리가 벌어진다.

여고 시절에도 그런 일이 있었다. 정림이는 키가 커서 뒷자리에 앉는다. 한여름 더울 때는 뒷자리의 여학생들은 스커트를 슬쩍 올려놓고 공부한다. 새로 부임한 수학 선생이 문제풀이를 시켜 놓고 슬슬 돌아다니다가 정림이 옆에 우뚝 서 있다. 열심히 문제를 풀고 있는 정림이를 친구가 연필로 폭 찔러 깜짝 놀라고 당황한 적이 있었다.

"정림이냐."
"네, 할머니."
"어서 온나라."
"어머니는요?"
"병원에 갔다."

다음 날 이른 아침.
"최정림 씨, 미스 최."
정림은 자기를 부르는 소리에 문을 열고 나가 보니 명지대학 앞에 산다는 안 대리가 비상연락망에 의해서 온 것이다.
전 직원 비상소집이라 한다.

　광화문 신문로 해장국집.

　청색전화라도 놓고 살아야겠다는 말들이 오고 간다. 백색
전화는 소유권이 있어 양도 양수가 가능하여 높은 가격이고
청색전화는 사용권만 있어 싼 편이지만 행원 월급 3개월분을
몽땅 가져야 놓을 수 있었다.

　비상소집 훈련이라야 일찍 출근하여 서무 경비로 다같이
아침 식사하고 오면 끝이다. 다만 출근하는 순서대로 도착
시간을 적고 안전계획실에서 나온 직원이 그 지점의 성적표
로 갖고 간다.

　안전계획실장은 대개가 육군 대령 출신이다. 장군 진급에
서 누락된 사람이 은행의 노른자위라고 와 지점장급 호봉을
받는다.

　2년 기한을 채우면 다음 사람으로 교체되고 하다가 80년대
이후는 군사문화 시대가 되어 그냥 눌러 앉고, 바늘구멍에
황소바람이 들어오게 되고, 지점장 자리를 채워 가니 예금은
어떻게든 잘 잡아당겨 오는데 대신 부실 대출이 늘어갔다.

　정림이는 퇴근하는 길로 '장산부인과' 병원으로 가 응접실

에서 어머니와 단둘이 이야기한다.

"어머니, 삼촌은 한번도 안 와 봐요?"

"전화만 한번 하드라."

"노상 죄송하다는 말 뿐이겠지 뭐."

"색시 어머니가 왔다 갔는데 내일 퇴원시키고 산후 조리는 자기 집에서 하도록 하겠다 하더라."

정림이는 갓난아이 울음소리도 처음 들어 보고 겨우 눈을 떴다가 입을 옴조리고, 먹고, 자고, 먹고 자고 맨 잠만 자는 떡애기를 한참을 들여다보고 한다.

어머니가 말씀하신다.

"이 핏덩이 같은 어린아이도 의식이 뚜렷하단다. 모든 의사 표시를 울음으로 하는 거지. 배고프면 울고, 똥 쌌다고 울고, 오줌 쌌다고 울고, 불편하면 울고, 그래서 애 엄마는 아이 울음소리만 나면 하던 일 멈추고 가서 살펴보아야 하는 거야. 알았느냐 정림아. 그리고 제일 무서운 것은 열이 올라가나 잘 살펴야 한다."

"이담에 네가 난 아이까지 내가 보살펴 줄지 사람 앞일은 모르는 일이니 일러둔다. 삼 개월 정도는 어머니 배 속에서 자라듯 포근하게 하여 주어야 한다. 그리고 먹는 대로 양껏 먹이면 자기가 알아서 젖꼭지를 밀어낸다. 그러면 트림하도록 허리 세워 보듬고 있다가 눕혀야 한다."

“미스 최.”

“네, 정 주임님.”

“아니, 이건 극장표 아녀요?”

“내일이 일요일이니까, 먼저 퇴근합니다.”

상대방 말할 틈도 주지 않고, 정림이는 한참을 생각하다가 2층 교환실에 두 언니 중 마침 조영자가 남아 있다.

“조 언니, 내가 좋은 선물 하나 드릴게요.”

“미스 최가 나한테 뭘 좋은 것을 준다는 거야?”

“조 언니, 내가 다 알아요. 요즘 화장도 예쁘게 하고, 가끔 저축통장을 들고 아래층에 들르는 것을요.”

“얘가!”

미스 조 얼굴이 붉어진다.

“나는 바빠서 도저히 못 가요. 언니가 나 대신 구경 잘하고 와요.”

미스 조는 그동안 미스 최가 가로채지 않나 은근히 질투하고 있다가 미스 최의 마음을 확실히 확인하고는 들뜨는 마음으로 퇴근한다.

정일규는 극장에 앉아 연신 시계를 들여다본다.

비어 있는 옆자리에 손을 짚으며 두 입술이 움직인다.

불이 꺼지고 뉴스가 시작되는 시간, 드디어 미스 최가 나타나 아무런 말도 없이 자리에 앉는다.

"아니! 미스 조 아니야?"

"어머나! 정 주임님. 미스 최가 집안에 갑자기 바쁜 일이 생겼다고 하면서……."

"정 주임님이 옆에 계실 줄은 정말 몰랐네요."

둘이는 아무런 말도 없이 앞의 스크린을 쳐다보고 있으나 마음은 서로가 다른 방향에서 오락가락하고 있다.

'미스 최, 그 어린것한테…….'

'그렇지, 내가 너무 욕심이지. 아홉 살 차이면 택도 없는 생각이지.'

'다섯 살 차이 미스 조, 이것이 자꾸 꼬리를 치는데 빽이 좀 모자라서 교환양이 되었을 뿐이고, 서울에 명문여고 출신인데다 꽤나 예쁜 몸매다.'

'꿩 대신 닭이라!'

정일규가 차츰 긍정적으로 돌아가고 있을 때, 숨소리도 나지 않던 미스 조가 슬쩍 몸을 돌려 앉으며 뜨거운 손목이 정일규의 손등을 스친다.

건전지가 약이 닳지 않는 한 플러스, 마이너스가 부딪치면 불이 번쩍 일어나는 것. 두 총각·처녀는 바싹바싹 침이 말라 가고 있다.

무슨 영화를 보는지 온몸의 신경은 달 듯, 말 듯, 왼쪽, 오른쪽 어깨에 집중되어 있고, 손목을 잡아 볼까, 당겨 볼까, 망설임으로 달아오르고 있는 순간이다.

정일규의 손이 먼저 미스 조의 손을 슬쩍 잡아 본다.

미스 조의 가슴이 덜컹, 깜짝 놀라는 듯했지만 그냥 가만히 앉아 있다.

정일규의 얼굴이 미스 조의 왼쪽 볼 귀에 다가온다.

"미스 조, 너무 덥지요. 우리 나갈까요?"

밤 10시쯤 여관에서 나오는 미스 조는 누구 아는 사람이라도 보지 않을까 두 발이 둥둥 떠서 골목길을 얼른 빠져나오고 있다.

논산훈련소에 찾아온 애인에게 '무슨 관계냐' 는 물음의 공란에 '여삼사보' 라고 적혀 있더란다. 여관에서 세 번, 보리밭에서 네 번.

꿀맛 같은 연애 시절 물코가 한번 트이면 만나서 그거보다 더 좋은 시간이 어디 있겠나.

"정림이냐?"
"네, 할머니."
"어서 온니라."
어머니는 어린아이 목욕을 시키려든 참이다.

"할머니, 제가 거들어 드릴게요."

어머니는 큰 스텐인리스 함지박에 더운물을 붓고, 조절하고 계신다.

"정림아, 잘 보아라. 옷을 조심성 있게 벗기고, 알몸을 그냥 물에 넣으면 안 된다. 이렇게 수건으로 몸 전체를 쌓아서 발부터 슬슬 가만히 넣어야 한다."

"그래도 뜨거움을 느끼고 우는 경우가 있으면 더 천천히 해야 하다. 그리고 약 오 분쯤 땀이 송골송골 밴다. 그때부터 비누칠을 적당히 하며 씻긴다. 하루에 한 번씩 꼭 씻겨야 좋다. 특히 여자아이는 더 좋다. 그래야 배 속에서 묻은 양수 때가 완전히 빠지고 어른이 되어서도 피부가 곱다. 사람의 피부는 두 달에 한 번씩 허물을 벗는단다. 그래서 최소한 두 달에 한 번씩은 때를 벗기는 목욕을 해야 한단다."

"어머니, 그 고추 어지간히 좀 만지작거려요. 잡았다, 놓았다 그러다간 떨어지겠네. 그렇게 아들이 좋아?"

"느 할머니도 지금 속으로 무척 좋아하신다. 내가 시장에서 바삐 돌아오면 별로 기다린 흔적도 없이 아주 기분이 좋으셔서 어르고 계신다."

남자, 여자 신체 조건이 다른 정림이도 어느 때 기저귀를 갈아 주고 붕알까지 슬쩍 만져 보고 한다. 그리고 생각한다.

'우리 집에도 남자아이가 하나 커 간다. 식구 하나가 늘면 큰 짐이 될 줄 알았는데 이렇게 집안 분위기가 달라지고 사람 사는 집이 이렇게 웃음 웃고, 행복한 것이구나!

새삼, 새삼 느낀다.

정림이는 일찍 출근하였다.

새로 오신 이준수 차장이 당좌 거래선에게 전화를 한다.

오늘이 당좌계 결산 날인데 직원들이 늦게까지 야근하고 그러니 저녁이나 한번 사라고 똑같은 내용을 여러 군데 전화하고 있다.

"미스 최."

"네, 은 주임님."

"아침부터 틈틈이 해 봅시다."

거래처별로 당좌 대월의 적수를 산출하여 합계하고, 이율을 곱하고 나눈다.

유능한 은성표 주임과 같이하면 두세 시간 야근에 마칠 수 있게 된다.

그런데 새로 온 차장이 잿밥을 따로 챙기고 있다.

담당 대리 김인수 대리는 저축예금계 업무와 겸하고 있어 바쁜 관계도 있지만 모든 일을 은 주임에게 일임하고 결재해 주는 일 외에는 시시한 것에 신경도 쓰지 않는 화이트칼라다.

　이런 상황에 소위 차장이란 작자가 구정물을 일으키고 있으니 은 주임이나 모두가 못마땅하여 이 차장의 인격을 우습게 알고 있다.

　오후가 되어서도 당좌계 직원들은 열심히 결산하고 있는 중이다.

　"미스 최."

　뒷좌석의 이 차장이 신문을 보고 있으면서 부른다.

　"이 봉투 하나 넣어라. 너무 수고가 많다."

　정림이는 난생처음 거래처의 봉투를 받는 일에 난감하여 어찌할 줄 모른다.

　은 주임이 얼른 고개를 흔든다.

　"이 차장님, 저는……."

　이 차장이 실속은 자기가 챙기고, 겉 생색을 내고 일찍 퇴근하려다가 도리어 어찌할 줄을 모른다.

　조용한 저녁, 테이블에 세 사람이 같이 앉아 이야기한다.

　"김 대리님, 저 당좌계에서 더 이상 일 못하겠습니다."

　"은 주임, 그게 무슨 말이야?"

　"이 차장이 할 일 없이 당좌계에만 신경 쓰며 시시콜콜 따지고, 일일이 거래선과 신경전을 벌리고 있으니, 저 같은 사람은 낯 뜨거워서도 못 있겠어요."

"대월 품의 노트 결재도 자동연장건까지 사전에 결재 올리고, 처리하라고 하며 자기가 생색을 다 내고 있습니다. 이층에 계시는 지점장님은 아무 내용도 모르시고 왜 그런 것까지 나한테 전화 오게 만드냐고 꾸중이십니다."

김 대리가 나이 어린 여직원 앞에서 상사인 이 차장을 욕할 수도 없고, 어이가 없어 침묵이 잠깐 흐른다.

"은 주임, 조금만 더 참고 지내 봅시다."

"이번 하기휴가 때 은 주임 없이 며칠간 혼자서 일할 수 있겠어?"

"김 대리님, 걱정 없습니다. 미스 최는 며칠이 아니라 제가 하고 있는 일까지도 다 할 수 있습니다."

"은 주임, 신임이 대단하구만."

실제 그렇다.

정림이는 평소 은성표의 능률적인 업무 처리를 말없이 재치 있게 배우고 있었다.

행원 생활 첫 스타트에 운 좋게 유능한 선배 밑에서 훌륭한 인생관과 실무 능력을 쌓아 가는 행운이 따랐다.

교환 어음수표가 아무리 많이 돌아와도 손쉽게 처리했다.

먼저 약속어음과 당좌수표를 분리하여 부도날 가능성이 있는 거래처 건을 색출해서 예금 잔액이 모자라거나 없으면 신속히 연락을 해 보고 최대한 연장하여 처리할 건과 즉시 처리할 건을 구분한다. 우물우물하다가 결재시한 4시 반이 넘어가 당황하는 일이 없다.

정림이는 은행 생활에서 무사고 경력이냐, 사고 경력이냐 하는 분수령이 대부분 당좌주임 시절이라는 것도 알고 있다.

"정림이냐."

"네, 할머니."

"어서 온니라, 많이 늦었구나."

"네, 어머니. 오늘은 당좌 결산 날이라 좀 늦게까지 야근하고 같이 저녁 먹었어요."

"당좌예금이란 것은 무슨 예금이다냐?"

"네, 어머니. 설명 드리지요."

"다른 예금은 여윳돈을 안전한 은행에 맡겨 두고 필요할 때 찾아 쓰면서 이자도 붙고 그래요. 하지만, 당좌예금은 큰 장사나, 큰 사업을 하는 개인이나 기업(법인)이 직접 돈으로 주고받고 하는 큰 불편을 덜기 위해서 돈 대신으로 약속어음이나, 당좌수표를 발행하여 주고받는 대용화폐제도예요. 지불수단으로 은행에 예금을 하고 그 은행을 지불장소로 하여, 그 예금 범위 내에서 '어느 날짜에 찾아가시시오.' 당사자간에 서로 약속을 하고 발행하여 주는 것이 약속어음이고, '아무 때나 필요할 때 찾아가십시오.' 하고 발행하여 주는 것이 당좌수표여요."

"······."

"서로 믿고, 주고받는 것이라 신용화폐라고도 하죠. 이것을 또 다른 믿는 사람들이 배서해 주고받고 하니까 유통화폐라고도 해요. 이러한 제도를 은행과 서로 약정하고, 만약 자기예금이 미처 부족하면 은행에서 대신 어느 한도액까지 채워서 지불하여 원활하게 유통되게 하여 주고 이자를 받는 제도를 추가로 약정하면 당좌대월이라 하는 일시대출이 되는 거예요."

"정림아, 되었다. 조금은 알아듣겠다. 어서 피곤한데 자거라."

대도심 속의 직장 생활은 시간 공간이 마치 깊은 바다 속의 잠수함 공간과 같아 해를 볼 시간이 없고, 꽃피는 봄인가 하면 여름이 가고 있고, 천고마비지절에 단풍이 절경이네 하면 겨울이 성큼 다가오고 있다.

정림이는 행원이 된 지 1년에 다시 4월이 오고, T은행 지점에서는 진달래꽃이 만발한 경기도 북부 소요산을 찾아 야유회에 간다.

소요산을 찾은 상춘객들은 초만원이다.

한발 앞서 좋은 자리를 차지한 서울농협 직원들은 각 동의 나이든 조합장들과 어울려 장안의 기생들을 대동하고 장구,

장단에 화전노래(주로 경기민요)를 부르며 흥겨운 봄놀이의
절정을 이룬다.

　T은행 직원들도 40여 명이 뺑 둘러앉아 페널티를 당한 직
원이 수건을 갖고 뱅뱅 돌다가 슬쩍 누구의 뒤에 놓고, 돌아
와 잡고, 사전에 알아서 얼른 일어나 페널티를 면하는 놀이
를 했다.

　전 직원에 인기가 있는 정림이는 기어코 페널티를 당하고,
지점장님 이하 여러 직원 앞에서 노래를 부르게 되었다.

　낢은 박수와 환호성에 가곡 '가고파'를 한번 유창하게 뽑아
볼까 하다가 유흥에 어울리는 '갑돌이와 갑순이'를 부른다.

　갑돌이와 갑순이는 한마을에 살았더래요
　둘이는 서로~ 서로~ 사랑을 했더래요
　그러나~ 둘이는 마음~ 뿐이래요
　겉으로는~~~~
　모른는 척했더래요
　모르는 척했더래요.

　2절까지 명랑한 감정으로 신나게 부르고 나니, 모두가 대
환호성이고 흥겨워한다. 특히, 나이 드신 지점장님이 무척이
나 즐거워하신다.

여름에는 인천 앞바다 작약도에 물놀이, 가을에는 단풍놀이로 가평의 남이섬.

정림이는 즐거운 행원 생활에 독서도 즐기며, 책꽂이에는 시집이며 소설이며 신간 서적이 수북이 쌓여 가고 있다.

"정림아, 저 어린애는 누구냐?"

"외삼촌들, 보는 사람마다 '자는 누구냐?' '재는 누구냐?' 그러지 좀 말아요. 어머니 양자 아들이예요. 모처럼 외갓집이라고 데리고 왔는데 들을까 봐 걱정이네."

"모두가 객지에 나가 살면서 제사 때나 가끔 만나니."

"……."

"아무튼 반가운 일이다. 다섯 살이라고?"

"어찌! 즈 아버지를 닮았으면 매형을 많이 닮았을 텐데. 느 어머니가 좀 서운하겠다."

"외삼촌! 그런 게 어디 있어요."

"우리 집 식구들은 이제 저 아이 없으면 못살아요."

"이름이 원익이라고 했나?"

"원익아! 원익아, 외삼촌이다. 좋은 선물을 줘야지."

T은행 특수영업부.

중견기업 이상의 거래처 중 재무구조가 부실하여 대출자금

회수가 불투명해진 업체만을 따로 모아서 대출, 예금, 외환, 해외건설 진출업체를 포함 일체를 세트로 취급하는 특수 관리부서이다.

각 지점에서 발탁된 직원들이 조 별로 편성되어 몇 개 업체씩 맡아 업무를 수행하고 있다. 정림이 조에는 담당 대리가 은성표다.

남자 행원 둘에 여자 행원 하나, 해외건설 진출 업체만 세 개를 자금관리하고 있다.

"미스 최, 같이 일하게 되어 반갑다."

"은 대리님, 고맙습니다. 저 같은 사람 잊지 않고 추천해 주셔서."

"미스 최, 끌어오는데 정말 힘들었다. 인사부에서 자기부에 필요한 직원이라고 이미 찍어 놓았더라. 오히려 내가 미안해, 인사부에서 근무하는 것이 좋을 텐데."

"아닙니다, 은 대리님. 진심으로 감사합니다."

여직원의 업무는 고참 남행원의 보조업무를 관행으로 하는 것을 은 대리는 무시하고 각자 업체 하나씩을 관리하도록 했다.

정림이가 담당한 (주)평화건설은 과거 공사수주 실적이 5대 건설 내에 들었던 큰 업체다. 현재 시공하고 있는 큰 공사장은 해외건설의 사우디 고속도로 공사, 포항제철 내의 코코스 소결공장 건설, 삽교천 방조제 공사, 영덕―평해, 호산―
삼척 간의 동해안고속도로 공사 등이다.

　정림이는 외환 업무 경험이 없어 밤이면 실무교본을 습득
하고 있었다.
　"정림아."
　"네, 어머니."
　"신용장이란 것은 무엇이다냐? 신문을 보면 그것이 많이
들어와서 좋아진다는 등 무슨 말인지 모르겠더라."
　"어머니는 똑똑하시니까 금방 알 거예요."
　"신용장이란, 거리가 먼 국제 간에 모르는 사람끼리 물건을
사고파는데 서로 믿고 거래할 수 있도록 자기 거래은행이 보
증해 주는 일종의 보증서입니다.(세계적으로 통일된 문서로
해야 한다) 어떤 물건을 보여 준 샘플대로 틀림없이 어느 날
까지 어디로 보내 주면 돈은 자기 거래은행에 넣어 주고, 그
신용장을 믿고 보내 달라는 곳으로 보내 준 수출업자는 자기
거래은행에서 돈을 받습니다."(수입업자가 지급하는 환어음
을 발행하여 거래은행에 팔아서 '네고' 받음)
　어머니는 정림의 말에 갸웃거리며 진지하게 듣고 있다.
　"이때 물건을 보냈다는 증빙으로 배나 비행기에 실은 선적
증명 등을 제시해 주어야 합니다. 이렇게 다른 나라 간에 일

어나는 거래를 무역업이라 하지요. 물건을 만들려면 우리나라에서 나지 않는 재료는 다른 나라에서 수입을 해야 하니 이것을 수출용 원자재라 하고, 우리가 못하는 기술로 좀 만들어진 것은 반자재라 합니다. 처음에는 다른 나라에서 인건비가 싼 우리나라에 일거리를 주면 그것을 하청 받아서 완제품으로 맞추어 수출하다가 이제 기술이 늘어서 TV, 자동차 같은 제품도 우리나라 기술로 완전히 만들어서 팔지요. 하지만 먼저 개발한 기술특허료(로열티)를 지불해야 하지요. 그래서 이제는 새로운 우리 기술로 새로운 것을 만드는 과학기술을 빨리 발전시켜야 하는 때입니다."

"아이구야! 우리 정림이 박사 다 되는구나. 나는 네가 말하는 것이 너무나 좋아서 오래 들었다. 고만, 어서 자거라."

"미스 최."

"네, 은 대리님."

"출장을 다녀와야겠어. 이박 삼일 정도면 되는데 삼박 사일도 될 수 있어. 부장님께서 여직원이 어떻게 갈 수 있겠느냐 하시는 것을 내가 미스 최 말도 안 들어 보고 고집했어."

"은 대리님이 늘 배려하여 주시는 일에 제가 이의가 있겠습니까, 어디든 갈 수 있습니다."

'밑바닥 생활로 고생하며 큰 사람과 온실에서 자란 사람과

는 사회에 적응하는 차이가 있기 마련이다.'

일요일 아침 고속버스 터미널.

미스 최는 쿨렁한 양복 차림에 쇼트커트 머리. 얼핏 남자 같지만 부푼 가슴은 어찌할 수 없는 매력적인 여자의 자태, 오히려 숨은 몸매가 여자를 많이 다뤄 본 남자의 눈에는 눈요기로 벗기는 재미를 느낀다.

"어머나! 은 대리님하고 같이 가는 거예요?"

"오늘 하루만이요."

정림은 오늘 포항에 도착해서 1박 하고, 다음 날 포항제철 내의 코코스 소결공장 기성고와 공사 지원자금의 사용 확인을 하고, 이때부터 평화건설의 안내를 받아 동해안고속도로 공사의 기성고와 지원자금 사용 확인과 앞으로의 소요자금, 양수받은 공사 도급대전의 미확정 채권 잔액 확인을 마치고 묵호에서 1박 하고, 이튿날 귀경하는 2박 3일의 출장이다.

경부고속도로가 생기고 처음 타 보는 고속버스의 분위기는 마치 외국 여행하는 기분이다.

지상 파일럿이라 하는 젊은 숙련된 기사와 늘씬한 미니스커트 차림의 안내원, 그리고 은은하게 들려주는 음악. 차창 밖은 산과 계곡을 지나는가 하면 넓은 들이 순식간에 스쳐 가곤 한다. 어디나 아름다운 금수강산이다.

추풍령 휴게소에서 20분간 휴식한다.

"미스 최, 어때? 오랜만에 바람 한번 쏘이는 것도 좋지!"

"은 대리님, 너무 황홀해요. 커피 맛까지 달아요."

은 대리는 12년 연상의 기혼 남자다.

정림이는 처음 이성으로서의 호감을 느낀다.

할머니, 어머니가 서두는 데로 결혼을 했다면, 이렇게 좋아하는 남편과 신혼여행도 다녔을 것 아닌가!

"미스 최, 무슨 생각을 하고 있어? 결혼은 언제쯤 할 거야. 내가 보기에 애인은 아예 사귈 생각도 안 하는 것 같고, 궁금하네."

"은 대리님! 저의 가정 형편을 다 알고 계시니까, 긴 얘기 안 드리겠습니다. 결혼은 언젠가는 하기는 해야겠지만, 경우에 따라서는 독신 생활도 할 수 있지요."

"미스 최! 사람은 나이에 따라 살아가는 것이 보편적인 행복을 누릴 수 있는 것입니다. 학창 시절에는 공부에 열중하고, 혼기가 되면 또 결혼도 하고 해서 가정을 이루고 살아가야 모든 행복은 가정에서 우러나오고, 가정에 귀착하는 인생의 참 삶이 될 수 있지요. '해 질 녘에 어느 시골 동네를 지나는데 저녁연기가 무럭무럭 나는 집들을 보고 가장 힘들었다고' 김수환 추기경이 말씀하시는 것을 들은 적이 있습니다. 내가 좋은 사람 하나 소개하여 드릴 테니 사귀어 보세요."

"은 대리님! 너무 고마워요. 저의 장래에까지 배려해 주시니 정말 고마워요. 하지만, 아직은 사양하겠어요. 왜냐하면, 은 대리님이 소개하여 주시는 그분을 실망시켜서는 안 되니까요."

"미스 최의 진의가 그렇다면 서둘지는 않겠소."

마중 나온 사업소장과 관리과장, 네 사람은 포항에서도 박태준 사장 손님이나 먹는다는 삼치등심전문 집에 앉아 늦은 점심을, 반주로 고급 양주도 한 병 놓고 긴 시간 이야기하며 먹는다.

"박태준 사장님을 부통령이라고 하는 이유가 있습니다. 박정희 대통령과의 군은 의지 하에 누구의 청탁도 거절하며 완벽한 울타리를 치고, 오직 포철의 신속한 목표 달성을 위해 서울 집에도 가지 않고, 퇴근 후엔 누구와의 만남도 사절하고, 검토 연구에 몰두하십니다. 현장 답사와 감독을 본인이 직접 하시면서 부족한 전문지식을 채우기 위해 전기·기계 기술담당 이사, 건축설계기술 이사, 토목설계기술 이사를 꼭 참고 노트로 대동하고 독려하기 때문에 여기 참여 업체들은 늘 긴장하지요. 만약 조금이라도 하자가 발견되면 즉시 철거시키고 다시 시작합니다. 공기도 절대 늦춰서도 안 됩니다. 여기 참여 업체도 과거 오대 기업체만이 있고, 절대 하청 없이 직접 건설하고 있습니다. 공사대금도 하루도 미루는 일 없이 삼 개월 어음으로 그때, 그때 지불해 주며 본 공사 소요 자금을 다른 공사에 잠시라도 둘러썼다가는 큰일 나지요."

오랫동안 진지한 대화가 오가고 은 대리가 일어선다.

"나 소장님, 너무 후대에 감사합니다. 저는 오늘 서울에 가야 합니다. 다섯 시 삼십 분 막차로 예약했습니다. 미스 최 혼자라서 다음 출장지까지 잘 좀 부탁합니다."

"사실은 이번에 행장님 특별 지시로 모든 거래 업체의 공사 현장 답사를 하고 보고서를 작성하도록 되어 있습니다. 늘 책상에서 서류심사나 하여 올리고 하니 자금 지원의 앞·뒤가 맞지 않는 점이 많아서요. 그래서 저는 며칠 후면 사우디 현장에 해외 출장을 가게 됩니다."

"아니! 은 대리님, 너무 섭섭합니다."

다음 날 정림이는 나 소장의 안내로 평화건설 현장 외에 포철의 전체 현장을 잘 구경하고 영덕 평해 현장으로 가서 거기 문 소장이 차트에 의해서 설명해 주는 내용을 잘 파악하고 점심시간에 여담으로 들려주는 이야기도 듣는다.

동해안고속도로 공사는 IBRD(국제개발은행) 차관 자금으로 국토관리청이 발주한 공사로 기성고 확인은 IBRD에서 감독관으로 파견 나와 있는 스위스 사람 제이슨의 확인 사인이 있어야 자금이 영달되는 실정이기 때문에 은행의 선지원이 필요하다는 것이고, 이 사람을 구워삶느라 현지처까지 붙여서 살림을 차려 주고 있다 한다.

문 소장은 사우디 고속도로 공사장까지 갔다 온 도로 건설 베테랑으로 구간, 구간 건설하고 있는 다른 건설회사에서도 찾아와 자문을 받아 간다 한다.

호산—삼척 현장에는 설계 변경을 해서 공사 단가를 올리고 좀 복잡한 확인 사항이 많아서 늦은 시간에 볼 수 없어 다음 날로 미루고, 소장을 비롯한 몇몇의 간부 직원과 저녁 식사를 같이하게 되었다.

모두가 술을 좋아해서 묵호항에까지 가서 유명한 ‘쌍과부집’을 찾으니 이곳에 과부집이 어디가 따로 있느냐 하고, 다 과부집이라 한다.

서방이 있어도 두 달, 석 달 만에 한 번씩 다녀가고 큰 풍랑이 한 번 치고 나면 누구 집 누가 또 과부가 되고 하는데, 어서 들어오라고 붙잡고 늘어지니 김 소장은 그냥 들어간다.

맛있는 횟감이 나오고, 미스 최는 피곤하다는 핑계로 먼저 일어서기로 했다.

동해의 아침은 새벽이 트면서 시작되니, 9시 반이면 한나절이 다 가는 것 같다.

정림은 종합건설회사의 토목사업부는 통이 큰 사람들이라 들었지만 어제부터 만난 사람들을 보고 나서 더욱 실감했다.

과장급 이상은 거의 이공계 대학 출신들인데 현장 인부와 어울려 현장에서 뛰고 다니니, 넥타이 한번 할 사이 없고 오히려 상고 출신들이 본점에서 돈과 인사행정까지 다 쥐고 있으니 그들에게 늘 아쉬운 부탁을 하고 노상 객지에서 생활하니 가정은 멀어지고 월급봉투는 매월 얇아진다고 한다.

그래서 자식은 절대 이공계에는 진학 안 시킨다고 벼른다.

2박 3일간의 출장을 마치고 돌아온 후, 삽교천 방조제 공사 현장을 다녀오고 전체 출장 보고서를 현장 지도를 그려 넣고 작성하여 올리니 모두가 칭찬하며 제일 멋지게 작성되었다고 한다.

"정림이냐."

"네, 할머니."

"어서 온니라."

"어머니, 어디 어디 다녀 보았어요?"

"이 근방의 집들이야 내가 잘 알고 있지. 일 년에 삼백 번은 돌았을 것이니 어느 골목, 어느 집 할 것 없이 다 알지. 연희동은 천만 원 이상 가져야 그래도 햇볕이 들어오는 집을 볼 수 있고, 오백만 원 갖고는 천상 남가좌동이나 성산동에서 찾아보아야 하는데 장삿길 때문에 그리 쉽지가 않다."

정림이네는 대출금 백오십만 원을 안고 성산동에 이사를 했다. 그동안 남가좌동에서 이백삼십만 원짜리 집을 장만하여 살다가 한발 더 시내에 다가와 좀 더 좋은 집을 사서 왔다.

최정림, 교번 71번
한국금융연수원 새마을교육 제59기

새마을정신이란 나라를 사랑하고, 민족을 사랑하는 정신입니다. 애국 · 애족의 정신이 바로 곧 새마을정신입니다.

또 내 고장과 내 이웃을 사랑하는 애향정신, 나와 내 가족을 사랑하는 자조 자립정신이 새마을정신입니다.

나라가 위기에 처했을 때 나라를 구할 생각은 하지 않고 자기만 살겠다는 그러한 정신은 새마을정신이 아닙니다.

나라가 위급해졌을 때에는 목숨을 바쳐서라도 나라를 지키겠다는 애국정신, 이것이 바로 새마을정신입니다.

1975. 12. 10
대통령 박정희

새마을

1. 새벽종이 울렸네 새 아침이 밝았네

   너도나도 일어나 새마을을 만드세

   살기 좋은 내 마을 우리 힘으로 만드세.

분임토의 결과보고

   주제: 새마을운동의 생활방안

   부제: 자기 시간의 개발

   발표자: 최정림

1. 부제의 선정 동기

   도시 직장인의 퇴색되어 있는 시간관념을 일깨워, 이 시

   간을 자기 재발과 심신단련 및 가정, 그리고 직장, 나아가

   서 세계화 속의 경쟁력 있는 일류 국가건설에 적극 참여

   하게 하는데 목적이 있음.

2. 저해 요인

   1) 나태한 생활자세

   2) 정신적인 불안정

   3) 경제적인 불안정

3. 요인 분석

   1) 정신적, 육체적 피로

　　2) 고용의 불안정

　　3) 급여체계의 불공정

　　4) 과소비 풍토

　4. 해결 방안

　　1) 꾸준한 자기 개발

　　2) 장래의 희망성 부여

　　3) 생활 안정성 부여

　　4) 분수에 맞는 생활 풍토

마지막 날.

오늘은 특히 훌륭한 성공 사례담을 많이 들었고, 역사적으로 의미 있는 두 곳을 답사했다. 동작동의 국립묘지, 임진각의 자유의 다리 모두 우리 민족의 비극의 유산이다.

마침 가을이 무르익어 북녘 하늘의 먼 산에도 단풍이 물들어 가는 것을 보니 문득 뛰어가고 싶은 마음! 통일의 염원이 그 어느 때보다도 메아리친다.

멍— 하니 한참을 서 있었다.

어머님에 대한 연민의 정이 한없이 불쌍하다.

'시집! 남편! 아버지!'

그러나 지금 우리 집은 웃음이 그칠 날이 없이 행복하다.

일주일간의 새마을 교육과정은 정림의 생활신조를 새롭게

가다듬는데 훌륭한 교육이었다.

　1979년 4월 16일.

　여러 계열의 기업을 거느린 대기업 율산그룹이 최종 부도 처리되고, 주거래 은행인 T은행은 종합담당반을 편성한다.

　정림이는 광화문지점 시절의 인연으로 김인수 차장 팀의 부실채권 정리 반에 소속되어 새롭게 출근하였다.

　율산을 1975년 6월 17일 대표 신선호(申善浩) 당시 29세 외에 몇몇의 젊은 브레인들이 작은 자본금을 모아 신설하여 정부의 수출 드라이브 정책과 중동건설 진출에 편승, 불과 몇 년 사이에 급성장한 대기업 군단으로 '무서운 아이들' 이란 신화를 남긴 회사다.

　부도 사유는 당시 여러 루머가 퍼지는 등 이유가 많았지만 유동성 자금 부족으로 1년여 동안 어렵사리 메워 오다가 주거래 은행의 외로운 최종 판단의 결과였다.

　미스 최는 매일매일 야근이다.

　훌스카프지에 매직펜으로 현황보고서 등 김인수 팀장의 지시에 따라 작성하고, 또다시 고쳐 작성하고 일주일 내내 집에서 저녁을 먹지 못했다.

“미스 최, 너무 수고가 많다.”

“무재주 상팔자라고, 글씨라도 못쓰고 하면 좀 편할 텐데. 재주가 너무 많아서 고생이야.”

“김 차장님, 저는 아무렇지도 않아요.”

70년대 말의 격변기가 지나고, 과도기의 최규하 대통령이 취임했으나 별 다른 통치력을 발휘하지 못한 채 신군부에 밀리고 있었다.

율산에서는 정치평론가이며 사상계 대가인 부완혁 씨(신선호의 장인)가 율산 부도 처리는 자본주의 시장경제 체제 하에서는 있을 수 없는 무책임하고 졸속한 처사였다고 탄원서를 작성하여 최규하 대통령, 신현학 총리(경성제대 동문), 재무부 장관, 한국은행, 은행감독원장, 주거래 은행장 앞으로 보내졌으나 묵묵부답.

아무런 결과도 얻지 못하고 있으니 은행담당 실무팀을 불러 점심이나 하자고 하며 답답한 심경을 토로한다.

우리나라의 주식회사 정리절차법이란 일본의 상법 그대로인데 법리적으로 율산의 처리는 법 시행을 전혀 무시하고 처리했다 한다. 이러한 관행이 또 발생해서는 안 되는 일이라며 흥분한다.

법정관리란 무엇인가?

국가와 사회에 기여가 많았던 법인인 주식회사가 경영상

어려움을 이기지 못하고, 부도 직면에 이르면 가장 공정성 있는 법원에서 세밀하게 실사를 해 보고 투명성 있게 법원관리 하에 자생할 수 있는 기회를 주는 제도인 것이다.

그런데도 율산은 당일의 결재 자금만은 비록 당좌구좌는 아니지만 다른 예금으로 잔액이 있었음에도 서둘러서 부도 처리했다. 이는 은행 업무 내규에도 어긋나는 처사였고 시장 경제학상 있을 수 없는 일이었다고 한다. 율산은 의당 법정관리 절차를 밟은 뒤에 처리했어야 옳은 처사였다는 것이다.

정림이는 무엇에 홀린 듯 열심히 들었고, 그분의 말씀이 법리적으로나 논리적으로나 충분한 타당성이 있다고 생각했다.

솔직히 그 당시까지는 법정관리 업체가 거의 없었고, 다만 차관 업체의 산업은행의 자금관리와 부실 기업체에 대한 채권은행의 자금관리가 있을 뿐이었다.

그 후부터 법정관리 전에 워크아웃제도가 생기고 법정관리로 들어가는 기업체가 부단히 늘어갔다.

어수선한 정국에 이미 새벽닭은 울고 날은 새 버렸다.

제5공화국 전두환 대통령.

사회정화란 시퍼런 칼날이 서고, 은행에서도 무조건 몇 명을 잘라내야 한단다. 나이 많은 여직원들은 좌불안석이다.

결국은 칼날이 약간 무뎌지고 숫자가 줄어들면서 신상필벌
주의로 벌을 많이 받은 순서로 잘려졌다.

　따르릉! 따르릉!
　"네, 국제영업부 외환계 최정림입니다."
　"아! 미스 최, 오랜만이요. 나, 정일규입니다."
　"아! 네, 정 대리님."
　"다름 아니라 부탁이 좀 있어서~, 백 불짜리로 천오백 불만
부탁합니다."
　"정 대리님, 삼백 불 이상은 안 됩니다."
　"아! 네~."
　"아무튼 그렇게 큰 금액은 도저히 안 됩니다."
　"미스 최."
　"네, 손 대리님."
　"누가 또 환전을 부탁하는 거요? 나한테도 두 건이나 와 있
는데. 매일매일, 귀찮은 일이구만."
　"몇 사람 정도는 일인당 삼백 불 범위 내에서 해 줄 수 있습
니다. 여러 건을 모으면 큰 금액도 할 수 있지만, 그것은 외환
관리법에 크게 위반이 되기 때문에 절대 안 됩니다."
　"아무튼 미스 최가 가능한 범위 내에서 해 주시오. 그런데
어떻게 가능한 거요?"

"네, 손 대리님. 아무리 적은 금액이라도 손 대리님이 결재해 주어야 가능합니다. 제가 확인한 서류 카피를(여권 사본) 손 대리님이 후결해 주시지 않아요. 환전 한도가 남아 있는 여권이 대략 있기 때문에 가능한 것입니다."

외환관리법!

우리나라의 외환관리법은 가난했던 자유당 때 제정된 법으로 외국 화폐가 들어오는 것은 어떤 돈이냐? 묻지 않는다, 다만, 세금 포탈을 막기 위해 5만 불 이상은 국세청에 보고만 하면 된다.

그러나 나가는 돈은 철저하게 관리한다. 3천 불까지는 여권의 종류에 따라 확인사항으로 환전 업무 창구직원이 직접 여권을 확인하고, 여권 뒷장에 환전 필 스탬프를 찍고, 절대 두 번 이상 환전이 될 수 없도록 천공기(여러 바늘구멍)로 누른다.

3천 불 이상은 재무부 장관의 인허사항으로 업무 전결을 한국은행에 위촉하고, 한국은행장은 시중은행(외환 갑종은행)장에 위촉하고, 은행에서는 각 행의 내규에 따라 외환 업무 부서에서 인증 업무로 취급하여 무역거래 결재대금 등이 이루어진다. 현재는 여권의 환전 한도가 많이 올라 있다.

"손 대리님."

"여권에 천공기를 누르니까 요즘 여권 소지자들의 항의가 많아요. 국제적으로 우리나라뿐이랍니다. 그래서 폐 여권이 아니라는 설명을 해 줄 때는 창피하다고 지금이 어느 때인데 아직도 이렇게 관리하느냐 다른 은행에 가겠다고 합니다."

"아! 그래요. 그럼 미스 최, 다른 은행에서는 천공기를 사용 안 하나요?"

"네, 손 대리님. 그렇다고 합니다."

"그럼, 우리 은행도 스탬프만 찍어 주십시오. 환전 실적을 올리기 위해서 여행사 등 큰 무역회사에 섭외하는 마당에 우리 은행만 고집스럽게 할 필요 없지요."

"외환관리법을 현실에 맞게 개정해야 하는데 공무원들이 너무 발이 늦어요. 매사에 공무원이 앞서가야 하는데, 우리나라 공무원들 문제가 많아요."

"미스 최, 이번에 잘하면 미스 최는 특진하겠어. 환전 업무 실적이 우수하다고 외환업무실장 칭찬이 대단해요. 매월 실적 보고서를 보니까 배로 늘어났더만, 전임 대리가 섭외를 그렇게 잘했나? 특히 T/C(여행자수표, 국제적으로 공신력 있는 씨티뱅크 등이 발행한 T/C를 위탁 판매하여 수수료를 먹고 외화예금 적수 먹는 것임) 판매 실적이 매월 늘고 있더만."

"손 대리님, 그것은 많이 들어오는 좋은 거래처가 있어서 그래요."

"쉐라톤워커힐의 카지노에서 매주 한 번씩 원화 신권과 환전하여 가는 금액이 크고요.(한국은행에서는 외환 환전 실적에 따라 신권을 주니까 서로가 좋다) 문선명의 통일교에서 들어오는 달러가 고액권 백 불짜리로만 매일 엄청나게 들어오고 있어요. 지점에 들어오는 외화는 우리한테 모이니까 처리하기도 힘들 정도예요. 그래서 우리 은행은 달러 사 오는 수수료 안 들고, 달러 파는 수수료 먹고, 그리고 소화 못 시키는 외화는 외환은행에 불입해야 하는 수수료가 들어가야 하는데 다른 은행에서 가져가니 서로가 좋아하지요."

"T/C가 최근에 와서 많이 팔리는 이유는 뭐요?"

"T/C는 현금과 같이 사용하기 편리하도록 십 불짜리부터 일천 불까지 고액권 수표가 있기 때문에 현금을 많이 소지하고 싶은 이민 여권 소지자들이(2만 불 한도) 특히 많이 사 갑니다."

"M여행사 김 사장은 주로 이민 수속을 대행하여 주기 때문에 그래서 환전을 많이 해 갑니다."

"미스 최."

"네, 손 대리님."

"그 김 사장이 올 때마다 나한테 고맙다고 하며 우리 직원들에게 저녁 대접을 한번 하겠다고 하는데 그 사람의 호의를 어떻게 생각합니까?"

"손 대리님, 그 김 사장이 고마워하는 이유는 우리 은행이 다른 은행보다 자기가 원하는 고액권 백 불짜리를 충분히 채워 주니까 그렇다는 건데요. 전임 박 대리님(차장 승격 전출)은 극구 사양했어요. 다만, 카지노의 호의를 받아들여서 우리 외환계 직원 모두가 워커힐에 가서 나이트쇼도 구경하고, 고급 양식 대접도 받고, 선물도 하나씩 받고 온 적이 있습니다. 한국은행에서 신권을 많이 공급받아 환전해 주는 고마움의 표시였지요. 작년에 외환은행에서 매주 일회씩 미화 이백오십만 불씩 수입해 오는 카알기에 실은 현금 행랑 두 포대가 알래스카에서 이륙 직전에 도난당한 사건 이후 당국의 방침에 따라 현금 수입을 줄이고 T/C 등으로 대체하도록 하여 요즘 백 불짜리 고액권이 더 귀해졌어요."

3.

서울지방검찰청 남부지청.
따르릉!
"네."
"이기호 검사 계신가?"
"네, 청장님 접니다."

“좀, 올라와 보시오.”

“이 사건을 이 검사가 맡아서 신속하게 처리해 주시오. 사람은 필요한데로 증원해 드리겠소. 추리가 꼬리를 물고 비약해 가며 연일 톱뉴스, 톱기사요.”
고위층에서 특별 지시가 내려지고 검찰 수뇌부가 초비상이다.

은행감독원 제5검사국.
“남부지청에서 외환 업무에 밝은 검사역 한 분을 파견 요청해 왔는데. 차 검사역, 당신이 출장 업무 좀 해 주시오. 일주일 정도면 된답니다.”

“김 검사.”
“네, 이 선배님.”
“그렇게 큰 돈이 든 가방을 팽개치고 도주한 놈이라면 어마어마한 몸체가 있다는 증거 아니요? 경찰의 초동수사는 오리무중이고, 단서는 가방과 돈뿐이요.”
며칠 전 김포국제공항 출구에서 미화 이십오만 달러가 들어 있는 007가방을 포기하고, 인상착의 하나 볼 틈 없이 슬쩍 미끄러져 흔적을 감춘 사건이다.

100불짜리 20만 불에 T/C 5만 불, 돈이나 수표나 소지인의 흔적을 찾을 수 없는 것은 마찬가지이니 답답한 일이다.

"어떻게 해서 백 불짜리 고액권만 용케도 구했을까?"

"차 선생을 한번 불러 봅시다."

"우리나라 외환관리법상 누구도 그렇게 큰돈을 환전할 수는 없습니다. 일단 우리 은행 감독원에 위촉하면, T/C는 비록 외국 은행 발행 수표나 국내 어느 은행에서 환전했는지 알 수 있을 것 같습니다."

"김 검사, 우리는 벌써 이틀째 잠을 못 자고 있는데 한국은행에서는 아직 소식 없어요?"

"나이 좀 더 먹으면 검사 노릇도 더 이상 못하겠구면."

"이 선배님, 오늘은 들어가서요. 저는 아직 젊으니까 며칠은 더 견딜 수 있습니다. 대기, 수사팀도 몇 명만 남기고 퇴근시키겠습니다."

참고인으로 소환된 사람을 24시간 이상 연장해서 48시간 이상은 구금할 수가 없으니 큰 사건을 맡은 검사들과 수사관들은 밤새우기가 일쑤이고, 참고인들은 꼬리를 물려 대질시키고 조사하여야 하니 계속 대기시켜 잠깐씩 집에 보내며 재소환, 재소환한다.

편법적인 구속수사의 관행이다. 경제만 선진국으로 도약하고 있을 뿐 특히, 법무행정은 구태의연하다. 수사방법 또한 후진성이 연연하다.

　참고인 대기실에는 외환은행 및 시중은행의 환전 업무 취급 행원들과 남대문시장 달러장사 아주머니들, 여행사 직원들, 타이프·복사 업무 사업자들 등 수십 명이 하나, 하나씩 불려오고 끌려오고 모두가 풀죽어 늘어져 앉아 있다.

　"야! 어미야, 아직도 정림이 안 들어왔냐?"
　"네, 어머니."
　"무슨 일이더냐?"

　T은행, 회현지점.
　박정달 차장은 퇴근을 서두르고 있었다.
　"아! 여보세요."
　"당신이야! 수준이 생일 전야제 해 주어야지."
　"알았어, 내가 케이크 사 가지고 간다."
　따르릉! 따르릉!
　"네, 박정달 차장입니다."
　"당신이 박정달이요?"
　"네, 그렇습니다. 어디십니까?"
　"지금 당장 남부지청 이기호 검사실에 들어오시오."

"나도 사정이 있어서 내일 아침에 가겠습니다."

"야 임마! 들어오라면 들어오지 무슨 이유가 많아, 이 새끼야."

"뭐요? 이 새끼! 아니 검사만 사람이고, 은행 차장은 흙살이 껍질이요?"

"이 새끼가 말이 많아, 빨리 오라면 빨리 와. 이 새끼야!"

"야! 너 몇 살이야? 고등고시 합격해서 검사가 되면 아무한테나 다 그러는 거야! 나도 불혹의 나이에 은행 차장인데 너희 못지않게 공부도 했어. 내가 죄가 있다면 영장 들고 와 데려가, 전화 끊어!"

"박 차장."

"네, 지점장님."

"좀 들어와 보시오."

"은행장실에서 전화 왔는데, 외환 사건으로 참고인 소환이라네. 박 차장 별일 없었지? 가서 협조해 주시오."

"당신이 거물 차장 박정달이구만. 못 온다 하더니 왔네!"

"이리와요, 박정달 씨."

"아! 손 대리, 미스 최도 와 있구먼. 웬 사람이 이렇게 많이 와 있어?"

“박 차장님, 죄송합니다.”

“미스 최가 죄송할 것이 뭐 있어?”

“T/C 환전 건 중에 한 건은 손세규 대리님이 굳이 자기가 결재한 도장이 아니고, 전임 박 차장님이 결재한 건이라고 왜 자기 혼자한테만 씌우느냐 하니, 이 검사가 화가 나서 막 부른 거예요.”

“아! 그래요.”

“오늘까지 오 일째 대기야?”

“이틀에 한 번씩 집에 갔다 왔어요.”

“어제는 문 차장님이 다녀갔어요. 특별 면회 요청으로 아는 사람 넣어서 왔는데 부장님의 금일봉을 전하고 위로해 주고 갔어요. 여기서는 외식을 주문해서 먹을 수 있거든요.”

“김 검사.”

“네, 이 선배님.”

“그 T은행 박정달을 김 검사가 맡아 주시오.”

“네, 그렇습니다.”

“아니오.”

“네, 그렇습니다.”

“그렇지 않습니다.”

세 시간 동안을 조사 받은 박정달은 무척이나 피로하다.

"자, 읽어 보고 서명하시오."

이기호 검사가 한 번씩 집에 다녀와 시원한 풀기 있는 모시 노타이 차림으로 앉아서 묻는다.

"박정달 씨, 귀 행에서 환전 책임은 누구에게 있다고 생각하시오?"

"하자사항이 있다면 결재한 책임자에게 있지요."

"최정림은 전적으로 자기에게 있다 하고, 손세규는 반반이라 하던데."

"저희 은행의 외환계 실정이 대리(초급 책임자)의 결재 업무가 다른 외환 업무와 환전 업무를 겸하고 있어 단순한 환전 업무는 신속을 기하기 위하여 후결로 한 것뿐이지, 창구 직원 전결 사항이 아닙니다."

"그럼, 당신도 책임이 있는 거요?"

"환전에 위반사항이 있다면 책임이 있지요."

"알았소. 위반사항이 있는지, 없는지는 더 두고 봅시다."

장준호란 여권 소지자가 외환은행에서 환전하고, 시중은행의 S은행, J은행, T은행 상용 여권 하나를 갖고 5개 은행에서 3천 불씩 1만 5천 불을 환전한 사실이 한국은행 검사역 팀에서 발견했다.

그 외에 이민 여권 등 여러 건이 속속 발견된다.

관련자들이 소환되고, 야단법석이다. 장준호 외 모두 다 여권대행사인 M여행사에서 단 한 번 3천 불 외에는 받은 적이 없다고 펄펄 뛴다.

그렇다. 있을 수 없는 일이라고 미스 최는 이 검사 앞에서 열심히 설명한다.

"그러니까 너희 은행원들이 김 사장이 주는 향응을 받고 환전 필 스탬프 인을 안 찍어 주었기 때문에 두 번, 세 번씩 환전한 것 아닌가?"

이 검사는 최정림을 똑바로 쳐다보며 고함을 지른다.

그러나 그도 잠시 남자의 눈으로 돌아간다. 드물게 보는 미인이다. 자세 한번 흐트러짐 없이 차분하게 답변하는 입술을 보며 눈을 마주쳐 본다.

이제는 M여행사 김민식 사장이 잡혀야 수수께끼 같은 사건의 전말이 풀릴 일이다. 그런데 수사팀이 총력을 다 해도 일주일이 넘도록 체포하지 못하고 있다. 그동안 은행원들만 연일 똑같은 질문을 하며 족치고 있다.

"T은행 최정림."

"네, 이 검사님."

"얼마를 받았느냐?"

"그럼, 봉투를 받은 적이 없으면 물건을 선물로 받았느냐? 손세규도 박정달도 아무런 향응을 받은 적이 없다면 네가 받았을 것 아니야?"

연일 족쳐대니 다른 은행에서는 외제 카메라, 시계 등을 선물 받고, 향응을 받은 사실이 실체적으로 드러나고 있다. 그러나 거래선이 약간의 성의 표시로 주는 것을 받은 것 외에는 부정을 저지른 사실은 전혀 꼬리가 잡히지 않고 있다.

모든 것이 사실이다. 은행원들은 절대로 규정대로 사무 처리한다.

"문 여사, 나 김민식이요."

"마침 전화 잘했어요. 아침 조간 보았지요? 나는 오늘부터 남대문에 안 나갑니다. 우리는 항상 보이는데서 도망만 잘 다녀도 별일 없이 지나갑니다. 김 사장은 꼭꼭 잘 숨어야 합니다. 그동안 큰돈 만들어 주고 고생했는데. 내 입은 걱정하지 말고 잘 처신하십시오. 다 권력과 밀착된 부유층의 소행이니까 잠시 피하고 있으면 될 것이요."

"문 여사! 지금 어느 땐데 그런 안일한 생각으로 넘기려 합니까? 상대한 사람들이 어떤 신분이었는지 아시잖아요. 그 사람들이 나 하나만 상대했나요. 우리는 수십 년 작업꾼이요. 내 걱정은 마시오."

1980년 전두환 신군부가, 쿠데타로 정변이 일어나면서부터 구 권력층의 재산 도피 현상이 외환 암거래상을 통하여 해외로 빠져나가는 실마리가 명주실 꼬리처럼 잡아당길수록 두 텁게 풀려 나오는 현상이었다.

"돈은 가지고 있는 사람들이 어떻게든 써야 우리같이 없는 사람이 사는 거요. 해외에 재산을 빼돌리든, 사치를 하던, 술타령을 하던, 그 사람들이 갖고 있는 돈이 시중에 나와야 우리는 살아요."

"최정림."

"네, 이 검사님."

"이 신문을 봐라! 그래도 잡아뗄 텐가?"

중앙 일간신문에 특종기사로 톱 기사화되어 있는 내용을 보니 정말 어처구니없는 기사다.

"이 검사님, 이 신문 기사 내용은 전혀 사실이 아닙니다."

"뭐라고?"

이 검사는 다른 남자 행원에게는 연일 짜증스런 수사에 스트레스를, 손찌검을 해 가며 풀어간다. 그러나 최정림은 여직원이라서 손도 못 대고 그렇다고, 다른 은행 여직원들과는 전혀 다른 태도에 무조건 윽박지르지도 못하고 있다.

다른 여직원들은 기를 확 한번 죽이고 물으면 묻지도 않은 말까지 다 쏟아낸다.

'대리에게 카메라를 주는 것을 보았다.' '시계를 주는 것을

보았다.' '자기도 받았다.' 등

"박정달, 오라고 해~."

중앙 일간지 사회부 기자가 김민식 집에 취재하러 가서 그가 입었던 양복 주머니에서 T은행의 외환계 창구에 비치되어 있는 애플리케이션(환전신청서) 몇 장을 찾아내고 영문자로만 인쇄되어 있는 것을 신문에 그대로 실어서 외환계 직원들이 김민식과 짜고 마치 부정을 같이 저지른 것처럼 톱 기사화했다.

영문자를 잘 해석해 보면 아무것도 아닌 일반 창구의 예금청구서와 같이 필요한대로 누구나 몇 장 갖고 갈 수 있는 서류란 것을 알 수 있다.

그러나 법조계 인사들이 어학 실력이 모자란 편이라 엉터리 같은 꼬투리를 잡고 있다.

나이 든 박정달이 이 검사를 별도로 모시고 잘 해석하여 설명하여 드리니, 이 검사는 금세 이해하고 덮어 둔다. 이 검사도 그 정도 영어 실력은 있다.

그러나 연일 피로한 몸에 신문 내용을 믿고 아무것도 걸리지 않는 T은행 직원들을 잡을 기회로 삼았다가 허탈한 모습이다.

도하 뉴스 매체들은 암울했던 80년대에 시간 때마다 떠들어 대고, 신문에 도벽을 해댄다.

　남부지청에는 빨리 마무리를 하라는 압력도 오고, 속히 철저히 밝히라는 지시가 떨어지고 불철주야 이기호 검사 팀은 지친 몸에 사건은 꼬리에 꼬리를 물고, 실 꼬리가 잡아당길수록 한이 없이 나오고 있다.
　상층부에서는 이제 국민을 의식하고 정책 수사 방향으로 유도하고 있다.

　"이 검사."
　"네, 청장님! 아직은 좀 더 결과가 나와야 마무리할 수 있겠습니다. 환전 절차상 스탬프 인을 안 찍은 은행은 없습니다. M여행사 김민식이가 이것을 특수약품으로 지우고, 환전하고, 또 지우고 환전하고 여권 하나로 두세 번씩 꼭 환전을 했습니다. 이것은 국립과학수사팀에 조회한 결과입니다. 그 돈을 남대문 달러 상들에 넘기고 달러 상들은 해외 재산 도피자들에게 팔았습니다. 수사에 한계를 느끼고 있습니다. 은행원들이야 한 명씩이면 다섯 명인데 가벼운 위반사항으로 다 엮을 수 있습니다. 달러 상들은 약간 외에는 절대 입을 열지 않고 있습니다."
　이 검사는 오히려 그들이 더 이상 열지 않기를 바라고 있다.

“김 검사.”

“네, 이 선배님.”

“각 행에 한 명씩 진술서를 추가로 한 장씩만 받아 주시오. T은행은 내가 받겠소.”

“최정림.”

“네, 이 검사님.”

“손세규.”

“네.”

“박정달.”

“네.”

“지금 당장 진술서 한 장씩 써 갖고 오시오. 서로 보이지 말고 각자 써 주시오.”

“이 검사님, 뭐요? 국립과학연구소의 결과가 나왔는데 아직도 은행원의 잘못으로 보고 있습니까?”

“이봐, 손세규. 당신들이 천공기를 누르지 않아서 그렇게 된 것 아니야. 자식 말이 많아. 그래도 당신이 잘못한 것 없어. 최정림이가 누르지 말자고 했고, 대세가 그렇다고 해서 잘못이 안 되나?”

“김 검사.”

“네, 이 선배님.”

“진술서 받은 사람만 남기고 귀가시켜 주시오.”

“최정림, 박정달 귀가하시오.”

“미스 최.”

“네, 박 차장님.”

“우리 차 한잔 하고 갑시다. 그동안 미스 최가 고생 많이 했소.”

“아니요, 박 차장님이 너무 애매하게 고생하셨어요.”

“모든 것은 사필귀정이요.”

“손세규가 그동안 여러 채널을 통해 이 검사에게 청탁을 해 왔소. 물론 우리 은행은 전체를 다 빠지자는 청탁으로 믿지만 이 검사는 손세규를 택했소. 최정림이와 두 사람을 놓고 고심하고 있는 것을 나는 느끼고 있었지요.”

“나는 처음에는 아무 잘못이 없다고 펄펄 뛰었지만 가만히 생각해 보니 우리가 너 나 할 것 없이 떳떳하지가 못해요.”

“그래요, 박 차장님.”

“문 차장님이 왔을 때 부장님이 묻더라고 하며 무엇, 무엇을 물어보고 어떻게, 어떻게 대답했느냐고 꼬치꼬치 묻고 그랬어요.”

“다 부탁을 안 하고 우리가 안 해 준 사람이 없지! 특히 위로 올라갈수록 부장님한테 많이들 부탁했지요. 그걸 문 차장이 우리에게 부탁했지."

해외 출장이다, 연수다 해서 나가는 사람들이 많아지고 축장도 촌지에 보답 선물로, 약간씩이 필요했다.

"정림이야, 아이고 어서 온니라."

"할머니, 어머니, 이제 걱정 안 하셔도 돼요. 이젠 아주 풀려 왔어요."

"그래, 오늘도 은행 문 차장이란 사람이 저렇게 선물도 가져오고 오늘 중으로 완전히 해결되고 나올 것이라고 안심시켜 주고 가더라. 어서 씻고, 밥 먹자."

"롯데호텔이죠?"

"제일투자 총무과 손무영입니다. 십오 층으로 방 둘, 내일부터 오박 육일입니다."

제일투자 총무과장 손무영은 일본에서 주주들이 방한할 때는 언제나 그들의 비서가 된다.

여직원 이인숙도 따라 바쁘다.

이번에도 특별한 방한이다. 노터치 상자 박스가 같이 들어오는 날이다.

중정의 보호 하에 일본 엔화가 비공식 채널로 뭉텅이, 뭉텅이 들어온다.

“정림이 언니, 저 인숙이여요. 이번에도 예금을 받아 주시
는 거지요?”

외화자금, 시중은행들은(외환 취급 갑종은행) 외화자금을
무턱대고 은행에 유치하지 않는다.

외화자금을 지정 통화 표시나 원화 표시 마찬가지로 시시
각각으로 변동하는 국제외환시장(런던, 동경, 뉴욕, 홍콩 등)
의 환율 변동 리스크를 자칫 잘못 타면 환차이익보다 환차손
을 크게 보는 경우가 더 많기 때문이다.

“인숙아, 오늘은 안 되겠는데 시간이 너무 늦었어. 외환업
무실에 상의해야 하는데 지금 이 시간에 스퀘어 포지션(사고
팔고 하여 중간으로 유지)을 조정할 수 없거든.”

“언니, 좀 부탁해요. 방금 공항에 도착했다고 손 과장이 연
락 왔어요. 우리 회사에 보관할 수 없잖아요.”

“알았어, 외환업무실 딜러한테 직접 부탁해 볼게.”

“은 대리님, 어떻게 할까요?”

은성표 대리는 손세규 후임으로 왔고, 다른 부서에 갈려고
하는 정림이를 붙들고 외화 예금계에 근무토록 했다.

제일투자금융 주주들, 그들은 누구인가?

일본에서 거부가 된 교포들이다.

박정희 대통령의 외화자본유치 정책에 따른 특별 배려를 받고 제일투자금융을 설립하고 그 연장선으로 국내 5개 시중 은행에 버금가는 신설 은행을 설립하고자 하는 큰 자본금이 현금으로 극비리에 들어오고 있다.

그들은 60, 70년대의 일본 경제의 고속 성장기에 엿장사, 고물장사 등으로 밑천을 모아 사업에 성공한 사람들이다.

본국에 들어온 돈을 관리를 잘못하여 손해를 입히면 담당자들은 초상이 난다. 은행 마감 시간 직전에 손 과장과 이인숙이가 T은행 외화 예금계에 부랴부랴 들어오고 있다.

다음 날 아침 은성표 대리가 국제부장실에 불려가고, 미스 최가 불려 간다.

어젯밤 늦도록 외환업무실에서 포지션 유지에 노력했으나 달러 아닌 엔화가 되어서 완전히 이루지 못했다 한다.

앞으로 큰 금액은 대리 선에서 결정하지 말고 직접 부장까지 보고하고 처리하라 한다.

오전이 지나고, 다행히 환차손 없이 완전히 처리되었다.

명동에서도 최고급 요리집.

네 사람은 퇴근과 동시에 한없이 즐겁게 식사를 하고 있다.

"은 대리님, 예금 실적이 필요하시면 제가 성의껏 도와드리 겠습니다. 그리고 저희 신설 은행에 오실 의향이 있으시면 또한 적극 도와드리겠습니다."

손무영 과장과 은성표 대리는 같은 연배다.

손 과장은 겸직하고 있는 총무부장의 바로 밑 차석이니 은 행의 고참 차장급이고, 은 대리는 대졸 정규 입행인데도 이 제 중견 대리다.

"한 급 올려 바로 차장급으로 갈 수 있다면 고려해 볼 수 있 지요."

"바로는 안 될 것입니다. 그러나 일 년 내에 바로 승진되지 요. 그리고 또 빠르게 젊은 지점장이 됩니다. 신설 은행에 전 직은 그런 자기 발전을 위해 가는 것 아닙니까."

"하지만 멀리 내다보면 퇴직금도 줄어들고, 고생도 많고, 정든 직장을 떠나기가, 용단 내리기 어렵습니다."

"아직은 인사 극비인데요, 절대로 나이 많고, 호봉 높은 부 장, 지점장급들은 픽업 안 한답니다. 젊고 호봉 낮은 시중은 행 차장급에서 부장, 지점장을 선발해 오고, 아래 직원들도 그렇게 선발할 것입니다. 대우도 파격적으로 올려서 아주 일 류 은행으로 급성장시킨답니다."

"우선 몇 개 부, 지점으로 출발하지만 매년 신설 점포가 늘어나게 되니 대리급으로 와도 몇 년 안으로 지점장이 되는 거지요. 다만 선발은 엄정하게 할 것입니다. 은 대리님이라면 대 환영이지요."

"과분한 말씀입니다."

"앞으로 들어올 돈은 얼마나 남았습니까?"

"삼분의 일 정도가 남았습니다. 처음과 달리 조심성을 더욱 기하고 있습니다. 김포공항에서야 문제가 없는데 현지에서 애로가 많지요."

일본은 해마다 엄청난 무역 흑자에 따른 통화량 팽창으로 모르는 척하기에도 한계가 있을 것이다.

"미스 최."

"네, 손 과장님."

"서울여상 출신들은 요로 요로에 없는 곳이 없고, 유대감이 굉장히 좋아 부럽습니다. 아주 TK(TK는 대구·경북 고등학교를 일컫는 말로 권력층에서부터 주변 곳곳에 이르기까지 지연, 학연의 유대감이 유별났던 점을 지칭하는 말이다)들 못지않아요."

"저희들이야 어디 있으나 다 졸때기들이지요 뭐."

"앞으로는 여성 간부들도 많이 나올 것입니다."

"네, 그럴 것 같기도 해요. 우선 귀사의 미스 리부터 승격시켜 줘요."

“우리 미스 리는 과장까지는 될 것입니다. 지금 대리 진급 대상에 오르고 있습니다.”

“미스 리, 축하합니다.”

“아이~! 정림 언니가 먼저 될걸요 뭐.”

“우리 은행에서도 이제 대리 승격이 몇 되었습니다.”

“미스 최도 남행원이라면 벌써 대리가 되었을 텐데, 여직원들은 적은 티오에 고참들이 워낙 많으니까 아직은 좀 기다려야 될 형편입니다. 그러나 미스 최는 매년 인사고과가 좋아서 같은 서열에서는 최우선 주자가 될 것입니다.”

“은 대리님, 여직원들에게도 꼭 서열과 인사고과가 최우선 주자가 될 수 있습니까?”

“한 70%선은 꼭 그렇게 투명성을 기하지 않을 수 없지요. 그렇지 않으면 조직이 강해질 수가 없으니까. 그러나 20~30% 정도는 인사권자의 고유권한도 배제시킬 수 없지요. 그 또한 조직과 자기 관리를 소홀히 할 수 없으니까 부득이한 청탁은 뿌리칠 수 없는 것입니다.”

그 다음해에 은성표는 신한은행 종로지점 차장으로 오랜만에 최정림을 찾아 점심이나 같이하자고 초청한다.

“지금 시중은행은 항상 오버론(예금 대비 대출 초과) 상태에서 콜자금(일시 차입) 쓰기 바쁘니 신한은행이 틈새시장에 잘 끼어들어 장기 고액 예금자 명단을 각 시중은행에서 유출해 와서 지점장 위주의 유치 활동을 넘어 거행적으로 공동업무추진비를 편성하여 섭외하고 있습니다. 만기가 되면 수신뿐 아니라 여신까지 포함하여 SET로 유수 기업만을 골라 적극 유치하고 있습니다. 절대로 대기업에는 여신을 일으키지 않습니다. 기업들도 이제 시중은행에서는 신규 대출은 고사하고 만기 연장까지도 힘이 드니 자연스럽게 따라 들어오고 있습니다. 정부에서도 5개 시중은행은 이미 여신 한도 초과 상태로 자칫 금융의 마비가 올 것을 대비하여 건전한 신설 은행 몇 개쯤 신규 허가 준비 중입니다. 곧 이북 5도 출신 거부들을 중심으로 신한은행과 유사한 시중은행이 탄생할 것입니다. 미스 최, 잘 생각하여 결정하십시오."

"은 차장님, 항상 너무 고맙습니다. 그러나 좀 시간을 두고 결정해 보겠습니다. 저는 나이가 많지 않아요."

뺀질이가 어디서 한탕을 잘했나!

백만 원권 자기앞수표 20장을 두 번씩이나 세어 보고는 안주머니에 넣고, 전화를 건다.

"네, T은행 신촌지점 제예금계 최정림입니다. 무엇을 도와드릴까요."

최정림! 뺀질이는 목소리만 들어도 가슴이 울렁거린다. 몇 번을 현장에 가서 노려본 얼굴이고 들은 목소리다.

은행 창구 여직원만 골라 꿩 먹고, 알 먹고, 10여 년 동안 재미를 보고 있는 신종 전문 사기꾼.

은행의 과잉 친절과 예금유치 경쟁이 낳은 소산물이다.

처녀들은 자기 수치심에 절대로 경찰에 신고하지 않는 탓에 생명이 길게 가고 있다. 이번에 대어를 낚기 위해 큰 목돈을 준비했다.

"그러니까 자유적립식 통장 정기예금을 하면 필요에 따라 돈을 넣다 뺐다 하면서 정기예금 이자를 먹는다 이거지요?"

"네, 그렇습니다."

"그럼, 다른 지점에서 입금도 가능합니까?"

"네, 됩니다. 그러나 출금이나 해약은 본 지점에 와야 합니다."

"우리는 늘 바쁜 사람이라 물어본 것입니다. 그럼, 우선 이 천만 원으로 신규 통장 하나 개설합시다."

"네, 감사합니다."

김원탁은 신권으로 2천만 원이 든 가방을 연다. 주소, 성명 모두가 엉터리니 무기명 예금이나 다름없다.

"아! 미스 최, 나 김원탁입니다. 돈 좀 들어왔지요?"

"네, 네. 천만 원 들어왔습니다."

"천만 원밖에 안 들어왔어요? 이 자식들이! 알았습니다."

"김 선생님, 오랜만에 오셨습니다."
"미스 최가 하도 친절하게 잘해 주니 일부러 들렀습니다."
"감사합니다. 안으로 들어오셔서 차 한 잔 드시지요."
"그럴까요, 커피가 좋습니다."
"아! 여기 예금 안내서가 있군요."
"사업이 잘 되실 때 정기적금이나 하나 해 두시면 급할 때 대출도 가능합니다."
"적금을 큰 것 하나 들어주면 미스 최한테 뭐 좀 혜택이 있습니까?"
"네, 권유 실적이 좀 오르지요."
"아! 그래요. 그럼, 기왕 이 지점에다가 들어주도록 할까요. 나는 사업가가 아니고 이름은 모두 진짜 사업하는 동생입니다. 내가 적극 도와주는 사업이지요."
며칠 후 정림은 김원탁의 전화를 받으며 곤혹스러워한다.
"아니에요, 사양하겠어요. 지난번에 적금까지 크게 실적을 주시였는데 사면 제가 사야지요."
김원탁은 구태여 방에 들어가자고 하여 양복 윗도리를 슬쩍 벗었다가 얼른 다시 입는다.
정림은 그가 차고 있는 옆구리의 권총을 보며 깜짝 놀란다.

"미스 최, 내가 깜빡 실수했습니다."

"기왕 노출되었으니, 나는 보안사 김 대위입니다. 서울광역에 파견 중이지요."

(보안사 직원들이 구청에까지 한 명씩 파견되고, 기관장회의 등에 참석한다는 이야기를 들은 정림이 너무 아는 것이 때로는 병이 된다. 장난감 총은 진짜와 구별할 수 없으니 그가 옆구리에 차고 있는 권총은 진짜다)

"이제는 시국도 안정이 되어 가고 있고 우리들도 물러날 때가 되었습니다. 그동안 '분서갱유' 에 참여했으니 솔직히 먹고살 것은 준비해 놓고 물러나야지요. 그래서 동생을 앞세워 사업권을 하나 따 가지고 하고 있습니다. 절대로 증설 신규 허가가 나지 않는 담배 전매청에 휠타 납품 사업권을 보안사의 압력으로 따낸 것이지요. 신촌이고 어디고 구청, 대학교 소재지는 우리가 늘 바삐 다니는 구역이지요. 우리는 이런 사람입니다. 그래서 명함 하나 없이 삽니다."

"미스 최, 정말 너무 예뻐요."

"아이참! 그렇게 보시면~~."

"저도 솔직히 지금까지 결혼을 못하였습니다. 내가 한두 살 위 같은데 우리 자주 만납시다. 이제 아파트도 하나 준비해 놓고 그래야 할 것 같아요."

"이 사장님, 삼 개월짜리 무기명인데 백만 원에 삼억으로
합시다. 나는 또 대출 비용도 들어가야 하니 감안해 주세요.
아무나 보내시어 T은행 신촌지점 최정림을 찾아 김원탁이라
는 사람이 보내어 왔다고 하면 됩니다."

명동의 사채업자.
이들은 거래만 끝나면 서로가 모르는 사람이다. 또한 진짜
전주는 얼굴도 안 보인다.

"김 사장님, 이 손 놓으셔요. 너무 늦었어요."
무교동 초원의 집.
마침 코미디언 이주일은 '1차를 조심하라, 2차를 노린다.
특히 대머리는 처녀만을 좋아한다' 고 사람을 웃기고 있다.
정림이는 맥주 한 잔에 얼굴이 불그스레하니, 좀 어두운 전
등 아래서 모든 사람이 힐끔힐끔 쳐다보니 혹시 아는 사람이
나 있지 않을까 어서 일어나려 하고, 김원탁은 맥주 한 병만
더 먹고 가자고 떼를 쓴다.

"김원탁입니다. 오늘은 신촌에 꼭 갈 일이 있는데 점심이나
한번 합시다. 지난번 그 집에서 기다리겠습니다."

"오래 기다리게 해서 죄송합니다."

"미스 최가 좀 늦을 줄 알았다면 복덕방 일을 보고 왔어야 하는데……."

"무슨 일인데요?"

"늦으면 잘못, 놓치는 일이니까. 잠깐 같이 갔다 와 식사합시다. 택시로 가면 금방이요."

"우선 가계약으로 이 돈 영수하시고, 내가 은행 문 닫을 때까지만 와서 정식 계약하면 되지 않습니까?"

"글쎄, 이 물건에 전화 오는 사람이 많으니 꼭 사시려면 정식 계약서를 쓰고 네시 반까지만 이곳에 오세요."

"미스 최, 아직도 돈이 안 들어왔다구요? 이 자식들이, 알았습니다."

따르릉!

"나, 김원탁입니다. 돈이 아직도 안 들어왔어요?"

"네시 반이 좀 지나도 네트 입금도 되는 거지요. 교통이 막히어 그러는 것 같은데 시간이 거기 신촌지점 갈 시간도 없네요. 미스 최, 대단히 미안하지만 천오백만 원만 보태면 되니까……."

원숭이도 나무에서 떨어지는 수가 있단다.

정림이는 김 사장의 호의를 이런저런 핑계로 거절만 하는 것에 미안한 생각도 있고, 너무 대리 승격에 집착하다 보니 판단이 빗나간다.

어디까지나 자기 몸만을 노리는 사나이로만 생각하고, 야속하게도 오직 예금 실적에 매달리다 당하고 말았다.

자기가 점심 식사하러 간 사이 동생이란 이름의 예금·적금은 동명의 사나이가 해약하여 보통예금에 대체 입금한 다음, 다른 지점에서 현금으로 다 빼가 버렸다. 같이 갔던 복덕방에 찾아가 보니 가계약 건도 다 해약하고 갔다.

너무나 허망하다. 모든 것이 일순간에 무너진 허탈감에 화장실에 가 펑펑 실컷 울고 나니, 정신이 좀 들어 서둘러 은행에 들어갔다.

이지석 지점장은 정림의 아픈 마음을 사려 깊게 헤아려 몇 마디 물어보고는 일찍 집에 들어가 쉬도록 한다.

3일 간의 연휴를 끝내고 온 정림은 벌써부터 인사부에서 점찍어 놓은 여직원으로, 임원 부속실의 미스 한이 다음 달에 이민을 떠나게 되어 비게 되는 그 자리에 출근한다.

미스 최가 들어오고 서로 자리바꿈이 이루어졌다.

채이석 상무는 심사부, 인사부 담당 중역으로 은행의 노른

자위라 일컫는 부서만 담당하며 커 왔다. 돈이란 나누어 먹으면 탈이 없고, 투명성 있게 일을 하면 적이 없다.

채 상무는 인사부장에게 전화한다.

"최정림이가 누구야?"

"이지석이가 전화 왔어."

"나보다도 이곳 심사 업무가 요즘은 거래처에서 전화가 많이 오니까."

따르릉.

"네! 상무님실입니다."

"채 상무, 나 김 회장이요."

"아이구 회장님, 해외에 계시는 줄 아는데 언제 오셨군요. 예, 예, 잘 알겠습니다. 아니요, 바쁘신데 전화로 충분합니다. 아! 예, 행장님하고도 통화하셨다구요. 예, 예."

"미스 최."

"네, 상무님."

"심사부장 좀 불러 줘."

"저, 신부장입니다. 상무님."

"네, 알겠습니다."

"안 심사역."

"네, 부장님."

"부장실로 좀 들어오시오."

"D그룹 건 왜 이렇게 안 올라와?"

"심사역이 심사를 하지 않고 어떻게 심사의견을 씁니까? 솔직히, 다 부적절입니다. 은행은 과다 여신이고 기업은 과다 부채이니 부적절이지요."

"아! 이 사람아, 그걸 누구는 모르나? 구렁이 담 넘어가는 표현이 있지 않아? 다른 심사역들은 잘도 넘기더라."

신상호 심사부장은 바쁘다.

어음교환 마감 시간은 이미 지났는데 신청 서류를 언제 읽어 보고 검토해 볼 시간은커녕 요약서, 부전지 달 시간도 없다.

다행히 안 심사역이 심사의견을 손댈 필요 없이 기왕 깨끗이 올린 바람에 더 이상 평퐁칠 일 없이 곧바로 담당 상무, 전무까지 결재 받고 행장실로 들어간다.

따르릉.

"네, 상무님실입니다."

"미스 최, 나 주기승 지점장이요. 자꾸 전화해서 미안한데 우리 지점 승인 건, 상무님 결재 났어요?"

쪼다 지점장이 변두리에서 어쩌다 큰 대출 신청 건 하나 올려놓고, 들락날락 일주일 내내 본점만 들락거리다가 열흘 이상이나 지나고 나서야 겨우 담당 상무선까지 올라와 있다.

저것이 촌지를 쓴다 한들 뻔한 일이고 그렇다고 저런 쪼다한테 크게 먹었다가는 자칫 더 크게 토해 낼지 모르니 모두가 껄쩍지근하여 주물럭—주물럭 완행열차가 역마다 쉬어간다.

"신 부장, 나 채 상무요. C지점 건 언제 접수한 건데 이제 나한테 올라오는 거요?"

"미스 최."

"네, 상무님."

"C지점장 좀 불러 줘."

"네, 네."

"상무님, 저 주기승입니다."

안 보아도 코가 땅에 닿는다.

"여신이 취급되면 그만한 수신 유치가 틀림없이 가능한 거요?"

"이 사람아! 그걸 어떻게 믿어?"

이젠 어느 은행이고 완전히 돈 장사다. 본 · 지점 간에도 홍정으로 이루어진다.

채 상무만 결재하면 전무, 행장은 어지간한 것은 채 상무만 믿고 결재가 난다. 일선 지점장과는 절대로 상대하지 않는다. 그러니 채 상무는 수신 조건이 붙은 신청 건의 승인에는 단단히 신중을 기한다.

“정림이냐?”
“네, 할머니.”
“어서 온나라.”
“동생은 아직 안 들어왔어?”
“…….”
어머니는 아무런 말도 하지 않는다.

원익이가 중학교에 들어가면서 불가피 생모가 따로 있다는 것을 알게 되던 날, 어린 가슴에 충격이 얼마나 컸던지 이틀 동안이나 밥도 안 먹고 문 걸어 누워 있었다.

이제 또, 대학 입학을 앞두고 고3병에 또 다른 번민에 시달리고 있다. 자기를 난 친부모는 멀리 전주에서 살고 있으나 한번도 자기를 찾아 주지 않는다.

늘 사는 형편은 어렵다 하나 이제 청년이 되어 가는 친자식의 연민의 정은 때때로 그리움에 휩싸인다.

어머니는 생각이 깊으신 분, 내색은 전혀 내지 않고 자기의 말 없는 내성적 성격에 그러려니 하고 항상 변함없이 대하신다.

대학교까지 기필코 가르치고 가겠다고 서로가 다짐했고 열심히 살아간다. 다만, 할머니가 이젠 완전 노환으로 자꾸 고향에 가 살자고 보채신다.

"정림 언니, 정림 언니. 인사부에서 지금 막 부르기 시작했데."

T은행은 주총이 끝나는 대로 부 · 지점장급 승진과 더불어 모두 강당에 불러, 행장이 직접 발령장을 준다.

그 다음엔 차 · 과장급, 그리고 마지막으로 대리급이다. 대략 일주일 간격이니 승진 대상자는 하루가 여삼추다.(삼 년 같이 길게 느껴진다는 지루함) 모두가 목을 길게 빼고, 귀를 세우고 있으니 일손이 잡히지 않는 시기다.

남자 행원부터 부르고, 여직원 몇 명 부르는데, 본점에서 먼 거리 지점에서부터 부르니 본점 직원은 이미 두어 시간 전부터 술렁인다.

'누구 하나 승격시키려고 티오를 하나 더 늘렸다.' 고 하더라. '미인이라서 그렇고.', '그래가지고 승격 대상에 끼였다.' 고 하더라.

정림의 대리 승격에 공연히 시기하는 동료들의 입방아가 헛소문을 물고, 별별 곤혹스런 말까지 다 나돌고 있다.

실제 전임 승격 언니 중 그렇다는 사람이 끼어 있었다. 때문에 또 꼬리를 물은 소문이다.

정림이는 그대로 인사부 소속인 임원부속실에서 상임감사 부속실 대리로 영전했다.

여행원으로 발령받은 지 만 18년 만이다.

물론, 20년이 넘는 고참 여행원들도 있다. 그러나 여행원의 승격은 아직 어느 직장이고 발탁 케이스다.

할머니는 이미 감정 기능이 무디어져 그저, 정림이가 잘 풀려가고 있다 하는 기쁨뿐이다.

"정림아."

"네, 어머니."

"내 어젯밤 꿈에 네 머리에서 뿔이 나는 꿈을 꾸었다. 잘하면 우리 정림이가 여자 지점장까지도 되겠구나. 참으로 춤을 추고 싶은 기쁨이다."

여름이 가고, 금년 겨울에는 유난히도 추웠다.

원익이는 연세대학교 원주분교에 입학했다.

어머니는 할머니를 모시고 이사했다. 마침 고향 옛 시골집과 세 필지를 사서 그 집터에 새로 30평쯤 새집을 지었다.

그리고 원익이는 원주에 하숙을 시키고, 정림이는 모든 것을 정리하여 13평 아파트를 따로 장만한다. 서울 집값이 워낙 비싸니 농촌으로 귀향하기는 참 좋은 시기다.

어머니는 원익이 학비만은 절대로 정림이한테 의존하지 않는다. 원익이는 갈수록 말수가 없고, 내성적이다.

어머니, 어머니 하고 부르지도 않고, 누나, 누나라고 부르지도 않는다.

오랜만에 만나는데도 그저 평상적인 인사뿐 자기 혼자 있음을 좋아한다.

할아버지 제삿날에 오랜만에 시골집에 왔는데, 어머니는 혼자 음식 준비하느라 바쁘고, 원익이는 그저 방에 혼자서 텔레비전 앞에 앉아 있다.

할머니는 안방에 누워 계시고, 이제 귀가 완전히 어두워 고함을 질러대야 겨우 알아듣는다.

"어머니!"

"정림아, 너는 아무 말하지 말거라. 느 할머니한테 승낙 받고 지내는 제사다. 내가 교회에 나간 지도 십 년이 넘는다. 이곳에 와선 권사가 되었다. 끝까지 유교식으로 제사를 모시지 않는다고 너의 삼촌은 투덜대더니 정말 금년에는 안 올는지, 여태 오지 않는구나."

"그래도 이곳에 와 농사지으니 만고 편하다. 그 전과는 달라서 농사짓기가 아주 편하다.

내, 대농까지도 충분히 경농할 수 있겠다만은 세 필지면 느 할머니 모시고 충분하다. 넓은 집터에 남새밭도 충분하고, 옆집도 서울로 이사 간다 하여 팔리지 않는 집을 건너 집과 둘이서 사서 반반 나누었다."

"잘 하셨어요."

"남새밭 만들고 남는 땅에 건조장도 만들고, 창고도 짓고 했다. 농협에서 영농자금이라고 아주 싼 이자로 주니까 나도 좀 써 보았다."

"어머니, 역시 박씨들 집안이라 배짱이 있어요."

"느 외삼촌들도 다녀가고, 최씨 집안에서도 다녀가고, 할머니 백세까지 꼭 모시라고 격려가 대단하다."

"최씨 집안에서 열녀문 세워 준다고 하겠네!"

정림이는 일복을 타고난 사람이다.

대리가 되어서도 행원 때나 다름없이 잡일을 많이 한다.

상임감사를 보좌하여 결재서류를 일일이 점검하여 수치를 다시 확인해 보고, 복잡한 건은 부전지를 달아 결재를 올린다.

매주 화요일과 목요일의 정규 이사회의 주관 부서인 비서실에서 일부의 안건 서류는 페이퍼토킹으로 결재만 돌리는 건도 많다.

모든 서류를 선급을 잘 가려 깔끔하게 처리하니 감사님은 항상 칭찬으로 격려해 준다.

"최 대리."

"네, 감사님."

"최 대리는 일선 경험도 많구먼. 여·수신, 외환, 관리, 심사 업무까지 아주 완전 통달했어요."

드디어 T은행에서도 여자 지점장 발탁을 서두르게 되었다.

먼저 시행한 J은행의 여론이 도하 일간신문에 사회면의 톱 기사거리가 되고, 여성단체에서도 대대적인 환영을 하며, 예금 실적을 밀어주기도 하는 단체도 생긴다.

여자 지점장 두 명 발탁에 5배수로 열 명이 추천되어 인사위원회에 올라왔다.

T은행은 아직 여자 차장급은 없으니 한두 명의 과장급과 대리급의 전체 수에서 절반 가까이 추천되어 온 셈이다.

대졸 출신들도 몇 명 있으나, 이들은 일선 경험 경력이 일천하다.

'군인은 일선 전투사단장 경력이 최우선이고, 은행도 일선

지점 근무 경력이 우선한다.'

100여 명의 지점장들이 강당에 집합하여 행장의 도착 시간을 기다리며 끼리끼리 군성군성 재잘대고 있다.

여자 두 명 중에 최정림, 훤칠한 키에 단정한 복장, 누가 보아도 훌륭한 발탁 케이스다.

한 사람은 여자 행원 중 최고참 언니, 일선 경험은 일천하나 전체 여직원의 사기 진작에 당연한 케이스다.

드디어 행장님이 등단하시고 모두가 조용히 정열된 자세에서 한 사람, 한 사람 인사부장의 호명에 앞으로 나가서 발령장을 받는다.

평 이동으로 영전하는 사람, 좌천되는 사람, 새로 승진된 지점장들은 모두가 지방 지점이다.

"최정림, 명 강남지점장."

정림은 대열에서 앞으로 나가 행장님께 절을 하고, 두 손으로 사령장을 받고, 전무와 감사 앞에 공손히 인사를 올린 다음, 모든 중역 앞에 또 인사를 올리고, 돌아서서 제자리에 선다.

"이번 지점장 승진에는 여자 행원 두 명을 특별히 발탁했습니다. 모두 격려의 박수를 보내 주십시오."

우레 같은 박수에 정림은 머리를 여러 번 숙여 답례를 하고,

모두 행장님의 훈시를 듣는다.

새로 승진된 지점장들이 중역실을 비롯한 본점의 모든 부서를 돌아다니며 승진 인사를 한다.

정림이도 언니 승격자와 같이 돌아다니며 인사를 마치고 나니, 동료 직원들이 따로 모여 기다리고 있다가 시내 고급 음식점에 가서 축하연을 베풀어 준다.

3일 후 임지에 취임하는 첫날.

지점장의 승용차 기사가 아파트 앞에 대기하고 있다고 전화가 온다.

마흔 살의 나이, 그러나 아직도 삼십 초반의 우아한 여성으로 보인다.

정말 파격적인 인사다. 보통 대리급에서 10여 년, 차·과장급에서 10여 년, 50줄에 들어서야 지점장이 되고, 대부분 은행 생활의 종착역에 이른다.

여기저기서 축하, 화분, 난이 수십 개가 들어와 지점장실 앞에 배열되어 있고, 서무주임이 접수한 명단을 책상 위에 올린다.

정림이는 일일이 읽어 보며 마음에 감사를 드리고 있다. 거기에 어머니가 보낸 축하 난에는 유난히 꽃의 향기가 풍겨 나온다.

또 이 사람, 저 사람의 축전과 축하 전화도 메모되어 있다.

일주일간은 거래선을 찾아 취임 인사를 드리고, 취임 축하 예금을 해 주는 사람을 찾아 답례를 하고, 찾아갈 만한 곳은 다 찾아다니며 인사 겸 섭외에 나선다.

그런데 이게 웬일인가?

이미 국내에 진출하고 있는 유수한 미국계 은행이 특별히 한국은행의 승인을 받아 국내 예금시장에 뛰어들어 하필이면 부유층이 많은 강남 T은행 지점 앞에 두 번째 지점을 개설하고, 시중은행보다 높은 이자로 고액 거래선만을 빨아들이고 있다.

지점장이 바뀌는 틈새를 타고, 큰 예금이 뭉텅뭉텅 빠져가고 있다.

수억씩 수십억씩 빠져나가는 수치를 무슨 수로 메우고 취임 후 실적을 올려야 하는가?

아무리 인맥이 좋은 지점장인들 현재 국내 예금시장의 동향으로는 역부족이다. 물론 지금의 지점장이란 앉아서 결재만 하는 물때 좋은 시절은 벌써 지났다.

전국에서 신설 은행이 몇 개가 더 생기고, 지방마다 설립되었다. 제2금융권(종금사, 투신사 등)이 또 우후죽순처럼 생겨나고 있다.

대통령이 통치 자금으로 은행과 제2금융권 하나씩 허가해 주는데 200억씩, 또 100억, 50억씩 받는다는 소문도 있다.

아무튼 정림이는 주어진 여건 하에서 이유야 어떻든 최선을 다하여 뛰고 있다.

그러나 엎드린데 넘어지는 꼴로 기업체에서는 요청하는 대출을 못해 주니 기왕 들었던 적금 등을 해약하겠다고 청원이 빗발친다.

마음 약한 정림이는 당좌결재자금(긴급 운영자금)만은 할 수 없이 해약하여 메워 주니, 이빨이 하나 빠지면 또 옆 이빨이 흔들리는 꼴이다.

백방으로 수선 제고에 뛰어 보고, 연구해 보아도 대책이 나오지 않는다.

5대 시중은행은 이제 완전히 오버론(여신 과다) 상태에 빠진다.

시중 자금을 많이 흡수한 외국계 은행들이 수익성 높은 대출만을 골라 호황을 누리며 선진국형 기법이라 하며 담보 위주가 아닌 신용 위주라는 명목으로 사실은 안정성 위주의 단기금융만을 취급한다.

부동산 담보대출은 아예 기피해 버리고 신용보증기금의 기업 대출 보증서나 은행의 지급보증서만을 취급하여 길어야 6개월 기간이고, 대부분 CP(기업어음) 3개월짜리 최단기금융으로 시중은행보다 비싼 이자에 취급하고 있다.

이에 따른 대출 기한 내의 상환은 약정 위반이란 패널티를 매겨 수수료를 징수하는 등 그야말로 땅 집고 헤엄치는 수법으로 고수익성을 올리고 있다.

시중은행과 기업들도 다 알고 있으나, 은행 측은 요청하는 신규 지원을 못해 주는 형편이니 우선은 자금 안 들어가는 지급보증서만 해 주고 위험 부담은 다 떠안은 채 먹고 체하는 수수료만 먹고 있다.

기업은 어쩌다 은행의 신규 자금 지원을 받게 된들 절반 정도는 예금으로 다시 꺾여 묶고, 이래저래 비용만 많이 들어가니 따지고 보면 외국계 은행의 비싼 이자보다 금융 비용이 훨씬 더 들어가는 편이라 우선 간편하게 쓸 수 있는 외국은행의 단기자금으로 몰리고 있다.

또 막다른 벼랑 끝에 처하면 주거래은행에서 부도는 낼 수 없는 처지라고 막아 주니 외국계 은행은 CP를 더 선호하며 마음 놓고 매입한다.

이 틈새에 제2금융권은 그래도 공신력이 낮은 시중은행의 보증을 얻어 국내 이자보다 훨씬 싼 외국자본을 유치하여 기업에 대출해 주며(주로 CP 인수) 돈 빌려다 돈 놀이하는 고리대금업자들이 되어 가고 있다.

큰 물보가 언제 터질는지 그야말로 풍전등화 형국으로 가고 있다.

1997년 말에 터진 IMF 대환란은 사실상 1992년 이때부터 잉태되어 가고 있었던 것이다.

기업들은 외화자금이던 산업자금으로 투자하던 요령껏 부동산에 투자하던 불투명하게 덩치를 키우며 경쟁을 하다가 은행과 같이 모든 국민이 IMF(국제통화기금 관리체제)의 된서리를 맞은 것이다.

"최 지점장님, 제가 없는 사이에 다녀가셨군요. 그럼 제가 점심 한번 대접하겠습니다. 우리 회사로서는 사활을 건 대형 프로젝트(사업계획, 또는 설계)입니다."

"최 지점장님, 기왕 주거래인 귀 지점에서 시설자금으로 십억, 운영자금으로 십억 해서 이십억만 대출해 주시면 B공기업체의 유동자금 삼십억을 이 년 만기 정기예금으로 유치해 드리겠습니다."

지성이면 감천이라고, 물질 좋은 대출 신청 건이 두 건이나 겹치게 되었다.

며칠 전에 '동일석유회사'에서 도래되는 당좌대월 10억 한도를 15억으로 증액하고 일반대 4억만 승인해 주면 15억을 2년 만기 정기예금으로 해 주겠다는 요청에 적극 호응하여 신청을 올려놓고 있는 상태인데 그보다 배가 되는 예금 유치

건이 들어오니 최 지점장은 다시 의욕이 솟구친다.

따르릉.

"네, T은행 강남지점입니다."

"심사부장실입니다. 최정림 지점장님, 전화 받으시지요."

심사부장의 전화를 받자 최정림 지점장은,

"네, 부장님. 내일 아침 일찍 들어가 설명 드리겠습니다. 좀 도와주십시오."

정림이는 신청, 사전 품의서를 손수 간단 요약하여 심사부장실에 들어간다.

"신설업체도 아니고, 기존 거래업체로 담보도 충분하고, 자금용도 타당하고, 참 좋은 조건입니다. 예금을 해 주겠다는 확실한 증거로 예금을 할 공기업의 사장이 직접 행장실에 전화하겠다 합니다. 일부는 선 예금을 하고 연대 각서로 확약해 줄 것을 요청한데 대한 상대방의 약속입니다. 이십억을 일시에 대출하는 것이 아니니, 가능한 조건이라 판단됩니다."

"최 지점장, 잘 알겠습니다."

"이대동 상무님에게도 직접 설명 드리겠습니다. 그런데 고 부장님. 동일석유회사 건은 어찌 되었습니까?"

"아! 그것은 아직 행장님 결재가 안 났습니다."

본점 승인 신청 건을 일일이 지점장이 들고 다니며 사전

품의를 받고, 정식 신청 서류를 올린 지가 2주일이 지나고 있다. 정림은 초초하기 시작하며 어떻게 해야 할지 조급해진다.

돌아가는 형편을 보면 뻔한데, 참으로 답답하다. 신한은행의 시스템(조직, 제도)이 한없이 부럽다.

'일선에서 예금 유치에 바쁜 지점장들이 왜! 본점에 들락거리느냐. 절대로 본점에 오는 일이 없도록 해라. 본부 부서는 일선을 돕는 부서이지 군림하는 부서가 아니다.'

동일석유회사 김 상무가 지점에 찾아오고, 전화하고, 참으로 민망하기 그지없어 심사담당 상무인 이대동 상무만 찾아가 조르기를 세 번째다.

"이 상무님, 동일석유의 사장이 직접 행장님을 찾아뵙도록 하는데, 왜 중간에서 가로막으시며 결재는 못 받아 오십니까?"

살림살이가 어려운 집안이 노상 시끄럽기만 하다고, 김 행장이 새로 부임하고 나서 중역실에서는 하루도 조용한 날이 없단다.

그래도 은행이란, 상위 직급일수록 워낙 좋은 자리라서 자리를 내놓고라도 일어서는 사람은 하나도 없다. 뒤에서만 불평이 대단하다. 사실 군 고급 장교 출신들도 은행에 들어와 일사불란한 조직의 명령 계통에 혀를 차고 놀란단다.

정림이는 이대동 상무의 말과 행동이 다른 처신에 실망했다.

'그동안 대인다운 이미지는 자기 실속만을 채우는데 그러했고, 지능적으로 계산해서 행동했는가? 이제 보니, 소인배나 다름없구나. 그러니, 동일석유 신청 건이 이러할진데 하물며 삼정회사의 신규 프로젝트 건은 오죽할런가?'

기뻤던 일도 잠깐, 모든 것이 실망스럽고 여자 지점장의 선두 주자로서 시대의 한계를 느끼게 되니 두려움이 앞선다.

결국 동일석유 건은 접수 기일이 너무 지나서 신청일자를 다시 고쳐 올리고, 총 1개월 반이 지나서야 당좌대월 만기일 당일에서 승인번호가 나오고, 여기저기 전화해서 싸워 가며 겨우 전산 마감 직전에 신규자금 4억을 받아 대출기표를 완료했다.

그러나 걱정이 또 태산이다. 그동안 찾아다니고, 독촉하고, 싸우고 했으니 촌지 봉투를 들고 찾아다니며 인사를 해야 하지 않겠는가!

우리 사회의 봉투 문화가 대통령에서부터 최하위직까지 교단, 어디를 막론하고 성행하고 있으니 일반 기업체의 하청, 하청업체는 바치고, 바치고, 뜯기고, 뜯기는 업체. 제조, 기능, 기술은 우수해도 곳곳에 눈가림, 부실을 초래하고 있다.

누가 누구를 탓할 사람이 있는가?

항상 말하고 지시하는 사람은 제외고, 나는 빼고 이야기한다.

4.

"정림이냐?"

"네, 어머니 웬일이세요?"

"그동안 할머님이랑…… 아니다, 아니다. 할머니가 지금 위독하시다. 웬만하면 한번 내려왔다 가거라."

할머니는 귀도 완전히 어두워지시고, 실어증까지 있어 누워 계신 채 정림의 손을 꼭 쥐고, 흔들어 대며 반가워하신다.

이제 어머니도 70대가 되시는 노인인데 할머니의 대·소변까지 받아내시며 그래도 고향 시골이 좋으시다고 하신다.

"정림아, 할머니는 아직 안 돌아가신다. 식사도 잘 하시고, 가끔 앉아 계시기도 하고 대·소변도 요강에 보신다. 지금은 좀 감기로 불편하시어 그렇다. 이번에 너를 꼭 내려오게 한 것은 금년에는 너를 꼭 결혼시키기 위해서다. 여자가 은행 지점장까지 했으면 더 이상 무엇을 바랄 것이 있느냐. 너나

나나 이제 생활 기반도 완전히 닦고 했으니 직장을 그만둘 때가 되었다. 나를 위해서도 가정을 가져야 한다. 좋은 배필이 나타났을 때 꼭 결혼을 해라……. 상대는 전주에서 금은보석상을 경영하는 자수성가한 너와 같은 노총각이다. 남문 거리 홍보당 주인이니까 올라가면서 우선 혼자만 보고 가거라.”

모녀는 모처럼 한 방에 누워 오순도순 밤이 깊어 간다.

새벽닭이 이집 저집에서 울어 대고, 검푸른 광활면의 지평선에 동이 튼다. 만 가을엔 황금벌판 일렁이는 금빛나락 이삭만 보아도 풍년의 노래가 저절로 나오는 고장.

정림이는 찬 이슬에 적신 논두렁의 풀밭 길을 걷노라니 발목까지 젖어 오는 찬 기운에 벌써 초가을의 정취를 느끼며 어머니가 지은 농사를 보러 간다.

넓은 잎사귀가 하늘로 쫑긋쫑긋 솟아 너울너울, 한들한들 건강하게 자라고 있으며, 벼 포기도 알맞게 고르게 퍼져 있다. 다른 사람의 논 나락보다 훨씬 더 풍성하게 자라고 있다.

벌써 밥 짓는 굴뚝 연기가 군데군데에서 피어오른다.

새마을운동에 지붕 개량만 하고 아직도 재래식으로 살고 있는 집들이다. 그 옛날 같으면 모두가 초가지붕에 연기가 무럭무럭 솟아오를 것이다. 어머니는 물론 신식 가옥에 푸로판 가스로 편하게 살고 계신다.

시집왔을 때는 오른쪽의 동진강 농용수 배수로에서 물지게
로 길러다가 큰 항아리에 붓고, 숯과 백반으로 정화시켜 먹
었다. 물론 빨래는 왼쪽 수로에서 했다. 지하수가 없는 광활
면의 생활규칙이었다.

노년이나마 얼마나 다행인가!

20여 년간 서울의 밑바닥 생활로 새벽에는 머릿짐 젓갈행
상을 하고, 낮에는 시장바닥 노점에 쭈그리고 앉아 하루 종
일 각종 푸성거리, 나물거리와 양념 젓갈 통을 놓고 장사하
시던 어머니, 초지일관 성실하게 살아온 데 하나님의 은총
이다.

이렇게 푸르고, 해맑은 생활에 정림이도 어서 돌아와 어머
니와 그냥 한평생 살고 싶어진다.

박기종.

그는 중졸 학력에 보석 세공으로 초지일관하여 성공한 의
지가 굳고 신념이 있는 장년의 사나이다. 정림이와 동갑내기
로 중학교 졸업과 동시에 똑같은 운명으로 은행 견습 사환으
로, 금은방의 보석 세공으로 다만, 정림은 야간 고등학교를
우수한 성적으로 졸업하고 여행원으로 성공한 반면, 박기종
은 오직 보석 세공 기술에 계속 정진하고 본인의 기술 사업
에 성공한 거상이다.

보석 세공 기술이란 대단한 인내력이 없으면 대부분 중도에서 자진 탈락한다.

멸치 눈깔만한 보석을 다듬을 때는 목이 디스크가 걸릴 정도로 휘어지고, 눈이 빠지는 듯한 아픔이 따른다.

어느 분야든 피나는 노력과 인내력이 있어야 성공하는 사람이 되는 것이다.

일류 기술자가 되는 것은 대학을 졸업하고 각, 전공 분야에서 박사학위를 받는 사람과 마찬가지다. 다를 바 없다.

이 시대의 신지식인이다.

박기종은 눈치 빠른 사나이, 전주에서는 보지 못한 미인이다. 왜? 이것저것을 꺼내게 해 만져 보며 말을 많이 시켜 보는가?

하필이면 종업원이 아닌 주인 사장을 찾고, 기껏 진주 반지 하나 골라 사 가지고 간다. 40이 넘도록 연애 한번 못해 보고, 처녀 손목 한번 꽉 잡아 보지 못한 사나이의 가슴이 두근거리며 멀어져 가는 자가용의 뒷모습만을 끝까지 바라보고 있다.

"나, 내일부터 일박 이일로 서울에 갔다 온다. 너희들 그동안 가게 단속에만 정신 바짝 차려라."

"지점장님! 어떤 손님이 예금을 하겠다고 지점장님을 찾으시는데요."

지점장실에서 마주치는 두 사람.

어머나!

정림은 하마터면 소리를 낼 뻔했다.

"최정림 지점장이시지요? 어제 저희 가게에 왔을 때 나중에야 직감을 했습니다. 도저히 참지를 못하고, 단숨에 달려왔습니다."

"무례함을 용서하시기 바랍니다."

정중하게 인사를 하는 박기종을 정림이는 의자에 앉기를 권하며 서무 여직원을 불러 차를 시킨다. 두 사람은 한동안 아무 말 없이 조금씩 차만을 마시고 있다.

손님을 맞은 정림이가 먼저 말을 꺼낸다.

"박 선생님."

"네, 최 지점장님."

"우리 두 사람의 이야기는 이제 시작이에요. 너무 서둘지 마시고 오늘은 그냥 내려가시기 바랍니다."

"제가 어제 들려만 왔듯이 박 선생님께서도 저의 사무실에 들려만 가는 것으로 하는 것이 좋겠습니다. 이곳은 워낙 손님이 많이 오는 곳이라서."

"알겠습니다, 최 지점장님. 여기까지 무례를 무릅쓰고 달려온 것으로 하고 싶은 말을 대신하고 내려가겠습니다. 그럼."

"너희 삼촌은 중학교밖에 안 나온 무식쟁이일뿐이라고 적극 반대하신다. 그 사람을 찾아가 일찌감치 포기하지 않으면 때려죽이겠다고 하며 윽박도 질렀다 한다."

박기종은 정림이를 본 순간부터 정열이 불타올라 가만히 견디지를 못하고, 그동안 광활면에도 두 번이나 다녀가고 했다.

어느 날, 또 광활면을 찾아온 길에 마침 노환에 계시는 어머니를 보러 온 최병진과 마주치고, 멱살을 잡혀 선물로 가져온 할머니, 어머니에게 드릴 금반지·금목걸이 등이 마당에 내 팽개쳐지니 아무 말 없이 다시 정성껏 주워 모아 기필코 드리려 한다.

절대 받지는 않았으나 그 끈질기고 무거운 일거수 행동에 삼촌도 더 이상은 어찌하지 못하고 오히려 같은 남자로서 연민의 정을 느꼈다 한다.

정림이도 이제 더 이상 늦추고 있을 수만 없다.

은행 생활을 정리할 것을 결심한다.

42년 만의 첫 경험.

내 몸에 갖고 있는 온갖 것이 떨리며, 육천 마디의 뼛속이 진동한다.

조물주가 만물에 내린 축복이다.

이것으로 뿌리를 영원히 이어 가게 해서 씨앗은 어느 땅에 떨어지던 온도와 습도만 맞으면 싹이 솟아난다.

수컷 동물은 기회만 있으면 암수가 함께한다.

신혼여행의 첫날밤은 이렇게 날이 새었다.

한 송이의 모란꽃잎에 이슬이 내려앉고, 아침 햇살을 받고 있는 뜰을 내려다보고 있는 정림이는 한바탕의 꿈속에서 깨어난 듯 멍청하니 서 있다.

'그 옛날 초가삼간에 가난하게 살고 있는 노부부의 더벅머리 총각이 새각시를 얻고, 윗방에서 신방을 치루는데, 아이고! 아이고! 새각시가 죽는다고 몸부림치니, 듣다, 듣다 못한 아랫방의 시어머니가 아가야~ 아가야! 상투 잡아라! 상투 잡아라! 하니, 시아버지는 밀어라~ 밀어라! 하드란다.'

하룻밤에 만리장성을 쌓는다는 속담이 있다.

부부는 첫날밤을 지내고 나면 빈 공간을 꽉 메우는 다정한 무촌간이 된다. 그래서 만석꾼과 노비 사이에도 부부가 되고, 교수와 식모 사이에도 부부가 된다. 이성 간의 조화다.

정림이가 홍보당의 안주인으로 가게를 주관하게 되니 가게는 날로 번창하며 홍보당이란 브랜드가 김제에까지 유명해지고 있다.

자영업이란 어느 정도 기반이 잡히고 나면 좋은 직업이라 생각한다.

다만, 돈이란 있으면 있을수록 더 채우려 하고 항상 백만 원이 모자라는 것.

정림이는 절대 이런 목까지 차는 욕심만은 버리고 능력껏 겸손하고, 자연스럽게 살아가야겠다는 마음을 다진다.

그리고 휴일이면 꼭 남편과 같이 동행하여 한 시간 거리인 광활면에 들러서 변산반도 해변으로 드라이브를 하며 즐거운 시간을 보낸다.

"여보, 미연 아빠! 돈이 있으면 돈이 큰 만큼 가진 자의 인격도 커야 하는 것입니다. 이제 가게에만 너무 매달리지 마시고 지역사회 발전에도 기여하시고 여러 친목단체에도 가입하시여 폭넓게 살아가세요."

"그래요, 당신 말이 맞아요. 그렇지 않아도 가게 운영은 나보다 당신이 더 잘하니까 이제 나도 못 다한 공부 좀 할까 합니다."

"미연 아빠, 정말 좋은 생각이에요. 요즘 각 대학마다 우리 같은 사람을 위해 늦깎이들을 모집하는 대학원도 있고 합니다. 잘해 보세요."

정림이는 일주일에 한 번씩 어머니 계신 곳에 꼭 다녀가고 사위도 장모님께 아들 이상으로 효도한다.

그러나 어머니는 절대 아들, 딸한테 의지할 생각은 안 하시며 두 필지의 영농은 이제 임차경작으로 하시고 다만, 남새밭만은 열심히 가꾸어 삼촌을 비롯한 아들, 딸집에 가끔씩 들르면서 논두렁에서 수확한 콩과 팥, 마늘 등과 같이 푸성거리를 주시고 간다.

원익이도 맑은 생수를 떠다가 꼭 일주일에 한 번씩 주고 간다.

은성표.

정림이를 끝까지 친동생과 같이 대해 주고 있는 선배.

물론 정림이가 서울을 떠나올 때, 신한은행 상무실에 인사도 갔고, 또 정림이 결혼식 때 전주에까지 내려왔던 사이다.

그가 아들이 결혼한다고 청첩장을 보내왔다.

"여보, 당신이 그렇게 하고 싶으면 그렇게 하구려."

정림이는 큰 보석상답게 값진 진주 목걸이와 반지 세트를 선물하며 남편과 같이 서울에 올라왔다.

그 옛날 가정의 행복론을 이야기하며 자기 친동생에 제수씨로 맞이하려 했던 사실을 알았었고, 그 사람은 캐나다에 이민 가고 이번 결혼식에는 오지 못했다. 만약 그 훌륭한 사람과 결혼을 했다면 정림의 가정은 지금 어떻게 되었을까?

정림은 옆의 운전석에 있는 남편을 바라보며 살며시 어깨를 기대어 본다.

피차 아버지를 일찍 여의고, 인생의 행로를 똑같이 걸어온 천생의 배필.

저세상의 두 아버지가 만나 짝을 지어 주었을까?

사람은 분수에 맞게 살아가야 끝까지 행복의 길을 걸으리라.

정림이도 이제 못 다한 공부도 하고 싶다.

대학에 갈 수 있었다면 영문학과에 진학하고 싶었지만, 나이가 너무 많아 국문학과에 입학하여 늦게나마 시도 창작해 보고, 소설도 써 보고 싶다고 정규대학에 입학할 계획을 세운다.

정림 어머니는 혼자 사시는 관계로 아침 식사를 거른 채 남새밭에서 점심때가 다 되도록 흙을 떠 나르고 열심히 일을 하다가, 보일러가 꺼져 있는 찬방에 못 들어가고 옆집 따슨 방을 찾아 막, 등에 온기가 들어오는 참이었다.

그때 같은 교회 동료 칠순잔치 초대를 받고 시장한 김에 음식을 많이 자시었나?

집 앞에 다 와 버스에서 내리자마자 먹은 음식을 다 토해 내며 쓰러지고 만다.

동네 사람들이 서둘러 '전주예수병원'에 모시고, 정림이와 남편은 광활면에 왔다가 즉시 또다시 예수병원으로 향하고, 이래저래 다섯 시간이나 지나서 수술을 받았다. 이후 계속 혼수상태에서 벌써 3개월째 중환자실에 누워 계신다.

정림 어머니 박순례 씨는 생시에 큰오빠의 도움을 얻어 손수 장만한 양지바른 유택에 시아버지 전주 최씨 우홍(禹洪) 공과 시어머니 황복순(黃卜順)의 묘지를 정갈하게 잘 모시고, 그 밑에 영원히 잠들어 누우니 모진 세상 헤치고 살아온 일평생.

남편 병섭에게 시집온 지 55년째요, 혼자 살아온 지 48년이 되는 해다.

김제시 용지면 부교리 산 64-3번지.

친정아버지 밀양 박씨 향산공파 백은(白隱) 달윤(達倫)공과 어머니 경주 김씨 정수(正守)의 유택 아래 자리 잡고 있어, 정림이는 전주에서 25분 거리에 있는 할머니, 어머니의 산소를 찾아 매일 새벽마다 남편과 같이 꼬박 다니다가, 가끔씩 다니다가 그리움이 밀려올 때는 문득 일어서 다녀오곤 한다.

반세기가 넘어가는 정전협정

6 · 25 동란기

6·25 동란기

1950년 7월 22일 대전이 함락되고 텅빈 호남 지역은 인민군 6사단 팔로군 출신 방호산 부대가 번개작전으로 전주, 광주, 광양을 동시에 점령했다.

학교는 휴교 상태이고 어머니는 김제경찰서에 있는 매형을 찾아보기 위해 아침 일찍 읍내에 가셨다. 그날이 7월 23일 오전 10시경 갑자기 북쪽 하늘에서 배를 째는 금속음이 순동하늘과 땅을 뒤집는 진동을 일으키며 미국 초음속 전투기 편대가 김제역 방향에 드르륵드르륵 기관총을 난사하더니 우르릉 쾅쾅 섬광이 번쩍번쩍 온동네 사람들이 튀어나오고 발빠른 사람들은 봇짐을 싸들고 머리에 이고, 산골짜기로 몸을 피해 달아난다.

마치 경파에 놀란 벌레들이 튀어나오고 오래된 무덤 속의 뼈다귀가 놀라 일어나는 형국이었다. 나는 열세 살 나이에 오직 어머니가 걱정이 되어 불길이 치솟는 읍내 경찰서로 뛰어갔다.

늘상 다니는 학교 길이니 거침없이 가면서도 프로펠러도 없이 양날개에 폭탄창이 뾰족하게 달린 그 전투기를 호기심 어린 눈으로 쳐다보면서 경찰서 정문 앞까지 도착했다. 가면서부터 사람은 보이지 않았지만 경찰서 정문에도 민간인은 한 사람도 보이지 않고 따발총을 멘 인민군이 벌써 와서 지키고 있었다.

밤사이에 경찰은 썰물 빠지듯 물러나고 이른 새벽에 인민군 선발대가 밀물 닥치듯 전주에서 오토바이로 들어온 것이다.

비행기 공습은 경찰서와는 무관하게 역전 미곡 창고에만 계속 투하하고 기총소사를 한다.

어머니는 찾을 길이 없고, 인민군이 가까이 오지 말라고 손짓하면서 하늘을 가리킨다.

한 시간여 동안 난리를 치던 비행기는 어느새 어디로 가고 역전 미곡창고에서는 검은 연기가 뭉텅뭉텅 피어오르고 있다.

우리나라 최고의 곡창지대에서 소출된 정부미 수십만 톤이 보관되어 있는 창고를 소실시켜 버린 것이다. 호기심이 많은 나는 그 불타는 쪽으로 달려가 보았다. 미국은 잉여 농산물이 넘쳐흐르지만 우리는 곡식이 귀한 시절이라 사람들이 모

여들고 불타는 쌀이 아까워 어떻게든 건져 보려고 애를 태운
다. 화학 물질은 없으니 불속을 뛰어들어 얼른 가마니 쌀 하
나를 메고 나오면 이미 불기운을 먹은지라 빼면서 터지고 하
여 와르르 쏟아져 버린다. 사람들은 그 쌀을 저고리를 벗어
주워 담아 가곤 한다. 어린 나도 얼른 윗도리를 벗어 두어 되
쌀을 담아 집으로 왔다.

어머니는 매형은 보지 못한 채 비행기가 무서워 이리저리
피해 오다가 하마터면 큰일 날 뻔했다. 천행으로 총알은 귀
끝을 살짝 스치고, 신작로 가 언덕에 박혔다. 언덕을 향해 피
한다는 게 반대로 피했기 때문이다. 내가 가지고 온 쌀은 약
간 불그스름하게 화기만 먹었을 뿐인데 냄비 밥을 지어 보니
퍼실퍼실 아무런 영양가도 없고 맛도 없었다.

이튿날 몇몇 아이들과 같이 또 가 보았다.

여기저기 창고와 왜정시대부터 정부미를 도정하는 옛 소화
징요소라는 큰 도정 공장도 다 불타 버리고 오폭으로 역전
바운다리 일대 민가 집들도 많이 불타 버렸다.

창고 바닥에는 까맣게 타 버린 쌀이 형태는 그대로 있는 채
수북하게 쌓여 있고 아직도 연기가 모락모락 피어나오고 있
다. 약간 화기만 먹은 쌀은 따로 옆 땅에 산더미같이 쌓아 놓
고 치안대원들이 지키고 있으나 사람들은 기웃기웃하다가
슬쩍슬쩍 한 바가지씩 떠왔다. 같이 간 아이들도 그렇게 조

금씩 가지고 돌아왔다.

그리고 2개월 반 동안 공산당 혁명 치하에서 여러 상황을 체험했다.

반세기가 넘어가는 정전협정

정전협정에 서명하는 양측 대표

반세기가 넘어가는 정전협정

21세기에 들어선 우리나라의 역사 과제는 오늘의 대한민국과 인민공화국이 어떠한 상황으로 어디까지 갈 것인가.

국제 정세는 미·소 간의 이념적 냉전 시대가 이미 끝나고 제2차 세계대전의 종전 결과에 분단된 1국 2체제의 국가는 모두 통일이 되어 갔다.

이제 남은 국가는 지구상에 오직 남한과 북한뿐이다.

따라서 냉전 시대에 남겨졌던 한국전쟁의 정전협정(1953. 7. 27)도 변함없이 전쟁의 휴전 상태로 동서고금의 역사상 유래가 없는 반세기가 넘어가고 있다.

돌이켜 보면 1943년 11월 27일 제2차 세계대전 종전을 앞두고 미국의 루즈벨트 대통령, 영국의 처칠 수상, 중국의 장개석 주석 등 3개국이 참가하여 5일간에 걸쳐 회담한 결과를 선언한 카이로선언으로 연합국은 승전 후 자국의 영토 확장을 도모하지 않을 것이며 일본은 타국으로부터 약탈한 영토를 반환하도록 하고 특히 한국에 대해서는 자유 독립국가로 건국하도록 한다는 결의를 하여 처음으로 한국의 독립이 국제적으로 보장을 받았다.

이어서 1945년 7월 7일의 포츠담선언에서도 소련의 스탈린 수상도 참석하고 서명하여 대한의 독립국가 건국을 재확인받았다.

이렇게 해서 1945년 8월 15일 연합국은 일본의 무조건 항복을 받았고, 한국 민족은 자유 독립국가로 건국되는가 싶었다.

그러나 웬일인가!

미국과 소련은 한국 영토의 북위 38도선을 경계로 삼아 남과 북으로 양분하여 점령하고 군정을 실시하며 5년간을 시한으로 우선 신탁통치를 하자는 등 쓸데없는 소리를 하며 슬슬 점령 지역으로 굳혀 갔다.

그리고 1948년 8월 15일 남한에는 미국의 보호 아래 자유 대한민국 정부가 수립되고, 북한에는 1948년 9월에 소련의 보호 아래 조선민주주의인민공화국 정부가 수립되었다.

이 기간 중에 북한의 점령군은 처음부터 친소 김일성을 강력한 북조선 인민위원회를 조직하도록 하여 공산주의 인민혁명을 확실하게 이룩했다.

그러나 남한에서는 미국식 민주주의 군정 하에서 모든 정치 세력들 간의 자유스런 활동이 허용됨에 따라 사회질서가 대혼란 상태에 빠지고, 피나는 이념 투쟁이 지속되었다. 그 후유증은 지금까지도 남아 묻어 있다.

이미 남과 북은 새로운 냉전 시대의 소산물로 되어 최전선으로 이루어졌는데, 박헌영을 중심으로 한 남로당은 굳이 남쪽에도 공산주의 인민혁명을 완수하겠다고 노동자, 농민을 선동하고 그렇게 피 흘리며 우매한 투쟁을 하였다.

한편, 미 군정 하에 당당하게 귀국하지 못하고 무장해제된 채 초라하게 귀국한 상해임시정부의 수반 김구 선생의 한국독립당은 그래도 기필코 남과 북의 양분된 정부 수립을 반대하며 남과 북으로 오고 가면서 대한제국의 단독정부 수립을 위하여 최선의 노력을 다하였다.

그러나 활동 무대인 남쪽에서는 갈수록 쇠약해지고 북쪽에서는 눈가림의 이용만 당했다.

한국독립당은 1930년 김구 선생을 중심으로 임시정부 요인들이 상해에서 창당한 후 조국의 광복운동을 이끌어 가며 1938년에는 중경에서 광복군을 조직하였다.

임시정부의 정규군으로 삼고 국토 해방전에 대비하여 왔으나 참전 직전에 일본은 항복했다.

우리 민족의 운명이 얼마나 분통, 애통한 일인가!

외세에 의하여 해방된 감격도 잠깐, 다시 독립국가 수립에 동분서주했다.

이미 불가능한 상황이었다 하더라도 3·1정신을 이어 받은 민족의 얼이 살아 있음을 세계에 알리려는 김구 선생의 영도력이 있었다고 오늘날 평가되고 있는 것이다.

당시 해방 정국에 이상한 유언비어가 삽시간에 전 국민 속에 퍼져 갔다.

"미국 사람 믿지 말고, 소련 사람에 속지 말라. 일본 사람 다시 일어나니 조심해라."

초야에 어떤 선각자가 민족의 앞날을 내다본 것이라 생각한다.

우리는 믿었던 독립국가를 건국하지 못했고, 북한은 무너진 이데올로기에 60년간을 허송했다.

남한은 20억 불이나 없는 돈을 빌려다 주고, IMF 대환란 때 받지 못했다.

이제 새로운 일본의 무역 적자를 뚫어야 한다.

북핵 문제에도 6자회담에 관계없는 몇 사람의 납북자 사건만을 우선적으로 트집만 잡고 있다.

1950년의 한국전쟁은 그 원인과 성격을 어떻게 분석할 것인가?

우선 인류의 전쟁사를 보면, 대부분의 고대 전쟁은 영토 확장과 부족 간의 대립 전쟁이었다.

중세에 와서는 종교 분쟁과 민족적 대립 전쟁도 있었고, 근세에 와서는 식민지 확장 정책으로 인한 전쟁이 많았으며 제2차 세계대전 후로는 공산주의와 자유민주주의 이념 대립 전쟁이 발발했다.

한국전쟁과 월남전쟁이 여기에 속하는 전쟁이다.

그러나 전쟁 당사국은 통일을 목적으로 한 복합적인 전쟁이었다.

따라서 한국전쟁을 발발시킨 북한의 김일성도 남반부의 적화통일이 목적이었고, 방어 전쟁으로 시작한 남한의 이승만도 통일 없는 휴전협정 결사 반대했고, 전 국민이 궐기하며 북진 통일을 목표로 결사 항전하였다.

그러나 우리의 소원은 다시 원점으로 돌아가고 현재에 이르고 있다.

공연히 북한의 김일성이 오판하여 남북 간의 국민 약 2백만 명이 사상되고 수백만의 이산가족이 발생했다.

당시 이데올로기의 방어를 위한 참전 원인은 이제 없어졌다. 그런데 또 무슨 이유로 멀리 있는 미국과 주변국인 일본, 중국, 러시아는 그냥 이대로의 분단국가를 원하고 있다.

답답한 남과 북은 스스로 노력하여 6·15공동평화선언을 하고 경의선 철도와 육로도 연결하여 역으로 올라가는 실크

로드를 열어서 공동 번영의 지름길을 찾기로 하고 공사를 시작했다.

그런데 휴전선의 판문점을 통과하는데 정전협정의 당사국인 미국이 얼른 승인을 해 주지 않아서 몇 개월간 지연된 바 있다.

그렇다면 휴전선이 점하고 있는 땅과 판문점의 땅은 남북 간의 평화협정 등이 미치지 못하는 땅인 것이다.

뭐라고 말을 해야 좋을까!

이것이 반세기가 넘어가는 정전협정이다.

미국을 움직이는 유태인

가족과 함께 미국 시민권을 얻기 위한 선서를 하는 아인슈타인

미국을 움직이는 유태인

『유태인을 이해하면 세계를 알 수 있다』라는 책이 있다. 유태인은 13세에 어른이 된다 한다.

유태인은 세 가지의 민족 좌우명이 있다.

1) 〈구약성서〉에 대한 확고한 신앙
2) 민족이 다시는 학대받는 일이 없도록 유태인 국가 건설에 대한 강한 신념
3) 유태 민족이야말로 세계를 지배할 수 있는 신의 선택을 받은 민족이란 확신

랍비는 이러한 민족 좌우명인 〈탈무드〉를 유태인이 사는 곳이면 국경과 주야를 초월하여 유창한 다국적 어로 전도하

고 교육시켜 왔다.

(랍비: 율법사(律法師), 유태교에서 하느님이 인간에게 지키도록 내린 규범을 잘 알고 연구하여 전도하는 사람, 유태인의 정신적 지도자, 유태인에 모든 권위를 대표하고 있는 사람)

유태교는 〈구약성서〉를 토대로 하여 알기 쉽게 풀이했는데 이것을 〈탈무드〉라 한다.

그러나 〈구약성서〉와의 내용은 엄청난 차이가 있다. 〈탈무드〉는 유태인의 오랜 기간 동안 박해와 축출로 인해 세계 곳곳에 흩어진 유태인을 지켜 왔다. 그래서 유태인의 영혼이라 한다.

유태인은 〈탈무드〉에서 정신적인 영양분과 생활의 규범을 이어 가고 있는 것이다.

지금 이스라엘의 종교학교에서는 9세부터 〈탈무드〉의 공부를 시작한다. 그리하여 고등학교 과정을 마치고도 10년 이상 〈탈무드〉 연구에만 열중한다고 한다.

미국에서는 랍비를 양성하는 학교에 가려면 학사 과정을 마친 뒤 석사 과정으로 엄격한 입학시험을 거쳐 4년 이상 6년까지 〈탈무드〉를 중간 과정부터 배우게 된다.

〈탈무드〉는 모두 20권으로 1만 2,000쪽에 달하는 방대한 책으로서 기원전 500년부터 기원후 500년에 이르는 1,000년의 세월 동안 구전으로 내려오던 것을 2,000명에 달하는 많은 학자들이 10년 동안에 걸쳐 편찬한 것이라 한다.

마치 동양에서 〈논어〉, 〈맹자〉가 연의로써 발전되어 왔듯이 책이라기보다 학문이라 일컬어진다.

이것은 법전, 역사, 인물, 의학 백과사전적 구실까지도 해 주고 있다 한다.

유태 민족이 19세기 초에는 폴란드를 중심으로 유럽의 전역에 1939년 홀로코스트(대학살) 직전까지 850만 명이었다.

이들은 여러 나라의 사회적 변혁기와 혼란기를 틈타 교묘히 부를 축적하고 이것저것에 참견하고 틈새를 노리다가 박해를 받고 축출을 당해 왔다.

제1차 세계대전 후 독일은 극심한 인플레와 막대한 배상금 등으로 비참한 상황에서 1933년 히틀러(1889~1945)는 독일 게르만 민족의 이익을 지키려는 국가 사회주의를 제창하고 정권을 잡은 뒤, 제2차 세계대전 중에 유럽의 유태인 문제를 해결하는 것이 급선무라는 판단하에 참혹하게 유태인을 학살했다.

이때부터 유태인들은 미국으로 몰려들어와 밑바닥 종업원, 상인으로부터 시작하여, 오늘날 대재벌로, 대정치가 등으로 성장하여 불과 200만에 불과했던 재미 유태인은 현재 미국 전체 인구 2억 8,000만에 800만 명으로 약 3%에 달하고 있다.

미국은 이제 정치, 경제, 문화의 중추권이 유태인에 의해 장악되고, 컨트롤되고 있는 나라이다.

미국의 유태인이 아니고, 유태인의 미국이라고 불린다.

자유주의 국가인 미국에서도 농담으로 익살을 떨 수 없는 금기가 몇 가지 있는데 유태인의 힘은 농담이 될 수 없고, 금기가 되어 버렸다 한다.

그러니 보이지 않는 제국이라는 말이 사용된다.

미국은 1차산업에서부터 제조, 서비스업까지 유태인의 영향력이 미치지 않는 분야가 없으며 유럽 등 각국에 퍼져 있는 자본력까지 감안하면 세계 경제는 뉴욕의 월가에서 홍콩 자본까지 그물 같은 유태 자본에서 벗어나기 힘들다.

미국의 정치에 유태인의 영향은 경제, 방위, 문화면에서 더욱 큰 영향을 끼치고 있다.

전후 미국의 대통령은 유태계 시오니스트(zionists)에 의해서 좌우되고 있다. 이들의 뜻에 반하는 행동을 하면 언제든지 케네디나 닉슨처럼 말로가 비참하게 된다.

시오니스트는 근대 자본주의 자유국가에 이들의 비즈니스 재능이 백분 발휘되고 있다. 지구상의 모든 나라가 미국을 따라 자유민주주의 시장경제 체제이어야 한다. 지역 패권주의나 민족주의, 권위주의 국가는 철저히 배격한다. 다국적기업, 자본 자유화야말로 유태인의 진면목이다.

불완전한 경제일수록 유태인의 실력이 발휘된다. 기원후 70년에 나라를 잃은 이래 1948년 이스라엘 건국까지 1,878년 간 세계 각지에 흩어져 박해와 추방의 고난을 겪으면서 국제적인 감각과 적응력을 터득한 것이다.

세계 정복을 위해 필요한 조건을 다섯 가지로 말한다.

1) 세계 에너지 석유시장 지배
2) 식량시장의 지배
3) 금융시장의 지배
4) 정보통신망의 지배
5) 세계 최대의 정치력과 군사력을 가진 나라의 지배

위 다섯 가지 중 유태인의 세계 지하 정부는 4)번째의 정보통신망까지 거의 완성 단계에 있다.

2003년 기준 세계 인구는 약 60억 명, 이중 유태인이 약 1천 800만으로 약 0.3%에 이른다.

이스라엘 내국인이 639만, 미국에 800만, 나머지는 러시아, 영국, 프랑스 등 세계 각국에 있다.

세계 인구 0.3%인 유태인이 60억 명의 전 세계를 움직인다는 사실을 간단하게 증명하기 위하여 세계적인 인물들 중 유태인을 아래에 열거해 본다.

1) 종교·사상계: 예수, 스피노자, 칼 마르크스, 베르그송, 아담 스미스

2) 재계: 로스차일드(영국의 대재벌), 로칠드(프랑스의 대재벌), 호프만슈탈(오스트리아 대재벌), 록펠러(미국의 대재벌), 오나시스(그리스의 해운왕), 조지 소로스(해지 펀드의 대부), 앨런 그린스펀(금융계의 거장), 골드만삭스(월가의 거장) 외 다수.

3) 정계: 루즈벨트(대통령), 레닌, 트로츠키(혁명가), 키신저, 울부라이트(미국 국무장관), 딕 체니(미국 부통령)

4) 언론계: 로이텔(로이터통신 창설자), 허스트(미국 허스트 언론 그룹 사주), 아더폭스(뉴욕타임즈 사장), 하이스켈(타임지 사장)

5) 예술계: 바그너, 멘델스존, 쇼팽, 샤갈, 채플린

6) 학계: 아인슈타인(상대성원리), 하버(독가스 발명자), 롬브르조(이탈리아 법의학의 태두)

유태인이 세계 인류에 끼친 공헌과 영향은 막대하다.

노벨상 수상자의 34%가 유태인이다.

경제학 분야에서 65%, 밀튼, 프리드만, 사무엘슨 등.

의학 분야에서 23%, 로페르트 고흐(콜레라균의 발견자), 스트렙토마이신 발견자인 젤만 왁스만, 페니실린의 발견자 어

네스트체인 등.

물리학 분야에서 22%, 상대성원리의 앨버트 아인슈타인, 독일의 그스타프, 헤르츠, 막스폴, 미국의 이지도라비 도날드 그레이서, 러시아의 레프란든 등.

화학 분야에서 11%, 유기화학으로 독일의 오토 바라히, 라이히슈타인, 무기화학에서 프랑스의 모아상 등이다.

문학 분야에서 7%, 러시아의 〈닥터 지바고〉를 쓴 보리스 파스테르나크, 독일의 시인 넬스 작스 등.

이 모두가 〈탈무드〉 랍비의 영향력으로 두뇌면에서는 지구상의 두뇌라 할 수 있고, 실천면에서는 세계의 상인, 국제 유태 자본이라 할 수 있다.

그래서 지구 손발을 대부분 장악하고, 세계 최대의 군사력과 정치력을 가지고 있는 미국을 완전히 장악하여 그 영향력을 최대한 활용한다.

석유 가격이나 공급량을 조금만 조작해도 각국은 우왕좌왕한다. 곡물은 물론 금융은 각국의 보유 화폐에 표기된 부를 일순간에 변화시킨다.

국제 결재력의 룰을 무너뜨린다.

1997년 말의 우리나라는 대환란으로 국가 위기에 봉착했었다. 국제 무대에서 우리의 입지를 언제나 정확히 파악하고 대처해 나아가야 한다.

여기서 잠깐 이야기를 돌려, 미국 출신 흑인 알렉스 헤일리(1921~)가 그의 조상에 대한 소설 〈뿌리〉를 쓰기 위해서 아프리카 감비아 등지로 12년간이나 왕복하며 찾아낸 주푸레 마을에서 유태인의 랍비와 같은 늙은 그리오트를 만나게 된다.

그래서 입과 입으로 전해져 내려온 조상들의 역사를 듣게 되고, 장마철이 지나고 또 장마철이 지나고, 수백 장마철이 지난 그가 찾는 조상 쿤타킨테가 10대 청년으로 노예 사냥꾼인 토우봅(백인)에 의해서 납치되어 실종되었던 사실을 추적하게 된다.

당시 문자 문명이 없었던 부족 집단 아프리카인들은 그들의 인간사를 어려서부터 똑똑하고 기억력 좋은 아이를 골라 대를 이어 머릿속에 담겨 내려오도록 하여 현재를 이어 미래를 엮어 갔다.

그러나 유태인들의 〈탈무드〉와 랍비와는 하늘과 땅 만큼이나 여러 차이가 있는 만큼 독자 여러분이 비교 분석해 보도록 언급해 보는 것뿐이며, 동양사상의 근간을 이루어 온 〈논어〉, 〈맹자〉와 꼭 비교해 보기 바란다.

프랑스혁명 후 유태인

바스티유 감옥을 습격하는 프랑스혁명군

프랑스혁명 후 유태인

18세기 말의 프랑스 시민혁명은 전 유럽인들의 자유주의 운동을 싹트게 했고, 이 자유주의는 개개인의 자유와 독립성을 중요시하며 정치적으로는 의회민주주의를 경제적으로는 자본주의 체제를, 사회적으로는 법적 평등과 기회균등을 지향했다.

오늘날 프랑스의 국기 삼색은 자유, 평등, 박애를 표시하는 색깔이다.

여기에 유태인들의 기발한 비즈니스는 활기를 띠고 유럽 전역에 폴란드를 중심으로 1939년 홀로코스트(대학살)까지 약 850만 명이 살고 있었다.

유태 자본의 세계화주의는 각국의 민족주의에 부딪혀 박해를 받기 시작했다.

특히 제정 러시아에서 심한 학대를 받고 있었다. 공직을 가질 수 없을 뿐만 아니라 국내의 이동조차도 자유롭게 할 수 없게 했다.

그러나 제정 러시아는 이미 늙고 병들어 볼세비키 혁명이 싹트기 시작했으며 혁명의 중심 인물 50명 중 레닌, 트로츠키를 비롯해 44명이 유태인이었다.

그런데 당시 러시아와 독일은 상호 적대관계에 있었기 때문에 독일은 함부르크의 유태 자본가와 결탁하여 볼세비키 혁명 지도자 레닌을 암암리에 러시아의 수도 페테부르크에 안전하게 보내어 혁명 자금도 지원되도록 하였다.

러시아혁명 당시 혁명군을 막기 위한 바리케이트

러일전쟁

러일전쟁 당시 사진

러일전쟁

1904년 2월 8일 일본 연합 함대가 여순항 밖에 있는 러시아의 극동 함대를 선제공격함으로 시작되었다.

당시 세계 열강들은 식민지 개척에 열을 올려 1842년 12월 3일 남경조약으로 아편전쟁이 종료된 후 앞다투어 극동 아시아에 눈독을 들이기 시작했다.

러시아는 아편전쟁 와중에 피 한 방울 흘리지 않고 청나라를 열강으로부터 보호한다는 구실로 접근하여 새로운 불평등 국경조약을 체결하여 연해주와 우수리 강 북쪽 등 많은 중국의 북방 영토를 러시아령으로 흡수했다.

(사실 러시아의 광활한 영토는 전성기인 피터대제 (1682~1725) 때 모피 수출을 위한 수집 과정에서 시베리아를 반경으로 하여 더 멀리 알래스카까지 러시아에 깃발만 꽂으

면 러시아령이 되었던 것이다)

그리고 1897년 청일전쟁의 승리로 일본은 대만을 획득하고 조선을 보호령으로 손아귀에 넣었으며 만주조차 차지했으나, 러시아, 영국, 독일, 프랑스의 간섭으로 만주는 불가피 잠정적으로 포기했는데 러시아가 슬그머니 점령하고 조선 땅까지 넘보고 있으니 일본은 속이 타들어가 견딜 수가 없어 앞서와 같이 선제공격하여 제해권을 잡고 병력 이동을 수월하게 하였던 것이다.

그러나 일본의 5배가 넘는 세계 제일의 육군 병력과 제2의 해군력을 보유한 강대국을 상대로 전쟁을 하기에는 그 막대한 전비를 해외에서 조달해야만 할 형편에서 일본의 공채를 사 줄 나라가 없었다. 패할 것이 뻔한 전쟁을 시작한 것이라 보고 있었기 때문이다.

전비 마련의 궁지에 몰려 일본은행의 부총재 다까바시가 구미를 헤매고 있을 때 런던에서 일본은행의 창립 고문이었던 영국계 유태인 샨드를 만나게 되고, 샨드는 전 미국의 유태인협회장이며 미국의 유태인 재벌 쿤 레브 회사를 소유하고 있는 야곱시프를 소개해 주었다.

야곱시프는 당시 2억 달러의 거금을 영국의 영란은행에서 즉시 차입하여 일본의 공채를 인수해 주었던 것이다.

이리하여 일본은 버티기 힘든 상태에서 단번에 전비가 조달되고, 러시아군보다 훈련이 잘된 강한 군대에 최신형 전함 2척을 추가 보유하게 되는 등 기적이 일어나 승리로 이끌게 된다.

그동안 미국, 영국, 프랑스, 독일 등 열강들은 조선을 먹을까 말까 건드려 보고 서로 눈치만 살피다가 차라리 중립국이 되었으면 했는데 결국은 러시아나 일본이 먹게 되니, 얌체 같은 러시아가 먹고 세력이 남진하는 것보다 일본이 차라리 먹는 것이 낫겠다 하고 각종 정보와 군사 고문을 암암리에 파견하여 주는 등 협력이 있었다.

늙은 제정 러시아는 이미 안으로 병들어 1905년 1월 대대적인 혁명 진압으로 니콜라이 2세 황제의 권위는 땅에 떨어지고 부패한 왕족과 귀족들마저 우왕좌왕하고 있는 상태에서 안과 밖으로 전쟁을 치루고 있었다.

그러나 러시아의 육해군의 전력은 앞서와 같이 일본에 비교가 안될 만큼 우월했다.

극동 함대의 패배로 인한 제해권을 회복시키고자 러시아는 최대 연합 함대인 발틱 함대를 1904년 10월 15일 라바우항에서 출항시켰다.

사령관 로제스트 벤스키, 총함대수 전함 8척을 포함하여 38척, 승무원 1만 2,000명이 극동의 블라디보스토크항을 향하여 1만 8,000해리의 만리 장정을 무려 8개월여에 걸쳐 1905

년 5월 27일 제주도 동남방 쓰시마의 좁은 해협을 통과하여 동해로 가는 도중이었다.

그날은 날씨마저 일본 편을 들어 쾌청했고, 대한해협의 진주만에 매복하고 있던 일본 연합 함대 사령관 도오고, 총함대 수, 전함 4척 포함 26척이 몸을 가볍게 무거운 연료 석탄마저 바다에 던져 버리고 러시아 함대를 먼저 발견한 것이 13:30, 사정거리에서 교우한 것이 14:10, 발틱 함대와 동시에 발포하기 시작, 다음 날까지.

러시아 함대

* 격침 - 전함 6척, 순양함 5척, 해방함 1척, 구축함 4척,
　　　 특무함 3척(총 19척)
* 포획 - 전함 2척, 해방함 2척, 구축함 1척
* 억류 - 병원선 2척
* 탈주 중 침몰 - 순양함 1척, 구축함 1척
* 탈주하여 무장해제된 - 순양함 3척, 구축함 1척, 특무함 2척
* 완전 탈주(블라디보스토크항) - 순양함 1척, 구축함 2척,
　　　 수송선 1척인 반면.

일본 함대

* 격침 - 어뢰정 3척
* 파손 - 다수함.

　일본 함대는 발틱 함대를 전멸시켜 5,000명을 포함, 사령관 로제스트 벤스키를 비롯하여 6,000명을 포로로 잡고 대승리를 거두었으나 육전의 봉천회전에서만 해도 7만 명의 전사자를 내고 부족한 전쟁 물자와 장거리 보급에 허덕이는 일본을 위해 미국의 루즈벨트 대통령은 서둘러 중개하여 1905년 8월 10일에 포츠머드에서 러일 강화조약 회의가 열리고 8월 15일 미국의 철도왕 유태인 해리만이 일본을 방문, 남만주 철도의 이권을 따낸다.

　그리고 러일전쟁이 끝나고 만주의 이권에 관련해서 일본과 유태인 자본 간에 대립이 이어졌다.

　러일전쟁은 만주와 한반도 점령을 둘러싸고 전개된 전쟁이였기에 일본과 마찬가지로 러시아 역시 극동아시아에 대한 침략성을 지니고 있었다.

　특히 니콜라이 2세 황제는 기필코 아시아를 침략하여 권위를 회복하려는 야심이 컸었던 것으로 평가한다.

　이 전쟁의 결과는 패전국 러시아는 농민과 노동자들의 볼세비키 혁명의 불길이 더욱 타올랐으며 레닌 지도 아래 1917

년 11월에 혁명이 달성되어 세계 사상 처음으로 사회주의 정권이 수립되고 1918년에 러시아 공산당이라 개칭하고 볼셰비즘이란 어두운 제국으로 소비에트 정권이 발전해 갔다.

청일전쟁에서 이기고(1896년), 러일전에서도 승리한 일본은 세계적 강국으로 부상하며 동아시아의 주도권을 장악하게 되고, 대한제국을 완전히 일본의 식민지로 통치해 갔다.

이때 조선의 사정은 세계의 진운을 읽지 못한 채 친청, 친일, 친러의 편가름만 하다가 그나마 개혁의 선각자들은 갑신정변의 실패로 새싹이 트기도 전에 잘려 버리고 말았다.

임진왜란

임진왜란 혈전도

임진왜란

1592년 4월 13일부터 1600년 11월까지 8년간의 말로 형용할 수 없는 참혹한 민족 대란은 초기에 충분히 방어할 수 있는 전쟁이었다.

일찍이 율곡 이이(1536~1584) 선생은 일본의 침략을 예견하고 10만을 양병하여 국란에 대비토록 주창했으나 수구 기득권층들의 보수적인(항상 이대로가 좋다 하는) 사고 방식과 사대주의에 의존하여 소홀히 했다.

이때 조선의 군사 편제는 장수 따로 군병 따로, 무슨 일이 있으면 장수를 임명하고 현지에 출발하면서 군사를 일으키는 체제였다.

이는 고려 왕조의 무인시대를 두려워한 이씨 왕조의 군편제로 내려오면서 어차피 사대주의를 지향하고 있으니 개편이 되지 않고 있었다.

1591년(선조 24년) 일본 정세의 정탐 임무를 띠고 간 통신사의 보고가 엇갈렸다.

올바르게 일본의 군사 움직임과 정세를 파악하고 돌아온 서인인 정사 황윤길의 보고는 부산에서 올렸던 상소와 같이 거듭 전쟁 위기를 주창했으나, '풍신수길의 상이 마치 쥐와 같아서 조선을 넘볼 위인이 못된다.' 며 전쟁 가능성을 부인한 동인인 부사 김성일의 보고를 선택하고 받아들였음은 당시 집권층이 동인이였기에 선조는 어쩔 수 없이 동인을 따라 결정을 내린 왕이었다고 보는 것이다.

임진왜란 와중에서 군율이 문란하고 부패한 명나라 장수와 군사들의 행패는 오히려 침략군보다 더 심하였다.

8년 동안 조선에 주둔하면서 조선에 남긴 것은 왜군은 얼레빗, 명군은 참빗이란 백성들의 원성이었다.

전쟁 초기부터 명나라의 대군을 맞아들여 일본군을 막게 되는 상황에서 선조는 명나라의 장수들에 굴복적인 태도였다.

이런 상황에서 명나라 측에서는 조선의 국체조차 부정하는 중대한 음모가 은밀하게 싹트기도 했다 한다.

그것은 조선의 통치 능력이 여의치 않을 경우 명나라가 직접 관원을 파견하여 조선을 통치하는 직할 통치론의 대두였다.

선조 27년, 계요 총독 손광은 조선의 쇠진 원인을 국왕 등

지배층의 부패와 무능에서 비롯된 것으로 파악하고 과거 원나라가 고려에게 했던 것처럼 정동행성(征東行省)을 설치해서 순무를 파견하고 통치하도록 주장했다.

이와 유사한 직할통치론은 여러 차례 제기되었는데, 명의 대학자 장위 심일관 등도 이와 유사한 주장을 폈다 한다.

국란에 처해서 외세를 끌어들여 위기를 탈출하는 대가가 얼마나 위험한 것인지 절감해야 한다.

강화 협상이 추진되면서 조선과 명나라를 대표한 심유경은 얼마나 횡포가 심했는지 심지어는 일본의 경상, 전라도와 그 이북으로 분단하여 명나라와 같이 조선을 분할하여 점령하자는 의안까지 받아들이려 했지 않은가!

조선이 국가로서의 정체성을 완전히 침해당할 뻔한 첫 번째 위기였던 것이다.

필자의 『순동 건널목』 시집에 다음과 같은 두 편의 시가 있는데 잠깐 감상해 보도록 적어 본다.

〈조령〉

문경새재
산새나 넘나든다는
조령 봉우리가
구름 같은 운무에 덮여 있구나

동쪽에는 해가 이미 솟았건만
망망한 운무는 뚫지를 못하네

그 옛날
소서행장이
동래에서 웃고
달려오다가 우뚝 멈추어 선 곳

망망히 하늘만 쳐다보았다네
빙빙 노는 새가 있어
무릎을 탁 치고
얼른 넘었다네

숨은 화살이 5백 개만 날아왔어도
살아서는 못 돌아갔을 것을
신립 장군은
탄금대에 배수진을 치고
전사하니

그 안타까운 사정을
조령은 알랴마는
오늘도 침묵하고
운무 속에 그냥 있네

지나는 길손
임진년의 한을
비경은 잠시나마 달래는 듯하나
탄금대의 한은 어찌할꼬

명석을 찾는 길은
청수, 청산에 역사의 탐험길

〈파리의 영혼〉

어머님이 들려준 파리의 전설
파리야
내
너를 항상 죽이려 하거늘
너는 왜
내 앞에 와 앉아
두 손을 모아 비벼 대느냐

네가
온몸으로 무엇을 말하려 한들
내
어찌 알겠느냐

나는
그 옛날 임진년에
우리 조상이
당신의 버려진 조상의 혈을
배불리 배불리 먹다가

당신 조상의 영혼을 삼킨 죄로
당신 앞에 목숨을 걸고
말해야 한답니다

후손들아 후손들아
원수를 갚아다오
원수를 갚아다오

파리 속의 영혼은
두 손을 비비며
머리를 조아린다
어머님이 들려준
파리의 전설

정묘호란과 병자호란

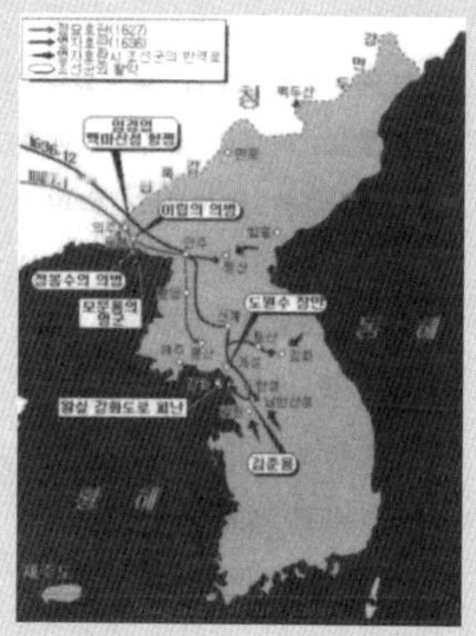

병자호란 당시 상황 지도

정묘호란과 병자호란

조선왕조 16대 인조는(1623~1649) 선조와 더불어 혼암한 임금이었다. 선대 광해군의 실리 외교 정책만큼은 어떠한 경우라도 이어 갔어야 했다.

자기를 임금으로 앉힌 반정 세력인 친명 배금의 사대주의 사상에 짓눌려 친명 화금의 사대교린주의마저 이행하지 못함으로서 1차 정묘호란을 겪게 되고, 그리고서도 사대주의 정책에 끌려다니다가 끝내는 병자호란을 당하여 역사상 유례 없는 삼전도 치욕의 항복을 하였다.

그리고 중원을 완전히 정복한 청나라의 북경에서 새로운 서구 문명을 깨우치고 배워서 온 소현세자를 친청주의자라 배격하고 청에 대한 때늦은 복수심만 이글거리고 있는 봉림 대군을 세자로 책봉하고 다음 대를 이어 가도록 했다.(17대

효종)

　병자호란은 1636년(인조 14년) 후금의 태종은 국호를 청이
라 개칭하고 칭제라 호칭하며 조선에 청신을 요청하면서 군
량과 병선 지원을 강요해 왔다.

　조정에서는 친명과 권신들의 반발이 거세지고 청나라 사신
의 인견과 국서도 받지 않았다.

　분노한 청 태종은 12월 8일 13만의 대군을 일으켜 침입해
왔다. 신봉 미골대, 기병 6,000명은 의주 부윤 조선의 명장인
임경업이 백마산성을 굳게 지키고 있음을 알고 우회하는 전
술로 압록강을 건넌 지 6일 만인 12월 13일에 평양을 거쳐 한
양성으로 진격해 왔다.

　당황한 조정은 먼저 왕자와 비, 빈 등을 강화도에 피신시키
고 인조는 한걸음 늦어 강화도에 가지 못하고 급히 남한산성
으로 피신했으나 얼마 안 가 강화도가 용골대에 의하여 함락
이 되고, 왕자와 비빈 등이 포로가 되니 최명길 등의 주화파
의 주창을 받아들여 삼전도 단 아래에서 성하(城下)의 맹약
을 맺고 청에 대한 신례를 올리게 되었다.

　실로 5,000년 역사 이래 외래의 침략군에 국왕이 무릎을 꿇
고 항복한 예는 병자호란 때의 인조가 처음이다.

　우리 한반도는 산악 지대라서 몽고의 징기스칸군도 그렇게
철저하게 단시일 아닌 몇 십 년 동안 항복을 받지 못했었다.

인조는 정묘호란(인조 4년에 후금의 1차 침입) 후 최대한 방어 태세를 갖추고 있었다. 의주의 백마산성을 비롯하여 안주, 평양, 평산, 정방산성 등을 수축하고, 8만 명의 대병을 양병하였다.

그리고 가도에 주둔하고 있는 명나라의 약 3만의 군사와 연합 전선을 펼치고 있었으나, 명군 일부는 이중적 태도를 취하다가 투항하고 나머지는 후에 소탕되었다.

조선의 군사는 높은 산성에만 의존하여 방어하고 있다는 것을 잘 알고 있는 누루하치는 이를 우회하는 전술로 기마병의 빠른 기동성을 이용하여 지름길로 진격하여 오는 바람에 조선의 군사는 적과 맞부딪쳐 격전 한번 못해 보고 보급로가 차단되어 산성의 진세는 무용지물이 되었다.

1만 3,000명의 강화도 수비대장에는 인조반정의 일등 공신으로 영의정이 된 김류의 아들로 불과 24세의 청년 장수였다.(김경징)

그는 기만한 성품으로 매일 술이나 마시고 거드름만 피우며 수비에 방만하니 간곡히 간하는 부하가 있어도 "용골대가 새가 되어 날개를 달고 온다더냐? 아니면 말을 타고 바다를 뛰어넘어 온다더냐?" 며 우쭐대기만 하였다.

12월 29일에는 청태종이 직속 4만의 정예군을 이끌고 수도 한양에 도착하였다.

그리고 남한산성의 정황을 살펴보고 나서 7일 내에 용골대에게 먼저 강화를 점령하도록 특명을 내린다.

용골대는 "5일이면 충분합니다." 하고 포악한 청군 3만을 이끌고 강화 나루 건너편 산봉우리에 진을 쳤다.

차근차근 적정을 살펴본 후 방비가 허술함을 감지했다.

염탐꾼에 의해 들은 바 그대로다.

민가의 큰집들을 헐어 뗏목을 만들고, 수질에 익숙한 특공대를 편성히어 야간을 틈타 교두보를 확보하는 데 거침없이 성공한다.

1월 22일 강화도가 함락되고 불바다가 되었다.

소현세자, 봉림대군, 비빈 등이 생포되어 심양에 볼모로 끌려갔고 수만의 백성들이 분탕질당하고, 노예나 노리개로 끌려갔다.

여기까지는 우리나라 역사책에 나오는 내용을 간단히 요약해 보았다.

이제 정묘호란 전, 후를 잘 살펴보자. 한 민족의 역사는 그 민족의 교훈이다.

만주의 여러 부족을 통합한 누루하치는 1616년 후금을 건국하고 끊임없이 중원을 넘보고 있었다.

이미 쇠퇴의 길로 접어든 명나라는 조선에 수차에 걸쳐 파병을 요청했다.

하지만 광해군은 영특한 군주였다.

세자 시절에 임진왜란을 겪으며 명나라 후원군의 부패하고 군율이 문란한 점을 누누이 겪고 보아 온 터라 파병을 이렇게 저렇게 미루어 가며 뛰어난 외교적 수완을 발휘해 나아가고 있었다.

그러면서 후금과는 평화 관계를 유지하며 한편으로는 국난에 대비하고 있었다.

명은 계속해서 임진왜란 때의 군사를 일으켜 준 보은을 상기시키며 후금과의 대결에서 조선이 기필코 파병해 줄 것을 요청하니 신하들조차 명의 은혜를 잊어서는 안 된다는 등 사사건건 반대하며 압박을 가해 왔다.

1618년(광해군 10년), 할 수 없이 강홍립을 5도 도원수로 임명하고 1만의 병력을 파병한다.

이때 광해군은 강홍립에게 여차여차하면 여차여차 행하라 하는 밀지를 주며 떠나보냈다는 사실이 여러 정황에서 나타난다.

그 이듬해에 명과 후금 사이에 '싸 얼후전투' 라 하는 대접전이 벌어졌는데 명군이 대패하고 강홍립 파병 부대는 아무 손실 없이 후금에 투항했다.

요동반도는 완전히 후금에 넘어가고 명나라 장수 모문룡은 패잔병과 따르는 주민을 이끌고 우리나라 평안도 내륙에 피신했다.

누루하치는 조선의 항장 강홍립을 최대한 우대하여 당장 부마에 책봉하여 1급 장상에 끌어올렸다.

이때 누루하치의 딸은 정략적으로 입양한 수양딸이라 하니 이 또한 광해군의 외교적인 밀지가 있었기 때문이라 보는 것이다.

아무튼 강홍립은 부마가 되었다.

명나라의 패잔병 모문룡 부대는 조선에 골치 아픈 존재가 되었다.

후금과는 이제 완전히 외교적 성과를 거두고 있는 시점인데 명나라와는 아직도 상국 관계에 있는 처지이고, 신하들은 임진왜란 때의 보은을 생각해서라도 명나라 군과 백성들을 계속 머물도록 해야 한다는 것이다.

그러나 이미 현지 사정은 아수라장이었다.

수많은 군사와 피난민들이 몰려들었으니(군사 2만 6,000명 포함 총?명), 모문룡은 부족한 식량에 포악한 침략군으로 변하여 평안도 내륙의 백성들을 노략질하고 있었다.

모문룡에 대한 광해군의 대책은 단호하였다.

최대한 기지를 발휘해 평안도 내륙에 머물러 분란을 일으키고 있는 모문룡을 평안도 철산 앞바다에 있는 가도섬에 들여보내는 것이었다.

명나라 군대와 백성들을 본토에 보내지 못하는 상황에서, 후금의 군대가 조선 내지로 토벌하러 오는 것을 막고, 모문룡에게는 우선 안전한 섬에서 머무르라는 것이었다.

이러한 광해군의 기지에 모문룡이 가도에 들어가 잠시 주춤하는 사이 인조반정이 일어나 광해군은 제위 15년 만에 파란만장한 왕좌에서 폐위되었다.(1623년)

반정의 주역들은 오랫동안 대북파에 밀려 권좌에서 소외되었던 서인들로서 이귀, 김류, 김좌점, 이괄 등이었다.

명분은 인목대비를 유폐하고 영창대군을 살해한 패륜 왕이란 구실이였지만 친명 배금을 주장하는 사대주의파들로 오로지 정권 쟁취였을 뿐이었다.

2년 후에는 서로 주도권 다툼에서 밀려난 이괄이 또 국난을 일으켜 새 임금은 도성을 비우고 공주로 피신하는 데 바빴다.

평정 후 새로이 인조 시대가 열리고 실리 외교보다 사대라는 명분을 중요시했던 관계로 광해군의 정책에 밀려 가도에서 숨죽이고 있던 패장 모문룡은 활개를 치고 일어나게 되었다.

반면에 조선과 후금을 최일선에서 연결하는 임무를 수행했던 평안 병사와 의주 부윤은 배명했다는 이유로 처형되었다.

그리고 모문룡군에는 군비를 제공하는 조선군과 연합하여 후금을 방어하고 요동반도를 탈환하겠다는 다짐을 명에 서둘러 알렸다.

　이렇게 해서 인조반정을 명으로부터 승인 받는데 모문룡을 앞세워 부탁을 하니 모문룡은 기세등등해지고 명나라에서는 모문룡 군사들이 소비하는 군량미 일체를 육로가 열리지 못하여 어렵다는 핑계로 조선에 떠넘기었다.

　한해 10만 섬이 넘는 군량미에 전체 국가 경비의 1/3이 소비되었다 하니 백성들만 얼마나 힘겨웠겠는가!

　이때부터 모문룡의 패잔병은 조선의 주둔군으로서 군림하여 가도에만 머물지 않고 조정에 간섭하며 우쭐대었다 한다.

　병사들은 평안도 일대를 누비며 부녀자를 겁탈하고, 노략질까지도 하니 이제 주둔군에서 침략군이 되었다.

　이러한 피해에 인조와 권신들은 아무 대책 없이 어물어물 넘어가며 오직 명에 대한 신의와 모문룡의 비위를 거스르지 않으려는 마음뿐이었다.

　명나라에서는 인조반정의 약점을 최대한 이용하며 2년간이나 승인을 미루며 활용했다.

　이때 명나라는 모문룡이 머물고 있는 가도를 동강진이라 부르고 모문룡에 도독이라는 직책을 부여하고 조선의 협력을 얻어 요동반도를 속히 탈환하라는 명을 내린다.

　인조는 탄생해서는 안 될 왕이 탄생한 것이다.

　역사는 반복하여 350여 년이 지난 1980년 태어나서는 안

될 전두환 제5공화국이 탄생되고, 박정희 대통령의 자주외교와 자주국방의 프로젝트(미사일 및 핵무기 개발)가 새로 탄생된 제5공화국의 대미 복종 외교에 무산되었다.

이어서 기득권층과 지역주의가 '우리는 항상 이대로가 좋다' 하고 제6공화국의 노태우 대통령을 탄생시켰다.

아무리 야당이 단일화를 못 이루었다 하더라도, 당시 역사의 올바른 흐름은 양 김씨 중에 한 사람이 대통령에 당선되었어야 했다.

모문룡은 조선에 들어온 지 7년째가 되는 1629년 6월에 공은 세우지 못하고 외방에 너무 오래 머무는 의심스러운 장수로 처형되었다.

그러나 모문룡군은 이후 1636년 병자호란까지 10년간이나 조선의 주둔군으로써 군림했다.

정묘호란은 1627년 인조 5년에 후금의 누루하치는 조선의 친명배금의 인조 정권에 화가 머리끝까지 났다.

가도의 모문룡과 조선을 먼저 정벌하지 않고는 중원으로 진출할 수 없다는 판단을 내린 것이다.

명분은 광해군을 폐위한 보복이라 하고 강홍립을 향도로 하여 일군은 모문룡군을 공격하고 용골대의 정예 4만 군은 곧바로 질풍같이 남하하여 평안도 평산에 이르렀다.

조종에서는 급히 최명길을 화친 특사로 하여 한양성에 이르지 못하도록 중간지점에서 화친토록 작전을 세우고, 인조는 강화도로 피난하고 소현세자는 전주로 피신했다.

그리고 다행히 화친이 성립되어 형제의 맹약을 맺고, 매년 조공을 바칠 것을 약속했다.

그러나 앞서와 같이 인조의 정권은 계속 친명배금의 정책을 바꾸지 않아 결국, 병자호란을 다시 맞게 되고 역사상 유래 없는 치욕의 삼전도 항복을 하게 된 것이다.

강홍립 장군(1560년~1627년)은 후금과 조선이 화친함에 따라 권신들의 유혹에 나라를 위하는 마음으로 국내에 머물렀다가 역신으로 몰리어 관직을 삭탈당하고 병이 깊어져 그 해에 바로 죽었다.

한 팔에 쌀 한 섬씩을 들어올리는 장사였고, 광해군의 총애를 받은 장수였다. 광해군의 유배지는 아무도 모르게 신속히 교동에서 제주도로 옮겨지고 누구도 얼씬 못하게 철저히 유폐시켰으며 광해군을 따르던 개혁파들은 철저히 파멸되고 약화되었다.

광해군은 15년을 재위한 후, 폐위 18년 만인 1641년에 승하하셨다.

앞서 임진왜란을 겪고, 이씨 조선은 막을 내렸어야 했다. 신흥 왕조가 탄생했다면 중원의 영원한 속국을 면했을 것이라 생각된다.

아니면 선조 스스로 일찍이 세자 광해군에 양위를 했어야
했다. 그러나 계속 집권하고 있는 동인들은 오히려 선조에
새 중전을 보게 하여 적자인 영창대군이 탄생된다.

광해군은 영특한 군주였다. 그러나 등극하는 데까지 너무
오랜 기간 시달렸다.

이 기간이 한반도엔 중요한 시기였다.

광해군은 세자 시절 임진왜란을 겪으면서 개혁의 의지를
다졌다.

왕이 되자 백성의 편에 서서 세제 개혁부터(대동법) 단행했
다. 그로 인해 기득권층의 지지가 멀어져 가고 사사건건 반
대에 부딪힌다.

광해군은 이미 쇠퇴하여 가는 그 지긋지긋한 명나라와의
관계를 멀리하려 하나 이 또한 보수 세력들에 의해 은혜를
잊어서는 안 된다는 등 사사건건 반대에 부딪히며 오히려 명
나라의 승인을 못 받은 왕이라 하며 멸시마저 당한다.

외교 정책에서도 실용 외교를 펼치며 만주의 신흥 국가인
후금과 가까이하려 하면 신하들 모두가 오랑캐인 후금과는
국서도 교환해서는 안 된다는 것이었다.

그러나 광해군은 최대한 기지를 발휘하여 끝까지 자기 뜻
대로 밀고 나아갔다.

이상은 우리가 역사책에서 배우지 못했던 어처구니없는 비

사가 되어 광해군의 일기 〈인조실록〉에 나오게 된다.

일제 36년의 단절이 원인이라고 하기에는 너무 어이가 없다.

동학혁명사는 근대사인데도 그렇다.

조선의 역사를 일본의 어용학자들이 편찬했고, 그 학자 밑에서 교육 받은 우리 학자들이 해방 후 국사편찬 위원이 되어 그렇다 한다.

전문학자들로서 너무 게으른 변명이다.

임오군란

임오군란 당시 사진

임오군란

한강의 동북쪽 광나루에 새 각시를 태운 2인교 가마 하나가 급히 나룻배 영감을 부른다.

나룻배 영감은 다가와 하는 말이 "지금 나루를 건너는 젊은 여자가 있으면 얼른 고변하라는 순무사의 영이 있었다."고 하며 건네주지 못한다고 거절을 한다.

그러자 가마 안에서 가는 기침 소리가 나더니 가마꾼을 불러 손가락의 금반지를 빼어 준다.

나룻배 영감은 "어느 사대부집 며느리냐?"며 건네줄 뜻을 비치니 가마꾼은 눈치 빠르게 엽전을 몇 닢 꺼내 술값으로 얹어 주며 "김 대감집 며느리인데 친정어머니가 급환으로 내려가는 중이다." 하니, 나룻배는 출렁거리는 한강의 물살을 가르기 시작했다.

우리나라의 근대사가 여기서부터 심하게 출렁거리기 시작했던 것이다.

차라리 죽었어야 할 사람이 살아서 지금까지 민씨 척족 세도가 역사의 헛바퀴를 돌린 지 몇 년인데 또 몇 년이 더 돌아갈 것인가?

고종 19년(1882년), 구식 군대의 불만은 봉기로 폭발하여 성난 군졸들은 소시민과 합세하여 척신 민겸호를 비롯하여 보이는대로 살해하고 민씨 세도의 심장인 민비를 찾아 궁성으로 쳐들어갔으나 민비는 간신히 변장하고 탈출에 성공했다.

다시 대원군의 집권이 시작되고, 장호원에 숨어 있던 민비가 은밀히 고종에게 편지를 보내 청국에 청병을 하자고 간곡히 전하니 유약한 고종은 은밀히 시행했다.

조선으로부터 요청을 받은 청나라 이홍장은 조선의 종주권을 놓고 일본과 서로 패권을 다투고 있는 판에 얼씨구 하고 4,000의 병력을 용산에 주둔시키게 된다.

그리고 계략으로 대원군을 납치하여 청국에 유폐시키니 피신해 있던 민비가 다시 중전에 복위되고 민씨 척족의 세도가 또 시작된다.

이렇게 불러들인 청군은 이후 12년 동안 조선을 완전히 속국으로 만들기 위해 군림했으며, 오직 민씨 척족의 권력 유지에만 유익했을 뿐이었다.

　1884년 조선이 새로 눈뜨는 신진 개혁파(김옥균, 박영호, 서재필, 홍영식 등)들에 의한 갑신정변마저 청군의 무력에 좌절되고, 10여 년간 자주적인 근대적 개혁이 제대로 이루어 지지 못했다.

　여기에 또한 민폐가 얼마나 컸던가!

　참으로 통탄할 일이다. 이후 계속 용산은 외국군의 주둔지로 일본군에 이어 현재는 미군이 주둔하고 있다.

좌절된 동학혁명사

복원된 동학 지도자 전봉준의 고택

좌절된 동학혁명사

1) 국사책으로 읽고 배운 내용(요약)

'동학란'은 고종 31년(1894년 1월 10일) 전라도 고부에서 일어난 농민의 대대적인 반란으로 조선 말기의 민씨 척족에 의해 부패할대로 부패한 탐관오리들에 오랫동안 참고 견디어 온 농민들이 새로 부임한 고부 군수 조병갑의 무자비한 탐욕과 학정이 직접적인 도화선이 되었고, 동학의 접장 전봉준이 주동이 되어 정부의 나약한 진압군을 가볍게 물리치고, 한때 전라도 일대를 석권했으나 공주까지 진출한 동학농민군을 조선 정부의 청병에 의하여 출동한 일본군에 의해서 완전 진압된 단순한 농민 봉기였다는 내용과 나약한 조선 정부의 요청에 따라 일본군 소수의 정예 1개 여단 병력으로 오합지졸인 동학농민군의 수십만 명을 완전 진압했다는 내용이

고, 이렇게 실패한 동학란으로 인하여 일본은 불가피 청일전
쟁을 하였고 승리하여 조선은 청나라의 속국으로부터 자주
독립국으로 독립되어 일본의 보호 아래 근대적인 정부로 내
정 개혁을 이룩하였으나 러일전쟁 후 일본에 합방되었다.

이상은 우리나라의 역사를 일본 어용학자들에 의해서 편찬
된 내용의 국사 교과서를 해방 후 학생들은 여과 없이 읽고
배워 왔다.

이것은 분명 36년간의 단절된 우리 문화사의 소산이었다.

그럼 지금의 중·고교생들은 어느 정도의 정립된 우리의
역사를 배우고 있는가를 살펴보았으나, 필자가 보기에는 그
리 만족하지가 못하였다.

우선 우리나라의 상고사에서부터 새로이 완벽하게 정립된
참고 서적을 찾아볼 수가 없다.

2) 18세기 말 프랑스혁명은 1789년부터 1794년에 걸쳐 시
민과 농민의 대중 혁명으로 절대왕정을 무너뜨리고 시민 계
급이 권력을 장악하여 자유, 평등의 근대 시민사회를 확립한
점에서 프랑스의 시민혁명은 세계사에 빛나는 혁명으로 평
가를 받고 있다.

3) 여기에 19세기 말의 우리나라 동학혁명사는 어떠했는가

를 요약해 보겠다.

첫째, 동학혁명군의 편제

동학혁명군은 오합지졸이 아니고 동학의 육임제를 적용하여 질서와 명령 계통이 국가 조직 이상으로 훌륭했다.

동학의 육임제

① 교장 = 질실(質室) 망후인이어야 한다.

② 교수 = 성심 수도하여 도를 전달할 수 있는 사람이어야 한다.

③ 도집 = 풍력이 있어 기강이 밝고 경계를 할 수 있는 사람이어야 한다.

④ 집강 = 시비를 밝히고 기강을 집행할 수 있는 사람이어야 한다.

⑤ 대정 = 공평을 가진 근후인이어야 한다.

⑥ 중정 = 바른말을 하는 강직한 사람이어야 한다.

둘째, 혁명군의 질서 확립

동학혁명군은 창의 목적을 백성들에게 간명하게 알리고, 안정을 기하도록 보국안민의 기치를 크게 써서 들고 다녔고, 혁명군이 지켜야 할 12개조의 규율을 기치로 크게 써서 들고 다니며 영을 어기는 자는 옥에 가두겠다고 선포하였다.

12개조의 규율

① 항복하는 자는 대접을 받는다.

② 곤궁한 자는 구제한다.

③ 탐학하는 자는 추방한다.

④ 순종하는 자는 경복한다.

⑤ 도주하는 자는 쫓지 말라

⑥ 굶주린 자는 먹인다.

⑦ 간활한 자는 없애 버린다.

⑧ 빈한한 자는 구해 주라.

⑨ 불출한 자는 없애 버린다.

⑩ 거역하는 자는 효유하라.

⑪ 병자에게는 약을 주라.

⑫ 불효자는 죽인다.

셋째, 혁명 공약(전주 확약 12개조)

① 도인(道人)과 정부와의 사이에 숙혐을 탕척하고 서정을 협력한다.

② 탐관오리는 그 죄목을 사득하여 일일이 엄징한다.

③ 횡포한 부호배는 엄징한다.

④ 불량 유림과 양반배는 징습한다.

⑤ 노비 문서는 소각한다.

⑥ 칠반천인의 대우는 개선하고, 백정 두상(頭上)의 평양립을 탈거한다.

⑦ 청춘과부는 개가를 허한다.

⑧ 무명잡세는 일병 시행하지 않는다.

⑨ 관리채용은 지벌을 타파하고 인재를 등용한다.

⑩ 일본과 밀통한 자는 엄징한다.

⑪ 공사채를 물론하고 기왕의 것은 시행하지 않는다.

⑫ 토지는 평균으로 분작케 한다.

넷째, 혁명군의 엄선

① 청소년은 제외한다.

② 농사지을 가장은 제외한다.

③ 나이 든 장년은 제외한다.

④ 노부모를 모시는 외아들은 제외한다.

본 사항은 동학군이 4월 27일 전주성에 입성하고, 전라도 53개 군현에 집강소를 설치하여 11월까지 폐정 개혁을 단행하면서 9월의 2차 봉기 때 질서가 확립된 53개 군현에서 징집한 내용이다.

넷째 항은 참조한 문헌에서 찾은 것이 아니고, 필자가 10대 유년기에 고향 마을 김제 순동 정자나무 밑에서 당시 70대 노인들의 이야기를 들은 내용이다. 갑오년에 청소년기의 노인이며 집강소에서 일한 친동생도 있었다.

다섯째, 동학군의 군세(9월 재기 때 북접과 합동하여 전국적인 편성)

남접 기포장 및 군세

지방	군세	기포장	비고
전주	5,000	최대봉, 강수한	
삼례	5,000	송희옥	
고부	6,000	정일서, 김도삼	
정읍	5,000	손여옥, 차치구	
고창	5,000	임천서, 임형로	
태인	7,000	최경선	5인 수뇌부
김제	4,000	김봉연	
무장	7,000	송경찬, 송문수, 강격중	
흥덕	2,000	고영숙	손화중(2대 군사)
순창	1,500	오동호	
임실	3,000	이용거, 이병용	
금구	5,000	김봉덕	6인 수뇌부
원평	7,000	송태섭	
함열	2,000	유한필	
영광	8,000	오하영, 오시영	
함평	1,000	이막동	
나주	3,000	오권선	
무안	2,000	배규인	
광주	4,000	박성동	
담양	3,000	김중화	
보성	3,000	문장형	
순천	5,000	박낙양	
흥양	3,000	유희도	
장성	1,000	기우선	
해남	3,000	김병태	
장흥	5,000	이방언	
남원	10,000	김개남	3인 수뇌부
계	115,500		

호서 이북의 북접 기포장

지방	군세	기포장	지방	군세	기포장
청주		손천민, 이용구	남포		추용성
보은		김연국, 황하일, 권병덕	공주		김지택, 배성천
목천		김봉용, 이희인	안성		정경수, 임명준
옥천		정원준, 강채서	양지		고재당
서산		박인호	여주		임학선, 홍병기
덕산		김경삼	이천		김규석, 김창진
당진		김 배	양근		신재준
태안		박용태, 김현구	지평		김태열
홍주		김동두	원주		이화경, 임순화
연천		김두열, 한규화	홍천		심상현, 차기석
안면도		박희인	충주		신재현
남포		주병도	계	약10만	

중도 기포장

지방	군세	기포장	지방	군세	기포장
익산		오경도, 고제정	고산		박치경
옥구		장경화, 허 진	무주		이응백
임피		진관삼	임실		이병춘
부안		김석윤, 김낙철	전주		서영두, 허내윤
만경		김공선	함열		김방서, 오지영
여산		최난선, 고덕삼	계		

동학혁명군의 전국 봉기 상황

도별	지역	기포장수	군세	비고
전라북도	24	78	73,500	
전라남도	18	22	42,000	
충청남도	12	48	(미상)	
충청북도	6	17	〃	
경상남도	4	6	〃	
경기도	7	13	〃	
강원도	3	6	〃	
황해도	9	20	〃	
평안남도	2	2	〃	
			(약 100,000)	
합계			215,500	

4) 일본의 움직임

일본 이토 히로부미 내각은 이미 신흥 강국으로 청나라가 아편전쟁 이후 완전히 쇠퇴하여 감을 감지하고 일본은 대륙 진출을 위하여 조선에서의 청일전쟁 준비를 완료하고, 이리 저리 기회만을 찾고 있었다.

청나라의 세계 최대 전함 정원호 등에 능가하는 최신형 전함 2척과 다수의 구축함, 순양함을 새로이 영국, 프랑스에 발주하고 인수 완료한 상태였다.

4월 18일, 서울 주재 스기무라 대리공사의 급 보고에 따라 육군 소좌 이치지를 조선의 정탐 책임자로 은밀히 파견하고 청나라 군사가 먼저 파병될 것이라는 것을 미리 대비하고 있었다.

4월 30일, 친청파인 민씨 척족 민영준이 원세개에 청병을 요청한 사실과 5월 2일, 청나라의 제원과 양위 두 척의 군함이 출항한 사실을 확인하고 이토는 즉시 최정예 부대로 대기시킨 히로시마의 제5사단에 출병을 하달했다.

5월 4일에서야 청국의 북양대신 이홍장은 청일 간에 조선에 대하여 맺은 천진조약에 의하여 일본 측에 출병의 조회문을 전달했다.

이를 받아 본 일본 수상 이토는 공문에 '보호속방구례' 라는 구절을 트집 잡고 회신하는 사이 양국의 군함과 병력은 속속 조선의 인천항과 아산만에 도착하고 작전 수행에 들어갔다.

이렇게 되어 1894년 6월 25일, 청국군 1,000명이 승선하고 있는 수송선 고승호를 서해 풍도 앞바다에서 일본이 공연히 트집을 잡아 선제공격하여 침몰시킴으로써 청일전쟁은 발발되었던 것이다.

그리고 일본은 1년 여 만에 승리하고, 조선의 가장 무서운 세력은 이제 동학혁명 세력임을 알고 완전히 초토화시킨 것이다.

1905년까지 10년간을 계속 추적하여 총 약 17만 명을 살상했다. 추후에 대비해서 의병의 뿌리까지 철저하게 소탕한 것이다.

5) 동학혁명군의 총공격

4월 27일, 전주성에 입성한 전봉준 장군은 곧바로 서울로 진격하여 권신들을 진멸하고 새로운 나라를 세우겠다는 열정을 잠시 멈추지 않을 수 없는 상황에 접하였다.

전국에 조직망을 갖고 있는 전봉준은 난감한 정보를 입수했다.

외국군 청병의 조정 움직임과 일본군과 청나라군의 거동을 입수한 것이다.

서둘러 5월 7일, 중앙정부와 앞서 12조의 폐정 개혁을 협약하고 최우선적으로 외국군의 출병만은 막자고 합의했다.

그리고 우선 전라도 53개 군현에 집강소를 설치하고 폐정 개혁을 단행(11월까지)하면서 이제는 속히 일본의 세력을 물리치지 않으면 나라 전체가 망한다는 인식을 하고 전국의 동학혁명군에 총공격 준비를 시작한다.

9월 12, 13일 양일간이나 삼례에서 전국의 총지도자회의를 갖고 남북에서 일시에 총공격을 개시할 것을 합의했다.

이때 동학의 2대 교주이며, 북접을 대표하는 최시형과 그 아래 손병희는 신중론을 기했으나 하급 지도자들이 강하게 밀어붙였다.

그래서 교주 최시형은 단호한 결정을 내리고 북접의 정경수 포를 선봉으로 하고 김규석 포를 후군, 이종훈 포를 좌익, 이용구 포를 우익, 손병희 포를 중군 통령으로 삼아 총 군세 6,000으로 돈론촌에서 보은 수비대를 무찌르고 영동, 옥천으로 돌아 희덕 지명시에 이르러 청주 관군과 싸워 물리치고 논산으로 가서 총대장 전봉준과 합세했다.

11월 8일, 동학혁명군의 최후 결전장이 되었던 공주 우금치 전투 상황을 보면,

정부군과 일본군의 혼성군세는 최초에는 약 1만 3,000이었고(일본군 1천 명 포함), 동학혁명군은 2만 6,000명이었다.(북접군 6,000명 포함)

11만 5,000의 납접군세 중 전봉준 장군의 우금치 전투에서 참전한 군세는 2만 명뿐이었다.

김개남의 정예 1만 군세는 전주성을 수성하고 있었고, 금구의 본 진영에 일부가 있었으며 나머지 8만의 군세는 손화중과 최경선 등이 이끌고 일본군이 서남해 방면으로 상륙한다는 정보에 따라 요소요소를 방비하고 있었다.

그래서 전봉준 장군은 북진하면서 군세를 늘려 간다는 전략이었다. 이러한 결과는 일본군의 치밀한 작전 계략에 빠진

것이었다.

일본은 수척의 군함을 인천항으로부터 서남해 방면으로 띄워 상륙작전을 시도하는 척했던 것이다.

그러면서 실제로 일본군은 관군에 사전 연락도 없이 약 350명의 육전대 1대를 충청도 홍주에 상륙시킴으로써 북접의 박덕칠, 박인호가 이끄는 7천의 병력이 그쪽 방면으로 출동하여 방비했으며 다른 군세 대부분도 해읍을 방비하는데 있었다.

또한 북접군의 대부분은 봉기한 그 지방에서만 관군과 대치하다가 끝난 결과가 되었다. 이는 일본이 러시아와 충돌을 피하기 위하여 동학 세력을 서남해 쪽으로 응집시키는 작전에 말려든 것이었다.

전봉준 장군은 10월 17일, 공주를 일거에 공략하기 위한 작전 계획을 세우고 충청 감사 박재순에게 항일 애국의 각성을 촉구하는 동학군 재기의 목적을 천명하였다.

요약하면,

"옛날 임진왜란의 화에 아직도 백성들 모두가 분개하여 천고에 잊을 수 없는 한이라."

"초야에 있는 필부와 몽매한 어린아이까지 울분을 감추지 못하고 있는데, 세록을 먹는 조정 대신들은 망령이 되어 권력과 생명의 안전만을 위하고 있다.”

“원컨대 각하는 크게 반성하여 의로써 같이 죽으면 천만다
행일까 하노라.”

‘양호 창의 영수 전봉준(兩湖倡儀領袖).’

10월 22일부터 공주성 공격으로 혈전을 벌여 온 동학군은
전주성의 김개남의 정예 1만 군세까지 합세했으나 일본군도
역시 천안에 있는 미나미 소좌 및 모리오, 스스케 양 대위가
이끄는 일본군 1개 부대가 투입되었다 한다.(이때 조선에 출
병 군사령관은 육군 소장이었다) 소수정예 부대로 편성, 이
런저런 핑계로 요소요소에 배치해 놓았던 것이다.

우금치 전투는 군세보다 신식 기관총 앞에 11월 8일에 이르
러 장장 16일간의 사투는 막을 내리게 되었다.

이후 후퇴하며 전투를 벌이다가 11월 25일 금구, 태인 전투
를 마지막으로 하고 12월 2일에 전봉준 장군은 옛 부하 순창
의 김경천을 찾아갔다가 그의 통보로 생포되어 1895년 3월
10일 5차 심문을 받고, 3월 29일에 41세의 나이로 일본식 재
판에 의해서 사형이 집행되었다.

6) 19세기 말 동북아시아의 조선에서 피어오른 자유, 평등,
박애의 민주주의 싹은 뿌리째 뽑혀 버리고 말았다.

그렇게 훌륭했던 동학혁명사의 내용을 너무 요약하고 보니 몇 구절 더 추가해 본다.

일본 이토 정권 내의 청일전쟁에 대한 신중파들은 조선에서 새로 발흥하는 민중의 엄청난 개혁 세력을 도와서 친청 일변도인 이씨 왕조를 무너뜨리고 친일 어용 국가를 건설하여 청국을 완전히 몰아내고 한 발 걸치고 있는 러시아의 발목도 뽑아 버리고 일본은 손가락 하나 대고 이쪽저쪽 물코 풀 듯 조선을 얼른 선점하려고 하였다.

명분상 조선은 자주독립국가로 다시 태어나야 한다는 조건으로 전봉준이 전주 입성 후 상인으로 가장한 첩자 3인이 타진을 해 왔었다.

그러나 조선에서 외세를 먼저 몰아내야 한다는 전봉준이 통할 리가 없었다.

곧바로 첩자임을 간파하고 체포하여 관군에 인도했으나 외세를 얻고자 하는 조정은 즉시 방면해 주었다.

전봉준의 재판 기록에 이런 구절이 있다.

'일본 군대가 대궐로 쳐들어갔다는 말을 듣고, 필시 일본이 우리나라를 합방하고자 하는구나 생각하고 일본군을 쳐 물리치려고 삼례회합을 하였다.'

(일본은 6월 21일 조선 왕궁을 강점하고 친청파 민씨 일족을 추방하고 대원군을 강제로 입궁시켜 친일 김홍집 내각을

수립시켰던 것이다)

5차 마지막 심문에는 일본 영사 단독으로 참석, 전봉준을 살려 이용하려 회유하였는데, 전 장군이 마지막으로 이런 말을 남기셨다.

"너는 나의 적이요, 나는 너의 적이다. 내가 너희를 쳐 없애고 나랏일을 바로잡으려다가 도리어 너희 손에 잡혔으니 죽일 뿐이지 다른 말은 묻지 마라."

〈전봉준 장군 유시(遺詩)〉

時來天地(시래천지) 皆同力(지동력)
運去英雄(운거영웅) 不自謀(불자모)
愛民正義(애민정의) 我無失(아무실)
愛國丹心(애국단심) 誰有知(수유지)

때를 만나서는 천하가 내 뜻대로 되더니
나라 운세 기우니, 영웅도 어쩔 수 없구나
백성을 사랑하고 정의를 위한 일이 허물이 없고,
나라 위한 일편단심 누구든 알아주리라.

_필자 편역

아편전쟁(1840년~1842년)

영국 전함 네메시스호에 의해 공격당하는 광조우항

아편전쟁(1840년~1842년)

아편은 절제의 발작을 유도하고, 알코올은 발광의 발작을 유도한다.

19세기 중엽의 대영제국의 중상주의는 중국의 늙은 제국 백성들의 뼈 속을 갉아먹는 도덕성을 상실한 이기주의였다.

영국군이 원정군을 파병한 1840년은 청나라 도광제 20년이고 조선의 헌종 6년이다.

청조 태조 누루하치가 건국한 지 196년째이다.

청조의 황금시대는 강희대제(1662년)부터 옹정황제, 건륭황제(1795년)의 3대에 걸친 130년간이라 할 수 있다.

이 3대 기간을 강희는 넓히고, 축적하고, 옹정은 잘 유지하고, 건륭은 화려하게 낭비한 기간이라 한다.

도광제 20년이면 낭비가 소진되어 기울기 시작한 지 십 수

년이 지나고 있는 시기이다.

이때 중국의 인구는 약 4억이었다.

가경 4년(1799년) 건륭제가 죽자 20년간을 총애를 받으며 청국을 이끌어 왔던 화신이 처형되었다.

몰수된 그의 재산은 8억 량이나 되었다.

당시 정부의 1년 세입은 7,000만 량이였으니, 화신은 청나라의 세입 10년 분 이상을 20년 동안에 부정 축재하고 있었던 것이다.

18세기 말 영국은 기독교인들로 인해서 트이게 된 청나라와 무역로를 개선하여 보고자, 건륭황제의 80세 축하 사절단이란 명목으로 마카트니 경을 북경에 파견하고 교섭하고자 하였다. 그러나 청국 정부는 대외 무역 같은 것을 생각조차 하지 않고 있었다.

건륭황제는 영국의 왕 조지 3세에게 보낸 답서에 '천조(天朝)는 물자가 풍성하여 없는 것이 없고 본시 외이(外夷)의 화물에 의지하여 유무를 통상치 않는다.' 라고 하였다.

중국 천하에서 없는 물건이 없이 공급량이 많기 때문에 멀리 있는 미개한 나라와 교역이고 뭐고 할 필요가 없다는 것이었다.(쇄국주의)

다만 미개한 작은 나라에 필요한 물건은 사 갈 수 있도록 하는 교역에 응하고 있었다.

그래서 16세기 초부터 선교사들에 의해서 유럽에 소개되었던 차(茶)와 생사 비단, 도자기 등을 영국은 중국에서 수입하여 갔다.

반면에 중국에 수출하는 품목은 없고, 시계와 망원경 따위가 고작이었다.

갈수록 수입량만 늘어나는 편무역이 벌어졌다. 그러니 수입 대금의 결재는 현금 결재가 커지고, 많은 은화와 은괴를 싣고 가 일정한 장소로 한정된 광주에서 다엽 등을 사 가지고 돌아간다.

다엽은 이미 서구의 생활필수품이 되어 소비량은 증가하고 있었다.

처음에는 이렇게 되어서 중국은 많은 다엽 등을 수출하고 은화와 은괴가 넘쳐흘렀다.

그런데 생각지도 않은 수입품이 중국시장에 나타난 것이다. 인도제 아편 수입이 청국의 무역 형태를 역전시킨 것이다.

그동안 돈을 많이 번 사람들이 걷잡을 수 없는 아편 중독자로 퍼져나가는 것이다.

이제 청국에서 은화와 은괴가 걷잡을 수 없이 해외로 빠져나가고 있었다.

백성들의 생활에 어두운 그림자가 비치기 시작했다.

양귀비의 정은 오래간다. 한 번 손을 대면 손을 뗄 수가 없다.

1780년부터 영국의 동인도회사는 벵골의 아편판매권을 획득하여 청국을 상대로 수출품의 대종으로 삼고저 만반의 준비를 시작한 것이다.

청국은 오래전부터 약재로 약간씩 수입은 했으나 일반에게는 금지령을 내리고 있었다.

아편은 말라리아(학질)에 특효가 있어, 중국의 남부 지방에서 많이 사용했다.

이제 백성들은 세금을 낼 수가 없게 되었다.

세금은 공식적인 화폐 단위, 은 몇 냥으로 정해져 동전을 은화로 환산하여 납부한다.

그런데 은의 교환 가치가 건륭제 초에는 은 1냥에 동전 700문이었는데 갈수록 늘어나 아편전쟁 시기에는 2,000문으로 뛰었다.

아편의 반입량은 도광원년(1821년)에 4,770상자였던 것이 이 시기엔 4만 상자에 육박했다.

비합법적인 아편이 도대체 어떤 루트를 타고 그렇게 많이 밀수되는가!

이제 파는 측보다 사는 측이 더욱 은밀히 설쳐댄다.

청국 정부는 이런저런 대책을 세우고 밀어붙인들 가격만

상승시킬 뿐이고, 부패한 관리들만 더 늘어나고 외국상사들과 마찰만 키워 갈 뿐이었다.

영국은 독점권을 부여한 동인도회사의 대중국 무역 수익이 독점권이 없는 미국 상인들의 대중국 무역 수익보다 배 이상 차이가 나게 적었다.

이유는 동인도회사는 관료화하여 작은 것은 거들떠보지도 않고 큰 것에만 급급하기 때문에 실속이 없었던 것이다.

미국 상인의 경우에는 이익이 있는 곳에는 닥치는 대로 뛰어들었다. 영국 정부는 동인도회사의 독점권 기한 20년을 (1832년) 연장하여 주지 않았다.

새로 정부가 직접 주청 상무 감독직을 설치하고 광주에 교체 파견하였다.

초대 감독으로 1834년 1월 25일 네이피어가 파견되고 퍼머슨 영국 외상은 청에 대한 강경 일변도의 강령을 지시한다.

네이피어는 47세의 해군 대령으로 경의 칭호를 갖고 있는 사람이다.

이때부터 사사건건 청국과 충돌한다.

영국 황제는 청국 황제보다 더 광활하고 힘이 있는 세계의 영토를 통치하고 있었다.

그리고 세계의 대양을 누비고 다니는 120문의 대포로 장비한 군함도 갖고 있었다. 무력시위로 힘을 앞세웠으나 청국의 양광(광동성과 광서성) 흠차대신(황제의 특명 대신) 임칙서는 도광제가 1939년 원단에 중국의 아편 문제를 해결하고자 충신들의 상소를 받아들여 고르고 골라 발탁한 유능한 대신이었다.

영국의 무력시위에 움츠러들 위인이 아니었다.

더욱 군사력을 강화하고 아편 중독이 된 내국민들을 먼저 엄히 다스림과 아울러 중국의 공행(무역업을 허가해 준 상인)부터 철저히 단속했다.

그리고 외국상사와 상인들을 강력하게 규제했다.

정해 준 주거지 제한과 상거래 대상인 공행 외에 그 어떠한 중국인도 대면조차 할 수 없게 했으며 하인까지도 중국인을 일체 채용하지 못하게 하였다.

이어서 흠차대신 임칙서는 내외국인을 막론하고 소유, 저장하고 있는 아편을 정해진 시한까지 정해진 장소에 공출하도록 하였다.

미국을 비롯한 다른 외국 상인들은 조건부나마 따랐다.

그러나 영국은 청국의 법이 직접 미치지 못하는 외항에 큰 저장 창고의 배를 일찍부터 띄우고 밀매를 하고 있었다.

신한부가 지나도 버티고 있는 저장 창고 배의 2만 283상자 1,425톤 500만 달러 상당의 아편을 기어코 처치하려는 임칙서는 영국 상인에 대해서 청국의 법령에 따를 때까지 식료품

반입까지 중단시키며 강경하게 밀고 나갔다.

그러다가 1상자에 다엽 다섯 근을 보상하여 준다는 조건으로 압수하였다.

압수한 모든 아편을 구덩이 속에 넣고 아편의 상극인 소금과 석회암을 부어서 소멸시켜 버렸다.

이상과 같은 과정으로 아편전쟁은 1840년 6월에 광주 하문이 공격당하고, 다음 해에 양자강에 진입, 상하이 진강이 점령되고 난징에까지 육박하니 1842년 8월 29일(도광 22년) 영국함 콘윌즈호에서 난징조약을 맺어 영국의 요구를 받아들였다.

그리고 100년 후에 한 문의 대포도 걸지 않고 주었던 송아지를 잘 키워 준 어미 소로 되받았다.

아편전쟁 당시 만들어진 포대의 유적

당나라의 주둔군

화랑무예도의 재현

당나라의 주둔군

7세기 초 중국의 당나라는 수나라의 뒤를 이어 중국 대륙을 통일한 왕조로서(618년~907년) 주변의 타민족 국가를 점령하고 부속시켜서 세계 대제국으로 팽창하였다.

당시의 모든 문화를 흡수 합류시켜 국제적 문화 국가로 건설했고, 그 제도와 문물은 전 동아시아에 영향을 끼쳤다.

당나라 초기의 한반도 정세는 고구려, 신라, 백제로 3국이 여전히 정립되어 있었다.

고구려와 백제는 이미 쇠퇴기에 맞아 29대 태종(김춘추)은 왕이 되기 전 이미 삼국 통일의 기반을 굳건히 만들고 있었다.

국토를 조금씩 넓혀 가며 한강 유역을 점령하여 당나라와 무역로를 개척하고 문물을 직접 받아들였다.

그는 영특한 임금으로 당나라와의 실리 외교를 펼치면서

세계 정세를 정확히 파악하고 있었다.

이 시기에도 백제는 일본과 형제국 관계에 있었으며 일본에 대하여는 많은 영향력을 행사하고 있었다.

고구려는 수나라에 이어 당나라의 끈질긴 침략 전쟁을 승리로 이끌면서(을지문덕 장군의 살수대첩과 양만춘 장군의 안시성대첩, 당태종 격퇴 등) 연개소문 장군의 대대적인 반격으로 북경성에 이르기까지 완벽한 방어선을 구축하고 국방을 튼튼히 했다.

이때 연개소문은 고구려를 완전히 통치하는 막리지 벼슬에 있었고, 당나라의 침략 정책에 대한 자신감을 갖고 있었다. 그래서 당나라와 친교를 맺고 있는 신라와는 적대시하고 있었다.

이런 결과는 당나라가 신라의 실리 외교에 적극 동참하게 되었고 이이제이(以夷制夷) 전략으로 신라와 연합 전선을 펼쳐 나당연합군으로 660년에 백제의 사비성을 함락하고, 668년에는 고구려를 멸망시켰다.

그리고서 이제 거칠 것이 없는 당나라는 왜소한 신라를 완전히 배반했다.

648년 신라의 김춘추가 당에 들어가 맺은 군사협정은 양군은 백제와 고구려를 차례로 점령한 후 당나라는 평양성 이북을 얻고, 신라는 그 이남과 백제의 땅 모두를 차지한다는 내용의 상호 협정이었다.

그러나 당나라는 일방적으로 파기한 것이다. 뿐만 아니라 이제는 막강한 군대를 한반도에 주둔시키며 완전한 정복군으로 변신하여 신라와는 성하(城下)의 맹약을 수용토록 하고 새로 정복한 백제와 고구려를 당나라가 멋대로 하여 새롭게 주와 현을 설치하고 이를 총괄하는 도독부를 두어 다스렸다.

마치 내지를 통치하는 것처럼 주변의 예속국에도 지방 제도를 확대 실시함으로써 당나라 중심의 일원적인 세계 질서를 구축하고 통치한 것이다.

백제에는 5도독부 37주 250현을 두고 신라를 포함한 한반도를 안동도독부와 계림대도독부와 웅진도독부의 체계로 다스렸다. 신라를 관할하는 계림대도독부에는 앞머리에 대자를 붙여 다른 도독부와는 달리 큰 차이가 있었다.

고구려 땅에는 9개의 도독부와 42주 100현을 두고 평양에 안동도호부를 설치하고 설인귀(수나라 때부터 고구려 원정군 총사령관)를 도호부로 삼아 2만 명의 군사를 주둔시키고 지배 총괄토록 했다.

이들이 취한 첫 번째 점령 정책은 고구려의 지배층 주민을 강제로 당나라에 이주시키는 것이었다.

669년에 2만 8,200호를 이주시켰는데 주로 평양 일대와 요동 지역의 상류층이었다. 이렇게 해서 고구려 부흥의 구심점이 될 수 있는 세력을 완전히 분산시킨 것이다.

백제도 마찬가지로 소정방은 사비성을 함락한 후 의자왕을 비롯하여 왕족 및 상류층 주민 1만 2,800여 명을 장안으로 데려갔다. 이민족의 지배자는 점령 지역의 타민족에 얼마나 참혹하게 대했겠는가!

타민족의 외세를 끌어들이는 결과가 얼마나 위험한 대가를 치러야 했는가를 다시 한 번 살펴보자.

당나라는 663년에 신라 지역을 계림대도독부로 하고 문무왕을 계림대도독에 임명했다.

신라도 변방 예속국으로 도독부 통치를 받는 당 영토의 일부이고 그 통치자는 황제의 신하로서 그 명을 받아 통치를 위임받는 존재에 불과하게 된 것이다.

이전부터 당나라와 조공 책봉 관계는 맺어져 있었지만 그것은 외교적인 의례에 지나지 않은 것이고, 이제 백제와의 차이점은 문무왕의 관직에 '대(大)' 자가 붙여진 것과 새로운 도독을 임명하거나 군현을 확정하지 않고 기존 체제를 인정해 준 것뿐이다. 이는 신라의 현실적인 군사력을 무시할 수 없었던 결과다.

신라는 다시 당나라의 점령군에 맞서 싸우며 나당 군사 협정 이행을 회복시키는 데 총력을 기울인다.

그러면서 665년에 당과의 새로운 협정을 갖게 된다.

이것이 바로 취리산 회맹이다.(지금 충남 공주시에 있는 산)

참석자는 신라의 문무왕, 백제 의자왕의 아들 부여융, 당나라의 칙사 유인원이었다.

유인원이 세 사람을 대표하여 맹약문을 낭독했다.

"백제는 고구려와 결탁하고 왜와 통하여 잔악한 행동을 일삼으며 선량한 이웃인 신라를 침략하여 변방을 소란케 했다."

"이에 중국의 천자는 천하의 질서를 바로잡고 무고한 백성을 구하기 위해 백제를 정벌했다."

"마땅히 그 종묘사직을 없애고 왕실의 뿌리를 뽑아서 후세에 교훈으로 삼아야 하지만 유순한 자를 품에 안고 끊어진 것을 잇는 것 또한 천자의 본분이므로 부여융을 웅진도독으로 삼아 그 제사를 잇도록 했다."

"그러므로 백제는 앞으로 신라와 서로 의지하여 숙원을 풀고 화친하며 황제의 뜻을 받들어 길이 변방을 지키는 울타리가 되어야 할 것이다."

"만일 맹약을 어겨 다른 마음을 품고 서로 군사를 일으킨다면 백 가지 재앙이 닥칠 것이며 더 이상 사직을 지키지 못하고 제사가 끊겨 자손에 미치지 못할 것이다."

"하늘은 살피사 복을 내려 주시기를⋯⋯."(『삼국사기』 권6, 『신라본기』 6, 문무왕 5년)

부여융은 664년 유인궤의 뒤를 이어 웅진도독이 되어 참석한 것이다.

백제 유민의 치열한 부흥 운동을 진압하고, 군 출신보다 백제 왕족을 내세워 유민들의 민심을 수습하고 지배를 영속화하기 위한 것이었지만, 신라는 이러한 회맹이 이미 나당 군사협정을 맺은 위약이었지만, 2보 전진을 위한 1보 후퇴의 전략으로 순응하였다. 고구려와 일전을 앞두고 경솔하게 행동할 수 없는 상황이었다.

668년 평양성을 함락함으로써 당과의 협정 사항이 완수되자 신라는 즉시 행동으로 돌입했다.

계림대도독부 체계에 의해서 계림도독을 겸하면서 겨우겨우 왕위를 유지해 가고 있는 신라왕은 665년에 연개소문의 동생 연정토가 12개 성을 들어 귀화한 것을 받아들여 그곳에 신라 병사를 배치하고 669년에는 연개소문의 조카 안승(왕족이라는 설도 있음)의 무리 4,000여 호를 받아들여 금마저(지금의 익산시)에 집단 이주시키고 안승을 고구려왕으로 삼았다.

망국의 왕실을 신라가 일으켜 백제의 웅진도독부 관할에 세운 것은 당나라가 백제 왕족 부여융을 내세워 백제의 옛 땅을 다스리게 하고, 신라를 견제하는 이이제이 전법을 쓰는 당나라에 크나큰 도전이었다.

안승은 고구려 최고 지배층의 일원으로 신라에 투항한 사람이다. 백제 왕자로서 웅진도독이 된 부여융이나 같은 상황이 된다.

금마저(현 익산시)는 구 백제의 심장부나 다름없는 서남해의 비옥한 요충 지역이다. 거기에 고구려 계승국을 만든 것이다.

이것은 다목적으로 웅진도독부를 견제하는 역할을 할 수 있고, 신라의 왕은 계림대도독이 아니고 당당한 한 나라의 왕으로써 신라 중심의 수직적 통치 질서가 성립되었음을 과시하는 효과를 내고, 신라도 속국을 거느린 대국이라는 것을 대외에 천명한 것이다.

안승을 고구려왕으로 봉하는 문서도 황제의 명령서를 의미하는 책명문이었다.

신라왕은 고구려의 후사 안승에게 책명을 내린다.

"무릇 백성은 임금이 없어서는 안 되고 하늘은 반드시 이를 돌보아 명령을 내리는 법이다."

"선왕의 후계자로는 오직 공이 있을 뿐이요, 제사를 받들 이도 공이 아니고 누구이겠는가!"

"사신을 보내어 공으로 하여금 고구려왕을 삼으니, 마땅히 유민을 안집하고 옛 전통을 이으며 길이 착한 이웃이 되어

형제와 같이 친밀하게 공경하고 공경하라."(『삼국사기』 권6,
『신라본기』 6, 문무왕 10년)

신라는 이렇게 안승을 고구려왕으로 황제의 책명으로 임명
하고, 쌀 2,000석 등 많은 예물을 내리고 문무왕의 조카딸을
안승과 혼인시켰다.

신라는 당나라가 멀리 있는 한반도를 전술 정책으로 지배
하려는 전략에 정면으로 대응해 나간 것이다.

그러면서 무력 투쟁을 과감하게 벌여 나가고 있었다.

유명한 화랑 관창의 아버지 품일과 용맹한 죽지 장군 등이
활약해 많은 전과를 올리고, 671년에 사비성을 함락해서 소
부리주로 설치했다.

이로써 신라는 당나라가 선왕 태종과 맺은 군사협정을 일
방적으로 파기한 당나라의 침략군을 물리치고, 옛 백제 땅을
완전히 장악하였다.

당나라는 다시 설인귀 유인궤의 대군을 파견하여 전세를
뒤집으려 했으나 기벌포(지금의 금강 하구)와 매소성(경기
도)에서 신라군에 대패하였다.

신라는 자력으로 당의 원정군을 격퇴시킴으로써 한반도의
남반부를 명실공히 통일하였다.

이렇게 해서 신라가 당의 세력을 끌어들여 삼국을 통일함

으로써 고구려의 광활한 옛 땅은 당나라가 차지하였었으나 당시 신라의 상황을 살펴보면 고구려와 백제의 군사력에 항상 밀리며 존망의 갈림길에서 불가피한 실리의 선택이었다고 판단된다.

다만 고구려의 연개소문이 강력한 수나라와 당나라의 끈질긴 침략 전쟁을 자력으로 승리하면서 자부심이 강하여져 신라의 군사동맹 요청을 거부한 것이 아쉬움으로 남을 뿐이다.

외세를 끌어들이는 일이 얼마나 위험하고, 큰 대가를 치러야 하는 것인지를 우리는 역사에서 누누이 겪어 왔다.

그러면서도 왜 반복이 되는지……!

양만춘의 안시성 전쟁 상상도

민족 중흥의 길

민족 중흥의 길

민족 중흥의 길

1) 성공한 박정희 대통령과 등소평

1961년부터 1979년까지 한국 민족을 이끌어 간 박정희 대통령은 우리 민족의 맥박이 힘차게 뛸 때까지는 미국식 자유민주주의를 유보하고 우선 한국의 실정에 맞는 민주주의를 실시하며 경제개발오개년계획을 거듭해 성공시켰다.

그리고 새마을운동의 국가 건설과 고도 산업사회의 도전에 성공하고 오늘날 대한민국을 세계 선진국 대열에 오르도록 하였다.

1986년 중국의 등소평은 혁명 세대인 낡은 세력을 버리고 창조적으로 개혁할 수 있는 폭넓은 지식을 갖춘 젊은 지도층으로 대거 교체했다.

그리고 직업 능력이 뛰어난 전문가를 적재적소에 대거 등

용했다. 이렇게 시작한 위대한 등소평의 실용주의 정책으로 오늘날 중화민족이 중흥의 길을 열고 있다.

　2) 실패한 대원군과 김일성

　대원군의 쇄국정책과 일본의 도쿠가와 막부의 쇄국정책은 기독교 서구 문명의 물꼬를 따라 들어오는 식민지 침략의 방어에는 성공했다.

　그러나 일본은 적기에 메이지유신의 개화(1867년)로 세계의 흐름을 정확하게 읽고 신흥 제국으로 도약한 반면, 대원군의 쇄국정책은 반대로 일본의 개화기에 더욱 문을 굳게 닫고 국태민안으로 일관하면서 구태의연한 왕권의 회복에만 힘써 중요한 시기에 막대한 국력을 경복궁 중건에 소모했다.

　대원군의 집정은 새 시대를 열 수 있는 젊은 새로운 지식인을 얻지 못하고 자신을 포함하여 낡은 세력으로 집정했기 때문이다.

　김일성주의는 국제 정세가 미국의 자유민주주의 체제와 소련의 공산주의 체제로 양분되어 냉전 시대가 계속되는 한 어떠한 상황에서도 성공할 수 없었다.

　그럼에도 김일성주의는 끝내 남한의 적화통일 정책을 버리지 못하고 호전적으로 일관하여 왔다. 이러한 모험주의는 항상 국민을 긴장 속에 넣고 혁명 사상만을 고취시켜 왔다.

그래서 북한의 엘리트 그룹들은 획일적인 충성의 길로만 경쟁적으로 걸어왔기 때문에 창조적 능력을 발휘하지 못했다.

김일성주의는 1994년 그의 사망 후에도 계속 이어져 아까운 10년을 더 허송하고, 오늘날 북한의 실상은 먹고살 식량의 절대량마저 부족한 상황에 이르고 있다.

3) 모든 국민의 참여와 실천

개혁의 과정은 새로운 변화 속에 나타나는 또 다른 과제를 해결하는 극복의 연속이다.

한강 물은 골짜기의 족보를 따지지 않는다.

도도히 흘러가면서 서해 바다의 같은 물결이 된다.

21세기에는 후손들에게 자랑스러운 나라를 물려주어야 한다.

진상

진상

아~ 아~ 산이 막혀 못 오시나요
아~ 아~ 물이 막혀 못 오시나요
다 같은 고향 땅을 오고 가건만 남북이 가로 막혀 원한 천리
길~

위 노랫말은 감격의 8·15해방과 동시에 유행되다가 금지곡이 되었던 노래다.

오늘이 2012년 6월 25일, 한국전쟁 62주년이 되는 날.

어언 반세기가 지나면서 남과 북이 서로 다른 문화로 같은 언어와 국어를 쓰는 민족 간의 이질감이 깊어만 가고 있다. 어떻게든 현존 세대에 통일이 되어야 한다.

1957년 대학 1학년 시절 역사의 주인으로 올바르게 인식하

기 위해 『진상』이란 월간 잡지를 애독했다. 게재되었던 내용이 아직도 기억이 생생하고 머릿속에 자리매김하고 있어 올해 나이 75세로 지워지기 전에 최대한 농축하여 한 편의 다큐멘터리 수필로 엮어서 오늘의 젊은 세대에 간단하게 읽어 볼 수 있는 참고서가 되도록 노력했다.

1950년의 6·25전쟁은 북한이 공산주의 종주국인 소련과 형제국인 중국의 적극적인 지원을 받아 적화통일을 위해 남침을 함으로써 일어난 전쟁이다.

여기에 민주주의 종주국인 미국이 적극 참여함에 따라 남북 간의 전쟁이 아닌 이데올로기 냉전 시대의 공산주의와 민주주의 진영의 전쟁으로 확대되었다.

당시 미국이 큰형님 격인 유엔 회원국들은 상황을 보아 가며 형편에 따라 참전했다.

전황이 역전되어 이제 남한의 육군이 북진 통일을 위해 10월 1일 독단으로 38도선을 넘어 진격했지만 3년간의 치열한 공방전 끝에 주전국이 된 미국과 중국이 다시 38선을 중심으로 상하 점령 상태에서 1953년 7월 27일 휴전협정을 체결했다.

이때 남한에서는 통일 없는 휴전 결사반대하며 거국적으로 노력했지만 한국군이 담당한 동부전선만 북항했을 뿐이고,

미국이 담당한 서부전선은 오히려 남쪽으로 밀려진 상태에서 휴전이 이루어졌다. 다만 해군력은 미군이 월등히 우세하여 백령도를 포함 현재의 NLL선으로 확정되었다.

이제 이데올로기 냉전 시대는 이미 끝난 지 20년이 지나고 있다. 그런데도 한반도의 정전협정은 동서고금의 유래가 없는 반세기가 훨씬 넘어가고 있다.

지정학적으로 우리 민족이 당하고 있는 현실을 직시하고 우리의 역사부터 간단히 돌이켜 보자.

동북아 중심 한반도가 세력 균형을 이룩할 수 있는 여러 번의 찬스를 놓쳤다.

첫 번째가 중원의 원나라가 망할 때 이성계의 위화도회군으로 후고구려의 국토 회복이 무산되고, 두 번째가 명나라가 망할 때 인조반정으로 광해군의 교린정책이 무산되고, 세 번째가 청나라가 망할 때 대원군의 쇄국정책과 민비의 통치 시대로 세계의 진운에 어두워져 개혁이 늦어진 때문이다.

간추려 보면 이씨왕조가 중원의 사대주의로 자주 국방력 없이도 500년 동안이나 유지되어 왔기 때문이다. 신흥국 일본에 두 번씩이나 침략당하고 두 번이나 분단될 뻔하고 결국 분단되어 있다.

일본은 동북아를 석권하고, 1941년 미국을 상대로 태평양전쟁을 일으켰다. 청일, 러일전쟁 방식으로 후닥닥 파나마운

하를 점령하고, 자국에 유리한 종전협정을 이끌어 내려다가 오히려 미드웨이 해전에서 대패하였다. 항공모함 3척 침몰, 더욱 큰 손실은 초기 제공권까지 장악했던 고도로 훈련된 조종사 350명이 일시에 수장되었다. 계속 밀리는 전황을 가미카제 특공대로 겨우 지탱하면서(비행기 자살 폭탄으로 군함 공격 1944년 11월부터 첫 출격하고 총 3,800대가 폭침. 그중 동경대 학생 500명, 조선 유학생 16명 포함) 마지막으로 대한해협에서 이순신 장군의 전술로 청나라와 러시아 함대를 대파했듯이 미국 원정 함대를 대파시키고 조건부 항복을 하려고 했다.

일본 대본영의 전략을 감지한 미국은 승전을 눈앞에 두고 있으나 원정 함대는 지칠 대로 지쳐 있었다. 연일 날아오는 가미카제 편대에 대공 포화는 불이 달아 있고, 병사는 잠잘 시간이 없었다.

일본의 전력은 아직도 관동군 60만 대한해협을 요새화하고 군산비행장에 가미카제 170대, 제주, 사천, 대구, 김제 등에 은밀히 설치한 비행장에 330대, 총 2,500대가 남아 있고 한반도 서남해를 중심으로 집결시킨 병력은 제주도 7만 5천을 포한 62만 명. 일본 천황은 부여로 황도를 옮기는 터를 닦아 놓고 국민 총동원령을 내린 대대적인 작전 계획이었다.

또 한 번 미일전쟁의 마지막 발판이 되어 일본 본토 대신 초토화될 뻔했다.

　미 국무부는 이러한 일본을 완전 점령하는데 일본측 군, 민, 250만, 미국군 50만 정도가 희생될 것을 염두에 두고 조속한 종전을 위하여 소련의 참전을 서둘렀다.

　당시 카이로 종전회담과 포츠담회의 내용을 선언했던 루즈벨트 대통령이 4월에 들어 갑자기 죽고 외교의 맹숭이 부통령 트루만이 취임한 때다. 노련한 스탈린은 승전 대가로 일본을 분할시켜 홋카이도를 원했고 처칠과 미국은 소비에트 공산주의가 동유럽과 극동아시아까지 팽창되어 가는 것을 염려하여 카이로선언과 포츠담선언에 한반도의 자유독립선언을 한 루즈벨트의 승인이 무시되고 미 국무성 연합 참모들의 데이빗 중령이 입안한 한반도의 38도선을 최후의 방루로 택했다. 중국의 장개석만은 반대했다 한다.

　이 내용을 정확하게 발표된 외교문서가 없어 여러 다른 추측으로 난무하고 있다고 했다.

　다급해진 미국은 불가피 7월 17일에 실험 성공한 핵폭탄을 8월 6일, 8일 연속 투하하여 조속한 일본의 무조건 항복을 이끌어 냈고 소련은 8월 7일에서야 대일 선전포고를 하고(러일 불가침 조약 파기) 38도선 이북과 러일전쟁 패전으로 내어준 사할린과 주변 쿠릴열도 4개 섬만 점령했다.

　러일전쟁 때 한반도를 39도선으로 나누어 갖자는 제안이

스탈린에 의해 이루어진 거다.

오늘날 독도가 일본 땅이라 자주 어필하는 일본은 얼마나 우리를 깔보고 무엇을 노리는 처사인가? 남과 북은 오늘의 세계의 진운을 정확히 파악하고 진실한 변화를 이루어 내야 한다. 한미 관계는 물론 북중 관계도 중국이 북한의 어떠한 상황에 처하든 도와주어야 하는 관계이다.

1945년 8월 15일 12시 일본은 무조건 항복을 선언했다. 해방된 한반도는 38도선으로 분단되어 북한을 점령한 소련군은 이미 8월 12일부터 진격하여 8월 22일 평양에 군정청을 설립하고, 당초부터 소비에트 공산주의 위성국가로 창건하기 시작했다.

소련 점령군으로 참전시킨 조선독립군 부대장 김성주(당시 이름 1912년생)를 발탁하여 대위에서 소령으로 특진시키고 북한 주민의 존경을 받을 수 있도록 실존 이름인 유명한 독립군 김일성 장군과 같은 이름으로 개명, 둔갑 호칭하여 독립 업적을 곁들여서 영웅으로 키우며(거국적인 환영대회 등) 조선공산당의 실세로 장악시키고, 혼란한 정국을 주도하여 사회주의 혁명이 완성되어 갔다.

1946년 2월에 정권기관으로 김일성을 위원장으로 한 북조선 임시 인민위원회가 설립되고 이때부터 사실상 북한 단독 프롤레타리아 독재 정권이 수립되어 갔다. 그리고서 남한보다 한 달쯤 늦게 1948년 9월에 조선민주주의인민공화국이 선포되었다. 외교적으로는 미소공동위원회에서 한반도를 독립국으로 신탁통치를 하자는데 적극 참석하고, 남과 북은 한목소리로 반탁으로 투쟁하다가 북한과 남한의 공산당은 찬탁으로 정국은 요란스러웠다. 소련은 6·25 남침까지 적극 지원하여 한반도를 위성국으로 통일시키려 했다. 미국이 38도선을 포기하고 대한해협으로만 할 듯한 정책을 믿었던 것이라 한다.

이를 두고 미국이 6·25를 유도했다는 설은 당시 미국은 군수산업을 포함한 모든 산업체가 시설 과잉 생산으로 경기변동책이었다는 설이었다.

중국에서는 조선독립군 출신으로 모택동 홍군의 팔로군 장성이 된 무정 장군을 사단장으로 발탁하여 조선족 출신 1개 사단을 편성시켜서 압록강으로 귀국시켰으나, 소련 주둔군은 신의주 초등학교에 대기 휴식토록 하고 급습하여 무장해제시키고 해산시켜 버렸다.

이렇게 해서 연안파(중국파) 조선공산당원들은 실세에서 점점 멀어져 탈락되어 갔고 북한에서 간디와 같이 무폭력 독립운동가로 존경을 받고 영향력 있는 조만식 선생은 군정 초기에 위원장으로 인민위원회를 조직케 하여 군정에 협력하도록 하다가 조만식 선생의 일관된 반탁 투쟁에 1945년 12월에 일찍 숙청되고 생사조차 알 수 없게 되었다.

조선노동당의 부위원장이며 남한의 남노당 총수였던 박헌영도 당과 인민의 지지도는 위원장 김일성보다 훨씬 우세했으나 측근으로부터 하나둘씩 숙청되다가 6 · 25 패전 원인에 간첩 행위가 있었다는 누명을 쓰고 소리 없이 처형당했다.

해방된 남한 정국은 미국의 점령군이 멀리 태평양군도와 필리핀에서 24군단 하지 중장 부대가 최선봉으로 9월 8일에야 인천에 상륙하여 9월 9일 일본 측 항복문서에 조인한 관계로 총독부의 통치는 사실상 9월 9일 종식되었다.

그동안 총독부는 무장해지 않은 채 일본인들이 무사히 귀국할 수 있도록 먼저 상해임시정부를 지지하는 세력의 송진우를 찾아 협약하고자 했으나 거절당하고, 중도좌파적인 여운형을 찾아 5개항으로 협약하고 여운형은 즉각 8 · 15부터 자기의 건국동맹원들을 중심으로 공산당을 포함한 각계각층의 사회적 지도자를 모두 망라하여 조선건국준비위원회를 결성하고 치안 확보와 건국 사업을 위한 총역량을 일원화하여 지방지부가 설치되고 정부기관 부서가 정해지고 하여 친일파와 반대 세력을 제외한 모든 국민이 인선되었다.

이렇게 해서 해방 정국을 힘차게 이끌어 갔다. 이 시기에 삼등신이란 말이 유행되었다.

만주에 가 장군 호칭 하나 못 받은 사람, 미국에 가 박사학

위 하나 못 받은 사람, 국내에 있으면서 적산 하나 못 챙긴 사람(적국의 재산 즉, 일본 사람 재산)

이때 필자도 어린 나이에 읍내 예배당에 다니는 덕근이 엄마를 같이 따라가 일본 사람들이 버리고 가는 작은 북 하나와 어린이 장난감 2개를 가지고 왔다. 덕근이 엄마는 큰 광주리에 통나무 밥통과 공기 그릇을 담고 잠잘 때 방에 그물처럼 치는 큰 모기장을 머리 짐으로 이고 왔다.

이웃마을 이병개라는 사람은 평소 일본인 할아버지를 가까이 한 관계로 간살을 떨어서 부자가 되었다. 연고자도 없어진 상황에서 노구를 이끌고 혼자 가시렵니까 효자 아들로 평생 모시겠으니 양아들로 삼아 주십시오. 집과 재산을 몽땅 물려받았다. 논, 밭과 고목이 목장이라고 하는 과수원이었다.

일본 할아버지는 숨어서 살 수가 없어 건준의 조직에 등밀려 떠나고 말았다.

건준은 미군이 진주하기 전에 서둘러 9월 6일 전국인민대표자회의를 열고 조선인민공화국 수립을 선포했다.

인민공화국이란 명칭은 세력이 강한 박헌영 등에 밀려 채택되었고, 송진우 장덕수 김성수 등의 우익 진영의 극렬한 반대와 군정 치하에 들어가면서 급격히 위력이 쇠약해지고, 정국의 주도권을 빼앗기며 친일파 처리 등의 모든 조직이 와

해되었다.

그리고 송진우가 먼저 암살되고(45년), 이어서 장덕수 여운형(47년), 김구 선생(49년)까지 암살되는 살벌한 정국으로 어수선했다.

식량은 절대량이 부족하고 쌀값은 나날이 뛰었다. 화폐 대신 물물교환으로 거래가 이루어지고 쌀이 화폐가치의 척도로 대용되었다.

미 군정은 준비도 미약하고 아무런 경험도 없는 전투부대장 하지 중장이 선봉으로 상륙한 관계만으로 군정 사령관이 되고 9월 8일 맥아더 장군 포고와 9월 18일부터 총독부 통치 체계로 친일 요원들까지 참여되어 통치 열쇠만 넘겨받은 형태로 공산주의 활동까지 허용하는 어설픈 미국식 민주주의로 우왕좌왕 혼란스럽기 그지없었다.

정치 집단은 우후죽순처럼 난립되고(이승만의 독립촉진회, 김구의 한독당, 송진우 김성수의 한민당, 여운형의 조선인민당, 박헌영의 공산당, 안재홍의 국민당, 조소앙의 국민회의 등) 50여 개의 정치 집단이 건국의 주도권을 놓고 대립했다.

박헌영의 남노당은 1925년에 결성된 조선공산당이 일제 치하에서 해방 정국에 부상하여 남한의 공산화 공작으로 노동자의 총파업을 주도하는 등 사회의 경제적 혼란까지 가중시키는 정판사 사건(조폐공사 공산당원이 정판을 훔쳐 발행한 위폐) 이후 남한의 모든 사회주의 정치 세력을 규합해서 1946년 11월에 조선노동당으로 개명 창당된 공산주의 당이다.

조직원의 활동이 우익 진영보다 훨씬 우세했고 8월 15일 즉시부터 먼저 신속하게 똑똑한 독립운동가들을 포섭하고 건준에도 참여하고 사회 곳곳에 파고들어 멋모르는 신세대들조차 홍보물 몇 권 읽고 이미 중국 대륙까지 휩쓴 공산주의 이론에 빨려 들어가고, 노동자는 물론 농촌의 소작 농민들까지도 박헌영이 누구인지도 모르고, 이름 석 자에 손도장을 찍고, 남노당원이 되어 갔다.(저소득층은 어느 나라든 비율이 높기 때문에 정치 세력의 복합적인 대상이 된다)

이렇게 해서 해방 정국의 남한은 우익과 좌익의 사상 대립으로 사회 질서가 극도로 혼란스러워지니 미 군정은 1948년 4월에 가서야 하지 중장의 강력한 포고가 선포되고, 일체의 공산주의 활동을 엄단하게 되었다. 이미 왕성한 남노당 조직은 험준한 산속으로 피해서(지리산, 덕유산 등) 빨치산 무장 투쟁으로 경찰서와 지서를 습격하고 주변의 민폐가 극심했으며, 또한 지하조직으로 정부기관인 군과 경찰에까지 침투되어 여기저기서 폭동이 일어나고 내전상태에까지 이르게 되었다.

대구 폭동사건, 제주 4.3사건, 여수순천 반란사건 등 이때부터 극좌로 갈라진 공산주의자들은 빨갱이들이란 악명이 붙고 치안력이 부족한 경찰보조원으로 대한청년단이 설립되고(1948년 4월) 빨갱이 용공분자까지 잡아들이는 극우 세력으로 등장했다.

많은 젊은 사람들이 어느 편이든 소속원이 되니 숨은 빨갱이들을 검색하여서 별도로 관리하여 전향하도록 하는 보도연맹이란 조직이 설립되고 관리하다가 6·25전쟁이 터지자 군경은 이들이 후환이 될 것을 염려하여 은밀히 경찰과 대한청년단을 동원하여 일시에 소집하고 붙잡아 교도소와 각 지방 경찰서 지서의 구치소에 인원이 넘쳐 창고에 수감했다.

그리고 급격히 퇴각하면서 처형 명령이 하달되고 시간에 쫓겨 줄줄이 철사 등으로 묶은 채 골짜기 등으로 싣고 가 기총사를 하여 부상만 당하고 생매장도 되는 참상이 여기저기 지방에서 벌어졌다.

특히 1950년 7월 22일 대전을 사수하던 미군 24사단이 3개 사단의 인민군에 재기불능 상태로 급격히 영천 방면으로 후퇴했다. 더욱 급하게 된 호남 지방에서 많은 사망자가 발생했고 이러한 현상이 공산 치하에 들어서는 보복으로 이어지고, 인심을 잃은 지주들과 친일파로 지목 받은 사람들은 부르주아 계급이라 해서 참혹하게 피살되었다.

9·28에 수복되고 설치던 빨갱이들은 다시 또 빨치산이 되어 산간 주민들의 피해가 컸으며 지리산이 최후 결전장이 되

어서 총 맞아 죽고, 얼어 죽고, 굶어 죽고, 1952년도에 가서 전멸되었다.

빨갱이란 악명은 아직까지도 그 뿌리가 움직인다.

민주화 투쟁, 노동자 파업 투쟁 등에서 덤으로 움직였고 광주항쟁 시에는 신군부가 얌체없는 누명을 씌우기도 했다. 지금은 종북주의자의 원조가 되어 움직인다.

지워지지 않는 증오, 편견, 38선에 박힌 쐐기.

돌이켜 보면 해방 정국의 3년 동안의 미 군정은 너무 길었고 참으로 미숙했다.

이승만은 1945년 10월 16일에서야 맥아더 장군의 도움으로 장군의 특별군용기편으로 귀국했다.

미 국무부가 저지했기 때문이다. 독립운동 시부터, 임정을 한국의 정부로 인정하고 미주 지역 대표자로 인정해 달라고 집요하게 투쟁했기 때문이다. 귀국해서도 군정의 실책에 집요하게 지적하고, 시정을 하지 중장, 국무부, 맥아더에 요청했다. 맥아더와는 뜻이 통했으나 트루만과 맥아더와는 뜻이 통하지 않는 관계였다. 후에 북진 통일 의지도 이승만과 맥아더는 뜻이 통했다. 이승만은 대통령 취임하고도 미국의 한반도 철수를 반대했고, 국군의 전력 증강을 거듭 요청하며 일본이 남기고 간 무기라도 요청했으나 거절당하고 6 · 25 남침을 당했다.

임시정부 김구 주석은 광복군 1개 여단(2,700명)과 함께 귀국하려는 노력이 군정에 수차 저지당했다.

1945년 11월에서야 요원들과 초라하게 여의도 비행장으로 귀국하여 한독당 설립과 남북 합작 독립정부 수립을 위하여 평양에 올라가 김일성과도 담판하며 노력하였으나,(AB 어느 방향으로 향하게 되든 남북 통일을 최우선했다) 정치적 이용만 당하고 극우파 안두희에게 암살되었다. 당시 정치노선을 달리한 이승만의 관련 여부를 집요하게 추궁했으나 30여 년이 지난 죽을 때까지도 단독 범행이 진실이라며 눈을 감았다.

북한은 변함없는 적화통일 혁명노선을 이제는 완전히 거두어야 하고 남한은 대북 정책만은 한 목소리로 융합하여야 한다.

끝으로, 이 수필은 최대한 요약해서 당시 정국의 실상만을 이념에 편향됨이 없이 인지할 수 있도록 노력하였으나, 미비한 점은 필자의 지식 부족으로 양지하시기 바란다.

자화상

자화상

자화상

　일촌댁의 넓은 마당가엔 빨랫줄이 매인 두 그루의 큰 깻죽나무가 높이 솟아 연초록빛 새 이파리가 저녁노을에 너울너울 한들거린다.

　긴 장대에 황새낫(반달낫)을 걸어 나물감으로 꺾이고 소생된 잔가지들이다.

　배불뚝이가 된 일촌댁은 갸름한 얼굴의 부드러운 자태에 손색없는 미인이라서 한 마을의 총각이 지극정성으로 일찍 조혼하고, 분가하여 살림도 잘하고 길쌈하는 솜씨가 섬세한 여인이다.

　단아한 여린 몸매로 베틀에 앉아 베를 짜는 모습은 온몸을 움직이는 그 율동미가 베틀 소리와 어울려 마치 아름다운 여인의 가무를 연상케 한다.

해가 길어진 춘삼월 품앗이로 하는 삼베길쌈거리를 하루 종일 손질하고 늦은 저녁밥에 서둘러 개밥까지 주고 나서 아랫배를 움켜잡고 무거운 몸을 마루에 기어올라 겨우 문턱을 넘어 방바닥에 엎어진다.

화들짝 일어나는 일촌 양반이 헐레벌떡 시렁에서 무명 검정색의 작은 이불을 포개진 채 얼른 내려 엎드려 신음하는 일촌댁의 가슴에 높이 고여 주고 마른 집단을 깔고 헌 베조각으로 바느질하여 준비한 쏘내기를 덮어 산실을 준비하고 맨상투를 움켜잡고 큰집으로 기별한다.

큰어머니가 방문을 열자마자 버럭, 응앵~~ 나의 울음소리가 터져 나왔다 한다.

급한 놈~ 딸 하나만 더 원하더니 또 아들이구만 호랑이띠에 술시라!

허, 허! 요놈이 좋은 사주를 타고날려고 그리 급히 나왔구만 넓은 집을 짓고 전답도 해마다 늘려가니, 요놈은 저만 잘 크면 경성대학생도 될 수 있겠다.

쌀이 모자라서, 아까워서 저녁엔 흰죽을 끓여 먹고 점심엔 솥단지 속에 따뜻하게 묻어 놓고 끓여서 물배로 채우던 시절, 그해는 흉년이라서 메조밥과 죽을 많이 먹어서인지 울음소리는 우렁찼으나 키만 앙상히 크더라 했다. 그런데 나는 곱상한 피부에 겨우 162의 왜소한 체구다.

외탁이라 한다.

조금만 더 영양분을 고루 섭취하고 자랐다면 최소한 170이 넘는 청년이었을 것이다. 회환의 고민을 한 적도 있었다.

1cm 때문에 육군 대장이 되겠다는 청운에 꿈을 접어야 했기 때문이다. 우선 체격이 163cm 이상이 되어야 사관학교 입학 자격이 되었다.

무엇이고 남보다 모자람이 많아 부지런히 채워야만 할 삶이었다. 그래서 우리 집 가훈을 '근능보졸(勤能輔拙)'이라 했지요.

나는 이렇게 1938년 벽촌의 농가에서 태어나 보자기로 소의 눈을 가리고 연자방아를 돌려 보리쌀을 갈고 통나무 맷돌이나 장정 둘이서 토매에 나락을 갈고 디딜방아 도구통에 지긋지긋 보리방아를 찧어 먹는 유년기를 보냈고, 십 리 길 이상의 신작로 길로 초등학교를 다니며 감격의 8·15해방과 민족상잔의 6·25동란을 겪으면서 극좌와 극우가 격돌하는 피비린내나는 격변기를 중학교 시절까지 이어서 보내고 고등학교는 군산으로 진학하여 통일 없는 휴전 결사반대, 북진통일, 북진 통일, 머리띠를 두르고 플래카드 흔들며 군산비행장 미군 부대 앞에 가서 체코 앤드 폴랜드 겟어웨이(소련의 위성국 감시단 어서 물러가라) 오전 수업을 마치고 오후에는 매일 대모에 참가해야만 했다.

1963년 중앙대학교 졸업식에 부친께서 참석하시고 남산 팔각정 기념사진

　그리고 서울에서 4·19 학생혁명의 주역인 57학번으로 중앙대학교를 졸업했다.

　1961년 박정희 장군의 군사혁명으로 우리 사회는 또다시 격변하면서 산업 발전 시대로 접어들고 우리 젊은이들은 서독에 광부와 간호사로 해외에 진출도 하고 눈코 뜰 새 없는 바쁜 직장 생활에 잠수함 속에서 근무하듯 뜨는 해와 지는 해조차 볼 수 없는 나날로 지새운다.

　서울 변두리 건넌방에서 두 시간씩 걸리는 광화문까지의 출근길에 새벽잠 못 자고 일어나 줄서서 기다려 초만원 버스를 타고 통행금지 직전에 택시를 잡아 두세 번 합승하면서 퇴근하여 텅 빈 뱃속에 저녁을 먹고 나면 졸음이 시작되어 신혼 생활의 재미도 없었다는 구박도 당했다.

그리고서 인생의 작은 성공이라 할 수 있는 한 직장에서 정년퇴직을 하고 노년에 부부가 안정된 생활을 하라는 공무원들의 연금 대신 비교적 우수한 직장에서 주는 일시불 퇴직금을 받았다.

직장 생활자가 투자할 수 있는 여유 돈으로는 마땅한 곳으로 주식 외에는 별로여서 대부분 투자 대상이 되었다.

다만 퇴직자들은 장기 배당주에 투자한다.

그런데 이게 무슨 날벼락인가! 겨우 배당 한 번 받은 것뿐인

1966년 서울은행 재직시 서울 관광 오신 모친과 남산 기념사진

데 1997년 말 IMF 대환란이 발생되고 반토막 이상이 난 것이 생물이고 뭐고 다시 소생하기란 고통 속에서 어느 만큼의 세월을 기다려야 한단 말인가! 직장에서 하던 일이라면 아직도 다른 사람보다 앞서 갈 자신이 있으나 더 젊은 사람들도 구조조정에 밀려나는 세태에 다른 재주는 없고 나의 삶은 놀고 먹는 가난한 육신이 된 처지에 옛날 흰죽을 끓여 먹던 절약 생활로 돌아가 대중교통을 이용하며 저렴한 비용으로 바둑과 등산, 독서를 즐기녀 어느 만큼 세월이 지나자 다시 또 소생하는 세월 속에 접어들었다.

고진감래 흥진비래라.

돈이란 생활의 수단이요 품위의 단초가 되는 것이라서 어느 만큼은 유지되어야 하기 때문에 소생되는 기쁨을 느끼며 살아오는데 이게 또 무슨 날벼락 격변인가!

2008년 9월 슬슬 불어오던 미국의 서브프라임모기지(비우량주택 담보대출)에 따른 경제 불황 폭풍에 이제는 반 토막이 아닌 3분의 1토막으로 주저앉았다.

세상은 돌고 돌고 사람도 돈도 돌고 돈다.

다양한 복합성을 내포하고 있는 글로벌 자유주의 시장경제에 과연 다원의 변이 현상이 일어나고 있는 상황인가?

그렇다면 적자생존?

IMF 때보다 더 무서운 폭풍이 더 오래갈 것으로 추정된다.

가족사진

다같이 겪는 고통에 체념할 수밖에 없고 항상 전기밥통 속에 따뜻하게 담겨 있는 세 끼의 김제 쌀밥은 있으니 그것으로 또 어느 만큼의 세월을 살아가는데 등 따습고 배부르면 최고라 했던 나라가 가난한 1958년 나는 대학 재학 중에 군대에 복무하면서 자유당 정권 말기의 극도로 부패된 사회에 군기조차 문란한 고참 병사들의 질투 서린 핍박으로 혹독하게 배고픈 체력에 그해의 혹독한 겨울 추위로 온몸에 동상이 걸렸던 후유증이 칠순이 넘은 오늘에 나타나 폐한증이란 알레르기성 비염천식으로 혹독하게 시달리고 있다.

　그러나 나라를 잃고 일제 식민지하에 고통을 당하고 또다시 6·25동란을 겪은 선대에 비하면 지금 나는 따뜻한 물로 항상 늙은 몸을 닦을 수 있고 세 끼 걱정 없이 나라 발전의 열매를 다 먹으며 칠순을 넘겨 한 시대를 살고 있다.

　그런데 이 또 무슨 험한 파도가 밀려오는 것인가!

　그리스의 디폴트 상태가 세계의 주식시장을 휘몰아치더니 글로벌 경제가 2년째 침체 속으로 펼쳐 가고 있다.

　그래도 외국자본은 한국과 같은 신흥국 주식시장을 선호하고 있다. 쉽게 들어오고 빠져나갈 수 있기 때문이다. 그들만의 향수가 되는 패턴을 이제는 잘 조율해야 한다. 금융자본의 횡포는 이미 경험했다.

　중산층의 자본력은 나날이 줄어들고 먹고살기 위해 갈 때조차 없다. 공무원들의 연금만이 부러울 뿐이다. 무역 흑자가 늘어나고 GDP가 오른다 한들 무엇하리. 사회는 극심한 양극화 현상으로 정치권을 흔들고 있다.

모두가 가난했던 국방의무

모두가 가난했던 국방의무

1958년 말 연무대 논산훈련소

관등성명: 군번 10428336 훈병 박전규
직속상관: 관등성명 :

　　육군참모총장: 육군 중장 송요찬님
　　교 육 청 장: 육군 중장 김종오님
　　논산훈련소장: 육군 소장 백남권님
　　연 대 장: 육군 대령 장경순님(1957)

전라도 개똥쇄(개땅쇄) 이 새끼 한발 늦었구나.

육군 대령 장경순 빽으로 배출대의 대기병 놈들 중 감히 김제 촌놈들이 많았다. 이 말이다.

누구나 좋은 병과에 배출되기를 원했고, 당시에는 배출대에서 총괄했기 때문에 자기가 선호하는 병과 충원이 훈련소 졸업기에 티오가 없을 때에는 그냥 배출대에서 빈둥빈둥 2주일이고 3주일까지도 새로 들어오는 병사들과 섞여서 대기했다.

돈과 빽줄의 위력이 대단했던 시절이다.

훈련소는 야산지대에 시설된 훈련장이라서 이곳저곳 논두렁 밭두렁 길 따라 이동하는 경우기 많았다

때가 만가을이라 콩밭엔 쫑끗쫑끗 수수목이 늘어져 있고 텃논배미엔 낡은 허수아비가 늘어져 있다. 아직도 새로운 시설을 설치하고 보수하느라 훈병들은 훈련장에 가고 올 때마다 뗏장이나 자갈을 철모에 담아서 운반하고 하는 쉴 틈 없는 사역을 한다.

나는 입대하고 처음으로 혜련이에게 편지를 쓴다.

혜련아.

이렇게 밤이 깊었는데 나는 홀로 작은 책상에 마주 앉아 이 밤을 새운다.

눈을 들어 하늘을 쳐다보면 작고 큰 별들이 떨어졌다 모였다, 그 찬란한 빛들이 무궁한 저편 세상에 찬란히 어른거린다.

혜련아.

네가 존경하는 모윤숙 선생의 시 구절에 이곳의 밤하늘을 그려 보낸다.

취침 시간에도 군기가 있어 이 편지를 쓰는 시간은 아쉬움만 남길 수도 있다.

어두운 밤이면 등허리를 긁어 먹는 이들이 꿈실대어 살며시 일어나 내의를 뒤적거리는 병사가 있고 나와 같이 편지를 쓰는 병사도 있다.

나는 38년생으로 2년 후 졸업반쯤 되어야 소집영장이 발부되는데 학보병으로 영장이 발부된 36년생인 김도연의 친구를 따라 기왕 빨리 군복무를 필하고 3, 4학년 때 열심히 공부하여 졸업과 동시에 좋은 직장에 취직하고자, 같은 김제 삼총사라 불리는 친구 최용희와 같이 일단은 일반 군번으로 지원 입대하였다.

지원병 수가 점점 너무 많아 입대 수속에 촌지를 건네고도 여간 힘들지 않았다.

학교를 떠난 첫발부터가 무거운 셈이었지.

끝까지 군은 인내로 견디어 낼 것이다. 배고프고 고달픔쯤은 각오했으나, 참으로 동화하기 어려운 생활이구나.

일상적으로 순화되지 않은 막말 욕지거리로만 달구어 대는 기관 사병들, 걸핏하면 기압을 받고, 구타당하고 한다.

며칠 전에는 야영 변소에서 꼼짝 못하고 앉아서 군모를 탈취당했다.

유사한 사건은 늘상 반복하여 발생되는 일이다.

군사우편은 검열이 있다 하나 자유로이 쓰고 받고 한다.

너의 답장을 기다리겠다. —이상

그해 겨울 추위는 좀 늦게 다가왔으나 매섭게도 혹독했다.

아직도 어둠이 걷히지 않은 새벽 안개 속에 기상나팔이 울리고 모두가 부족한 잠에서도 거뜬히 일어나 빠른 동작으로 침구를 정돈하고 각자 자기 사물함까지 정리하고 있다.

1958년 12월 17일 7주간의 훈련 과정, 마지막 날 새벽이 동이 튼 것이다.

왕복 8Km 도보 행군 훈련이다. 80발의 M1소총 탄띠를 허리에 두르고, 배낭을 메고, 철모 쓰고 풀잎 나뭇가지 등으로 위장하고 나면 완전무장한 무게가 40Kg이 된다 한다.

그러나 실제는 빈 소총에 3일간의 식량 보급도 빼고 수통에 물만 약간씩 채우고 행군한다. 그래도 한두 명씩 낙오자가 생기고 무더운 여름철이면 일사병으로 전사자도 발행한다고 한다. 영양실조 탓이라 해야 할 것이다.

국민 전체가 절대량의 식량이 부족한 시절이라 모든 군수품이 말단 중대에까지 내려오며 하달되면서 줄어들었다. 하사관 이상 직업군인들의 봉급 수준이 너무 낮은 것이 첫째

원인이었을 것이다.

　학보 군번으로 입대한 학보병들은 무조건 보병으로 최일선 전방부대에 배속되고 일반 군번으로 입대한 최용희 친구와 나는 배출대에서 다른 사람들보다 5일간이나 더 머무르고 12월 24일 광주 송정리 상무대에 있는 통신학교로 배속되었다.

　나는 배출대에서 언짢은 하루하루를 보내면서도 비교적 자유스럽게 넉넉한 시간으로 혜련이에게 편지를 쓴다.
　시간이 많을수록 편지 쓰기는 더 힘들다. 읽어 보고, 고쳐 쓰고, 또 뒤돌아본다.

　혜련아.
　너의 답장을 받고 너의 생각이 온몸에 가득 차 어두운 밤에서도 깨어나고 했었다. 메리 크리스마스 혜련아.
　지금 창밖에는 연이틀 계속 함박눈이 내리고 있다.
　화이트 크리스마스다.
　하지만 벽난로처럼 우리를 따스하게 안아 주는 태양의 빛은 땅 위에 내려오지 못하고 밤하늘엔 별도 보이지 않는다.
　너를 생각하며 즐거운 마음도 잠깐 일 뿐이구나.

　'괴로운 마음에 나무 그늘 밑을 홀로 거닐면

그 옛날의 그 꿈이

내 마음속에 또다시 스며듭니다.'

혜련아.

낭만주의자의 고뇌, 하이네의 시 한 구절을 적어 보았다.

나는 내일이면 광주 상무대로 짐짝처럼 떠날 것이다.

또 편지하겠다.

너의 편지는 환희의 키스다. —이상

1958년 12월 24일 상무대 통신학교 연병장은 광주에 30년 만에 내렸다는 엄청난 적설량의 눈이 이곳저곳에 산더미처럼 쌓여 있고 피교육자 사병들이 총동원되어 제설작업에 땀을 흘리고 있다.

어슬렁거리며 다니는 기관 사병들 외엔 군복을 입은 거지떼들 같다.

형편없이 때 묻고 헤어진 군복에 다 닳아빠진 월남군화(당시, 고딘디엠 대통령이 같은 분단국인 우리나라에 선물한 3만 켤레의 군화다) 소가죽창에 진을 박고 발목까지만 올라온 것으로, 진이 빠지고 구두끈조차 멜 수 없어 슬리퍼처럼 끌고 다닌다.

죄수들의 노역장이나 다름없어 보인다. 춥고 배고픈 사람들의 행동이라 보면 절대 심한 표현이 아니다.

새로 배속이 되는 우리들 106명의 신병들은 며칠 전에 연무대에서 때 묻은 훈련복장을 다 벗어 버리고 새 군복과 군화를 보급 받았기 때문에 그야말로 신사 군인들 같았다.

우리를 인계 받은 기관 사병들은 모두 야전침대 빠따를 손에 들고 호랑이같이 으르렁대며 저희들끼리 킬킬대면서 한다는 말이, 새로운 보급창이 들어왔다 한다.

큰 콘세트 내무반에 식사 대열로 앉혀 놓고 군화는 모두 신발장에 정돈해 놓도록 한다. 그리고 식사 배식이 끝나고 식사에 대한 감사에 묵념, 식사 개시, 순간부터 거지떼 같은 고참 피교육 사병들이 들이닥쳐 서로 다투어 가며 다 헤어진 월남군화와 바꾸어 신어 간다.

우리는 어안이 벙벙한 상태에서 오직 자기 군화만은 남아 있기를 바라며 배고픈 창자에 계속 밥을 먹고 있다.

새 군복조차 바뀌어 입고 거지같이 된 신병들도 있다. 아비규환 속이었다.

군화는 벗어 놓은 상태에서 어쩔 수 없는 상황이었지만 공갈협박 한두 마디에 꼼짝 못하고 당하는 어수룩한 신병들이 많았던 시절이다.

신병 106명은 각기 주특기 별로 분산되어, 나는 앞서 말한 CRR반으로 18명이 제1기 동기생이 되어 3중대 내무반 소속으로 본부중대에서 멀리 떨어진 큰 콘센트 내무반에 인솔되어 갔다. 이때 친구 최용희는 펜글씨 필적이 좋아 본부중대 서무계 보조원으로 발탁되어 간다.

칼바람이 몰아치는 연병장에서 먼저 떠나는 친구와 두 손을 마주 잡고, 어깨를 부여안고, 굳세게 살아가자며 눈물로 이별했다.

3중대 소속 콘세트 내무반은 한겨울이라서 마룻바닥이 좀 더 따뜻하라고 새로 짠 멍석을 일본식 다다미같이 깔아 놓았다.

지푸라기 털이 부슬부슬 서 있어 마치 돼지우리 같은 기분이 들었다.

(논산훈련소에서는 마룻바닥에 매트리스를 깔고 취침했으나, 여기에서는 그냥 멍석 위에 모포 한 장만을 깔고 자게 된다)

구대장을 대신하여 지휘하는 중대 향도장은 일등병으로 김상학이란 광주 사람인데 냉철하고 악질적인 기질로 통솔한다. 또 한 사람 악질 내무반장이란 자가 있어 내무반에서는 이자가 가장 무서운 호랑이다.

내무반 총인원은 60명을 초과한 70명쯤 되는데 주특기별로 교육인원, 교육기간, 교육장소가 각기 달라서 내무반 생활에 한해서만 같은 소속원일 뿐이다.

내무반장은 제일 먼저 입실한 고참 주특기 반장이 자동적으로 인계되어 간다.

우리 신병 18명은 최말단 반으로 흙탄 난로 두 개가 있는 끝 출입문 쪽에 자리가 정해졌다. 식사는 양은 주발 그릇 하나에 밥과 국, 김치, 깍두기 한쪽이 담아져 있고 설거지통에서 함부로 다루어진 양은 주발은 찌그러들고, 금이 가고, 하여 국물이 슬슬 빠져나가 그나마 적은 청보리밥이 통통 불어서 푹 가라앉아 있다.

70명의 배식에 시간이 걸리는 탓으로 항상 그러했다.

취침은 세 사람이 모포 두 장으로, 한 장은 멍석 위에 깔고, 한 장을 가지고 세 사람이 나란히 붙어 덮고 자는데 잠들기 전부터 양쪽 끝사람이 서로 자기 쪽으로 당겨 대니 가운데 낀 사람은 샌드위치가 되어, 덮으나 마나 모포는 붕 떠서 텐트가 된다.

일주일이 지나고 동상 환자가 발생하고 우리 CRR조에서 도망병이 발생했다.

모진 단체 기합 속에 시달리는 비참한 생활에 본부중대에 배속된 최용희 친구가 찾아왔다.

친구를 만나는 순간 우리는 서로가 끌어안고, 동상은 걸리지 않았느냐, 매를 맞거나 다친 데는 없느냐, 서로를 살피며 안부를 물었다.

그는 외투 품속에서 건빵 반 봉지를 꺼내며 자기는 그래도 매일 밤늦도록 문서를 서발하고 연말에 밀린 잡일을 정리하는 사역병으로 고생은 하지만 따뜻한 난로 옆에서 근무하면서 야식으로 건빵을 먹을 수 있어서 내 생각이 나서 어렵사리 틈을 내어 찾아왔노라 한다. 서로가 개인적인 시간을 누릴 수 없는 상황이라서 뜨거운 우정만을 남긴 채 떠나고, 나는 건빵을 본 동료들에 둘러싸이고 순식간에 한 입만으로 만족해야 했다.

논산훈련소에서는 백남권 소장의 통솔 방침이 첫째도 둘째도 정량 급식, 훈병 제일주의였기 때문에 3일에 1인당 화랑 담배 1갑, 건빵은 반 봉지씩을 배급 받았는데, 이곳 상무대에 와서는 어찌된 일인지 일주일에 담배 반 갑, 건빵은 세 사람에 1봉지 가지고 반쪽까지 쪼개어 분배하였다. 오직 온몸을 긁어 먹는 이의 숫자만 3배 이상 들끓었다.

그래도 다행히 군의 기강을 세우려는 부연대장 노 소령이란 훌륭한 분이 있어 각 부대를 시찰하고 밀가루 같은 DDT 약품이 보급되어 모든 병사가 일시에 해결하곤 하였다.

이 모든 현상은 위에서부터 군율이 문란해진 원인이 첫째다.

몇 주일이 지나고 보니 알게 되는 현상이었다.

중대장은 10일에 한 번 정도 얼굴만 비칠 뿐이고 구대장은 제대를 얼마 앞둔 고참 병장으로 중대장이 오는 날만 용케도 알고 나타나니 향도장 쫄대기 일등병조차 피교육 사병인 내무반장에게 70명이나 되는 구대원의 통솔권을 부여하고 자기들 편한데로만 군대 생활을 하고 있으니, 고참병들 등살에 그나마 정량에 훨씬 미달되는 밥그릇조차 더욱 줄어들고, 침구는 1인당 모포 한 장씩인데 고참병들이 두 장, 세 장씩 차지하니 신병들은 세 사람에 두 장씩 돌아왔다.

세면장은 꽁꽁 얼어붙어 눈과 얼음 조각을 주먹에 녹여 때 묻은 얼굴을 닦아 내고, 그래도 학습교장에 등하고 땐 17명이 3열 종대로 구령에 맞춰 군가를 합창하며 중식시간까지 매일 두 번씩을 왕복했다.

우리 CRR반끼리만 유일한 운동 시간이 되어 젊은 혈기를 살려 헤어진 월남군화를 끌고 다녔다.

당시 불렀던 군가.

백두산까지 앞으로 앞으로 무찔러 찔러
대한 남아의 총칼이 번쩍거린다
원수야, 오랑캐야 너 어서 빨리 물러나라
두 손 들어라

하나, 둘, 셋, 넷.

국민의 3대 의무인 신성한 국방의무 수행이 부당한 핍박 속에서 시달리며 전쟁보다 더 무서운 절박한 생활에 증오와 함께 살아야만 했다.

메마른 감정에 편지 한 장 쓸 공간도 여유도 없었다.

이후에도 나는 1959년 6, 7월의 무더운 더위 속에 대전교육청 내 통신교육 실습장에서 실습생 13명이 7명의 식사 배정으로 지긋지긋한 배고픈 시절을 보낸다.

아주 적은 밥은 수저를 놓을 때 더욱 배가 고프니 밥그릇에 넘실거리도록 물을 부어 죽을 만들어서 잠시나마 먹은 듯한 포만감을 채운다.

모두가 부황이 들어 얼굴이 누렇게 뜬 생활을 했고, 일등병 봉급이나마 중대본부 인사계에 매월 수령액 전액을 위임하여 주고 그 댓가로 고향에서 제일 가까운 전주 덕진에 있는 502 장거리 통신단 제3중대 소속 무선통신중계소에 전출되어 근무하다가 일반 군번에서 학보병으로 전임하여 1960년 4월 18일에 1년 6개월의 복무기간을 무사히 마치고 대학 2학년에 다시 복교하여 열심히 공부하고 졸업과 동시에 취직시험에 합격하였다.

그리고 최용희 친구는 통신학교 시절 한두 번 더 상봉한 후

6주 만에 다른 부대인 전방 사단본부로 멀리 전속되고 같은 날짜에 학보 제대 후 김도연과 세 사람이 다시 만나 더욱 우정 깊은 친구로 다같이 졸업하고 사회에 진출했다.

부연하여 굳이 몇 마디 추가한다면, 군율이 바로 서도록 정치가 바로 가야 하고, 정치가 바로 가도록 국민이 성숙한 민주 국민이 되어야 한다고 생각한다.

이 글을 쓰고 나니 몇 해 전에 이 세상을 먼저 떠난 최용희의 그리움이 파도처럼 밀려와 깊은 애도에 잠긴다.

고요한 심상

고요한 심상

나는 깊은 산골짜기 산사의 공부방에 와 늙어 가는 신체를 요양하면서 고독과 호기심, 자존심, 세 마리 고양이를 안고 독서하며 이런저런 시적 감흥에 젖어 현실적 경험과 체험, 새삼스럽게 느껴지는 온갖 사물에 대한 형이상학적인 인식을 토대로 어설픈 시를 몇 편 창작하고 산문과 봉합하여 수필 한 편을 엮어 본다.

아침 일찍 이곳에 같이 도착하고 서울 집에 간 아내의 밤에 걸려 온 전화를 받고 〈당신과 나〉를 창작하다.

〈당신과 나〉

고요한 저녁 하늘에
내려오는 당신의 목소리는
너무나도 사랑스러웠습니다

못잊어
뒤돌아보고, 돌아보고
떠나던 당신

그리움을
영원의 순간으로 남기고 간 당신

나는
당신의 그 모습이 떠오를 때
절간에 돌기둥이 되었습니다

적막 속에 오래토록 앉아
그 정취를
넘치도록 그릇에 담아서
영원토록 간직하렵니다.

　채식을 좋아하는 나는 다섯시 반에 저녁 공양을 마치고 아
직도 햇빛이 남아 있는 산자락의 밭두렁과 천수답 논두렁을
거닐면서 그 옛날 도롱이 삿갓 쓰고 물꼬 보던 길을 상상하
며 시상을 기억하고 〈보릿고개〉를 창작하다.

〈보릿고개〉

긴긴해가 기울어 가는 석양 노을
한들한들, 부얼부얼
털 속에
붓대처럼 곤두서 영그러 간다
한목 또 한목 잘려지고

노루목 밭두렁에
하얀 저고리 손목
누렇게 뜬 식솔들이 가엾어라!
어머니의 손은 가늘게 떨리고 있었다

용하게도 방죽 밑 닷 마지기는 지켜 냈구려!
서종도 못한 천수답인들

연흉년에 누가 사것소만
생명줄까지 지켜 내느라

어여쁜 득순이도
공부 잘하는 득규도
모두가 부황이 들었다드라
겹석계.

2009년 7월 9일 이곳 경기도 양동면 비암골에는 엄청난 소
낙비가 쏟아붓고 있었다.
　창문을 열고 이곳저곳을 내다보며 또 우산을 들고 옥상에
올라가 멀리 벙벙히 채워지며 흐르는 개천을 보고 〈산골짜
기 소낙비〉를 창작하다.

〈산골짜기 소낙비〉

먹구름이
성난 용왕의 바람을 타고 몰려온다
태산을 가리우고

우르릉 쾅쾅— 번쩍번쩍—
천공을 흔들어 대니
태산이 말한다

억겁의 세월 속에
왔다가 가는 것이 소낙비뿐인가!
좋은 일만 남기고 가길 뿐이라네
이리저리 몰려다니던 소낙비가
와르르 쏟아진다

경사진 또랑길로 내달은 봇물은
깊은 웅덩이와 바윗돌을
물보라로 뛰어넘고
기마병의 돌격부대가 되어
밭두렁, 논두렁, 모든 성을 무너뜨리고
아직 벌, 나비도 보지 못한 꽃들마저도
모조리 휩쓸고 왁자지껄
금왕천에 모여

서로 간에 인사도 없이
어느 골짜기에서 왔느냐, 얼굴색이 왜 그러냐!

묻지도 않고 따지지도 않고
몸을 섞어 가며 어울려 그냥 달려간다

남해의 용왕을 배알하기가 그렇게도 바쁜가
땅에서 지내기가 그렇게도 싫은가!

우리는 칼 맞으며 오면서도
땅에 발 딛기도 전에 더러는
많이 붙잡히지요
가다가 모두가 잡히기도 하지만

솔직히 우리는 높고 높은 구름이 되어
더 높은 하늘과 달님과 같이
지내는 것이 행복한 시간이지요

가장 좋은 때는 달님의 옥양목
속치마가 될 때구요
나쁠 때는
하늘의 병풍이 되는 일이지요

다~
햇님한테 잘 뵈야 해요.

　이곳에 오기 직전 고서점에서 눈에 띈 두 권의 책이 종이 값
이 비쌌던 시절 출간된 책이라 지겹도록 깨알 같은 글자에
너무 오랫동안 눈을 박은 탓으로 눈알이 쑤시고 붓고 피로에
지쳐 돌려놓고 〈스탠드〉를 창작하다.

〈스탠드〉

돌아앉는 너는 어두운 밤이 되어
이제
너와 나는 남남이 되는 건가!
나의 빛이 되고 희망을 키워 준
너
아침 햇살이 밝아 오면
너는 항상 조용히 잠에 들고
밤이 오면 나와 함께 밤을 지샜지

굽이굽이 흘러가는 동진강은
서해바다로 가고

검어져 가는 나의 눈은 또 너와 함께

소설도 쓰고, 시도 쓰고, 수필도 쓰고
너와 나는 정다웁게 살았노라!
이제
돌아앉는 너를 붙들 수가 없구나
그러나
가끔은 너를 찾아 정을 나누리.

며칠 전부터 친구들이 일기예보와 관계없이 굳이 찾아오겠
다는 토요일이 오늘로 다가왔다.
정 깊은 목소리, 정다운 몸짓이 아른거려 방 안에서만 기다
리고 있을 수 없어 30분 거리의 국도변까지 마중하여 우리는
얼싸안은 듯 반기고…….
친구야, 우리 모두 건강하게 더 좀 살자! 서로를 위안하며
면소재지로 나가, 점심을 하고 빗속에 이곳에까지 왔다가 헤
어진 후 〈우정〉을 창작하다.

〈우정〉

우리는 무덤에서 헤어지는
춘계석, 고교 동창생

화사한 모란꽃
우정의 햇살은
언제나
속살까지 화사하다
소낙비가 내리고
모두가 꽃봉오리져
이야기꽃을 피우네.

이곳 공부방의 현시대의 표상이 그려진다.

〈공부방 사람들〉

이 사람은 서러웁고 서러운 비정규직

불혹의 나이에까지 식민지 국민처럼 차별 대우만 받고, 못
살겠다 공무원 채용시험에 목숨을 걸고 상투 없는 중머리(이
명박 정부가 연령 제한을 풀어준 행운이라도 잡아야 할 텐
데…)

그 사람은 명문대학을 나오고 공부도 잘했으나 빽도 없는

불운으로 3년째 취직시험 낙방생. 이젠 하급공무원 시험에 도전한다(경쟁율이 워낙 높아서 어쩔런지…)

저 사람은 가난한 어머니 아버지 단물만 빨아먹고 사는 반거챙이. 그냥 고졸 기능 보유자로 취업했으면 좋았을 것을, 이제 삼십 중반에 든 나이로 그래도 초등생부터 컴퓨터 오락에만 열중한 손가락 기교는 있어 무슨 자격증이라도 따 볼까 이곳에 와서도 인터넷만 하고 있단다

저기 저 사람들은 고시 공부에 집중하는 한판의 승부사들. 재판 삼판의 승부사도 있다는데 그렇겠지 여기는 원래부터 그런데지

거기 그 사람은 대학을 졸업하고 곧바로 취직이 되었으나 영업 사원으로 정액 월급을 못받고 직장을 옮겨 다니며 삼십대 중반을 훌쩍 넘은 독신자로 이제야 무슨 목적을 지향하고 자격증 취득에 열중하는 사람. 그럴싸한 직분으로 외무(판매) 사원으로 채용하여 단물만 쪽쪽 빨아먹히고 자연적으로 교체되어 가는 취업자들, 비정규직이나 본질이 같은 거지. 다 글로벌 경제가 낳은 소산물이라네. 글로벌 경제가 뭔데 약육강식으로 변이된 국경 없는 자유시장 경제체제 지난 IMF관리체제 이후 금융시장이 완전히 개방되자 외국 투자가

들은 우리나라와 같은 신흥국가의 자본시장을 선호한다

쉽게 들어오고 쉽게 빠져나갈 수 있기 때문이다. 주식시장은 외국자본으로 잠식된 상태이다. 더 이상 놀이터로 보여지지 않도록 잘 조율해서 이익의 향수가 국내에 많이 풍기도록 하여야 한다.

〈7월의 저물어 가는 골짜기 풍경〉

나는 창가에 앉아 먹물처럼 짙어 가는 앞산의 숲과 어둠의 적막 속으로 밀려가는 골짜기의 풍경을 지켜보고 있는데 이제야 둥지를 찾아가는 황새 한 마리가 발견된다

몸체가 하얀색이라서 마치 바람에 펄럭거리는 깃발처럼 움직이는 물체로만 보인다. 하루 종일 헤매고도 자기 뱃속 하나 채우지 못한 채 어두움에 밀려간다

황새는 내일 또 하늘에 동이 트면 어서 바쁘게 이 골짜기를 헤매고 있을 것이다. 새끼조차 키울 수가 없고 어쩌다 부화된들 빈 하늘만 쳐다보며 목이 늘어져 빠지도록 어미를 기다리다가 말라죽는 것을 어느 영상에서 보았다

요즈음 세상이 내 몸 하나 하루 살아가기조차 어찌 이리 힘들어 간단 말인가!

낮이면 윗논배미에서 아랫논으로, 아랫논배미에서 윗논으로 자주자주 이동하며 웩! 웩! 한탄하는 소리가 들린다

어제는 창문 밖에서 잠자리 떼가 하루살이 모기 등을 낚아채어 먹는 연출을 보았다.

1941년 12월 7일 일본 비행기들의 진주만 기습 공격 영상처럼 잠자리들도 편대를 지어 저공 측면 고공비행으로 먹이를 서로 협동하여 능력껏 배를 재운다. 똑같은 조건에서 순수한 공평 경쟁이다

또한 창문 밖 언덕에는 큰 느삼대나무 꽃이 한 달 가까이 피어 있으니 아침 해가 뜨면 벌과 나비가 찾아 앉는데 벌과 나비는 꿀이란 같은 먹이를 찾아다니며 먹는데도 서로가 다툼이 없이 오직 각자 부지런함만으로 먹고 살드라

이 지구촌상의 인간을 포함한 모든 생물은 그들이 존재하는 날부터 살아가는데 그렇게 불공평하지는 않았다

모든 것이 인간이 재앙을 일으킨 탓이다

이젠 인간 스스로가 문제가 되어 다윈의 진화론에 따른 변이현상도 지구 변화의 벽을 못 뚫고 지구 자체가 멸망할 날이 얼마 남지 않았다는데, 어느 생물만은 존재할 수 있을 것인가 생각해 본다.

명화극장

명화극장

명화극장이란 간판은 없다.

다만 필자가 어느 때고 명화만을 골라서 관람할 수 있는 극장이 생겨서 쓴 글이다.

그곳이 바로 서울시 문화정책과에서 운영하는 서대문로타리에 있는 '청춘극장'이다.

전 '화양극장'을 리모델링하여 신설한 극장으로 55세 이상의 노인을 위한 전용 문화공연장이다.

영화 상영은 1일 2편 오전/오후 동시 상영한다.

나는 영화 스케줄만을 확인하고 한 달에 3편 정도 관람한다. 관람료는 2,000원씩이다.

최근에 관람한 영화가 외국 영화 〈전쟁과 평화〉, 〈백경(白鯨)〉 두 편이고 한국 영화 〈신록 김두한〉이다.

〈전쟁과 평화〉는 톨스토이 원작으로 오드리 헵번과 헨리폰 다가 주연한다.

내용은 프랑스의 영웅이 되어 황제에 오른 나폴레옹이 승승장구하여 전 유럽을 제압하고 1812년 5월 9일 70만 대부대를 이끌고 러시아 원정길에 오른다.(프랑스, 독일, 오스트리아, 프로이센, 폴란드, 이탈리아 연합부대)

제정러시아는 귀족들을 비롯하여 전국이 전란 속에 휩싸인다. 그 상황 속에 담겨진 인간의 진실, 삶과 죽음, 사랑과 고뇌를 엮은 감동의 잊을 수 없는 문학이다.

〈백경(새하얀 고래)〉은 미국의 허먼 멜빌이 쓴 소설 〈모비딕(백경)〉이 원작이다. 그레고리팩이 포경선의 선장 에이햅 역으로 주연한다.

내용은 1770년대에 유화채로 그려진 포경선에서 작살을 고래의 눈에 꽂는 한 폭의 그림을 보고(워싱턴 국립미술관) 자신의 체험을 통해 1840년대의 성행했던 고래 잡는 유럽 국가들의 포경선 일상을 정교하게 묘사했다.

에이햅은 모비딕에게 한쪽 다리를 잃고 기필코 그놈을 잡아 복수하겠다는 일념으로 폭풍우 속에서도 범선으로 대서양, 인도양, 태평양을 누빈다.

부선장 스타퍽은 짐승을 상대로 복수한다고 계속 항해하는 것은 미친 짓이라며 반항한다. 에이햅은 마침내 태평양에서 거대한 모비딕을 발견해 사투 끝에 고래의 눈에 작살을 꽂지만 고래와 함께 바닷속으로 빨려 들어가고 와중에 포경선도 다함께 침몰한다.

참고로 1800년대의 세계사를 보면 항해술이 발달한 서구의 열강들이 부국강병으로 식민지를 개척하며 1861년의 미국 남북전쟁에도 영국과 프랑스가 서로 개입하고, 1840년에는 영국이 중국에서 아편전쟁을 일으켰다.

청나라 대국은 자국 내에서 군함 몇 척의 원정군에 무참하게도 짓밟힌다.

일본은 가까이서 이런 상황을 보며 세계의 진운을 정확하게 파악하고 250년간의 막부 정권을 1867년 명치유신으로 도막시키고 신흥국으로 부상하여 1894년에는 청일전쟁을 일으켜 승리하였다. 청나라에 선전포고 구실은 조선의 내정에서 꾸며 일거양득으로 조선에서 무섭게 신흥 세력으로 타오르는 동학혁명을 심도 있게 분석하여 러시아의 손이 뻗치기 전에 혁명군이 서남쪽으로만 몰리도록 서남 해읍에 상륙할 듯하면서 민씨 정권에 이런저런 핑계를 삼아 일찌감치 소수 정예 부대로 요소요소에 분산시켜 놓고 최신무기로 무장한 (독일제 기관단총 등) 군사작전으로(사령관 육군 소장) 완전 제압하였다. 그리고 5년 동안 계속 뿌리째 추적추적 후일 항

일 투쟁의 씨앗까지 뽑아 버린다.(전봉준 유시: 국운이 기울어지니 어찌할 수 없구나)

1905년에는 러일전쟁을 조선을 발판으로 승리로 이끌고 일약 동양의 패권국이 되었다.

500년의 조선 왕국은 너무 길었다. 1592년 임진왜란 후 탄생하는 청나라와 같이 새로운 왕국이 탄생했어야 했다. 14대 선조와 16대 인조는 태어나지 말았어야 할 임금들이다.

또 한 차례 중원의 청나라 말기인 1894년의 동학혁명이 대원군 탄생하기 전 신흥 일본이 태동하기 전 1860년에만 발생했다면 유럽의 나라들과 같이 일본과 대등하게 발전했을 것이다.

더더욱 역사의 아쉬움은 1388년 텅 빈 요동땅을 놓아 두고 고려의 요동정벌 정책을 묵살시키고 원정대장 이성계가 위화도에서 회군하여 소국으로 이씨조선이 개국됨에 따라 (1392년) 사대(事大)주의로 주저앉아 2011년 현재는 두 동강 난 채로 이어지고 있다. 냉전 시대에 남겨졌던 한국전쟁의 정전협정은 세계 역사상 유래가 없는 반세기가 넘어가고 있다. 기필코 우리 세대에 풀어야 할 난제다.

한반도 비핵화가 실패한 이상 한국도 속히 핵을 보유해야 한다.

잘못한 일 없이 힘이 약해서 얻어맞은 울분은 내가 상대에게 그 이상으로 치기 전에는 오랜 세월이 흘러도 풀리지 않는다.

어설픈 관계로는 오히려 덧나간다. 유럽 국가들은 서로 치고받고 하였다. 과거는 미래의 디딤돌이다.

〈신록 김두한〉(주연: 이대근 서민경)은 영상 속에서 추억 속으로 간다.

현존 배우들의 젊은 시절 자연미를 보는 것도 즐거웠다. 모두가 미남, 미녀들이 열연한다.

얼마 전 정치인이 자연산이란 표현을 했다가 곤혹을 치루었는데 요즈음은 모두가 성형을 많이 하니 차라리 자연스런 자태를 보는 것이 좋더라는 표현으로 느꼈다.

김두한은 한 시대를 격랑한 영웅호걸이었다.

부친 김좌진 독립군 장군 때문에 가산이 탕진되고 가족들이 핍박을 받아 김두한은 유년기를 잡초처럼 흙먼지 속에서 자랐다.

필자는 1971년 여름, 은행에서 오십 중반의 김두한 선생과 마주앉아 대화한 적이 있다.

선생은 국회에서 사카린 밀수사건으로 국무총리 정일권에게 파고다공원 오물을 투척한 후 의원직을 상실하고 얼마 후 박정희 대통령의 배려로 정릉의 야외 하프골프장을 경영했는데 간부직원 대부분이 야인 시절 조직원(주먹들)이었다.

그분들도 오십 줄이 넘어 별다른 직업이 없어 대들보를 찾아 석가래처럼 살고 있었다. 70년대 초반은 겨우 보릿고개를 넘은 시기라 사업장에 시설비는 몽땅 들어갔으나 잘될 리가 없었다.

인건비는 과다하고 부도 직면에서 여러 차례 허덕이다가 필경 사업주인 선생이 직접 거래은행을 찾아와 지점장실에서 담당 직원(당좌주임)인 필자의 당좌수표 거래상황을 듣고 몇 가지 문의한 적이 있다.

선친으로부터 타고난 뼈대로 육척이 넘는 건장한 체격에 주먹은 솥뚜껑처럼 컸다.

그러나 당뇨병으로 온몸이 야위었고 주변 모두가 빈곤에 찌들어 선생은 육신마저 찌들어 가는 형국이 역력했다.

참으로 안타까웠다.

독립군 대장 김좌진 장군의 하나밖에 없는 핏줄이시고 진한 의리와 열정으로 한 시대를 격랑한 호방했던 그 기상은 이제 선생의 육신에서는 찾아볼 수가 없겠구나!

이생에서 얼마나 더 사실까!

해방된 조국에서도 명쾌한 자신만의 판단으로 오직 정의만을 위해서 국회의원도 멋지게 하시었는데!

모두가 경제개발오개년계획에 바빠서인가?

　결국 사업은 부도가 났고 선생도 얼마 안가 1972년 11월에 세상을 떠나셨다.

　장지는 북한산 뒤쪽에 있는 장흥 신세계공원묘지(공동묘지)에 3평 남짓 무덤으로 사후에도 가난한 서민들과 같이 영면하고 계신다.

　필자는 이 글을 쓰면서 영화 감상보다 선생을 그리는 마음에 몇 줄의 글로 회상해 보았다.

명시의 감상과 내 고향 순동

명시의 감상과 내 고향 순동

세월은 흐르고 고희가 되어 〈달을 읊다〉란 명시를 감상하면서 그 옛날 순동 호롱불 아래에서 보았던 그 달이 그리워 그 달빛의 영혼과 향기를 찾아 오래토록 회상하여 보았습니다.

〈영월(咏月; 달을 읊다)〉

계백 유의구(桂魄 流依舊)요
천향 하처표(天香 何處飄)라
승사 욕일문(乘槎 浴一問)요
은한 로소소(銀漢 路沼沼)라

밝은 달은 예나 다름없이 밝은데

계수나무 향기는 어디서 스며 오는가

뗏목 저어 한번 가 보련만

은하에 가는 길 멀고 멀어 아득하기만 하네.

〈주〉

계백(桂魄): 달의 별명(桂月), 혼백자로 휘영청 밝은 달을

　　　　　계수나무 혼이 들어 있는 계백이라 뜻한 말.

천향(天香): 천향계화(天香桂花), 계수나무의 향기 멀리 하

　　　　　늘 높이 은하에서 흐르는 달빛을 뜻한 말.

표(飄): 날릴 표.

사(槎): 뗏목 사로 신선이 타고 다니는 얼기설기 엮은 뗏목

　　　　가마를 뜻한 말.

소(沼): 굽은못 소.

〈시와 고요〉란 제목의 어느 시인의 수필을 읽어 보았다.

고요는 중력 0으로 연기는 곧장 위로 올라가고 귀를 기울

여도 들리는 바 없고, 흔들어도 나부낌이 없으며 만지려 해

도 형체가 없다 하였다. 그 고요함의 존재를 시인은 옛 고향

하늘 아래 아늑한 기슭기의 초가집에서 찾아 살고파 하는

마음에서 쓰신 글이라 생각하고 동감을 느끼며 아래에 적어

본다.

송하 문동자(松下 問童子)하니
언사 채약거(言師 採藥去)라
지재 차산중(只在 此山中)이나
운심 부지처(雲深 不知處)라

소나무 아래 동자에게 물으니
스승님은 약초 캐러 가셨다 하네
지금 이 산속에 계시지만
구름이 깊어 찾을 수가 없다 하네

_中唐 때의 字는 恨仙 作

〈달을 읊다〉의 시는 인조 9년(1631년)에 당시 29세의 예조 정랑 구포(鷗浦) 안헌징(安獻徵; 후에 우승지, 강원부사) 공의 뛰어난 문사가 직언을 하다가 파직당하고 낙향하여 휘영청 밝은 달을 바라보며 읊은 오언 절구시다.

후손 안병욱이라는 나의 친구가(전 서울은행지점장) 구포 문집을 족보와 왕조실록에서 찾아내어 나와 같이 탐독하는 중에 80여 수 중 나로서는 본시가 으뜸시라고 여겨지고, 동서고금을 들어 달을 읊는 그 많은 시 중에서도 으뜸으로 느껴지며 내 고향 순동 마을 향수가 묻어 있어 본 수필에 옮겨 모두가 감상하여 보도록 하였다.

　부연하여 필자가 69세가 되던 해에 달을 쳐다보며 자작한 시 한 편이 있어 졸작이지만 아래에 적어 감상문에 보충한다.

〈칠월 보름달〉

열대야에 밀려 모두 떠나고
텅 빈 아파트 21층
늙은이 혼자 창문 열고 더위를 식히네
밤하늘에도 해변의 물안개가 은빛으로 창공을 맴도니
가을 기운 소슬한데
둥근달이 창가에 휘영청 들어서네
노인은 여린 잠에서 살며시 일어나 반기며
멀―리 하늘 높이 고요하게 흐르는 은하를 바라본다
그 옛날
우리 아버지 극락길에도 뜬 달
넓은 마당 차일 아래 은은히 내려와
슬픔을 달래 주었네

오늘은 나의 베갯머리에 다가와
희끗해진 귀밑머리를 어루만지네
차오르면 기울어지고 기울어지면 차오르고
거북이가 하루도 멈추어 섬이 없이
뒷동산에 오르내리니
아버지가 69세에 가시고 어언 41주년
나도 어언 69세가 되었네
애절했던 어머니도 가시고
재성 형님, 남산 아주매, 순자 동생아!
소천 형은 69도 못 채우더니 그의 생일은
칠월 칠석날이었네
모두가 한솥밥을 먹었던 그 시절이
저 달님 속에 담아 있구나!
아득히 수만 리 길 따라 나도 떠나고
남산 아주머니가 큰 가마솥에 보릿대 지핀다.

백두산 천지

백두산 천지

백두산에 올라오니

가슴이 활짝 펼친다

웅장한 영봉은 흰눈 쌓여 둘러 있고

천지 아랜

수정처럼 맑은 물에 푸른 하늘이

장엄하게 담겨 있다

물안개가 멤돌아

긴—숨결이 품어 오르고

고요한 적막이 흐른다

오랜 시간 지쳐 잠이 든 듯하다

멀—리 만주벌 산마루엔

흰구름 떠가고

바람은 세차게 불어와

오늘은

태반이 있는 놈 가슴을 스친다.

_2004. 9. 28.

　고구려 역사 탐방 여행에 인천에서 심양까지는 항공편으로 가서 열차와 버스를 타고 백두산에 올랐다.

　먼저 심양 고궁에 들러 청태조가 세운 궁궐을 관람하여 보니 북쪽 만주족의 수렵 문화 풍습이 드러난다. 화려하고 웅장함보다 간편하고 보편적인 일상이 그려진다.

　궁궐의 내실에는 황제와 황후의 침실이 나란히 바로 옆에 있고 황제의 침실 옆에 60석 정도의 방석, 식당 겸 회의실이 있고 큰 가마솥 두 개가 걸려 있고 즉석 만찬으로 무엇이던 산 채로 잡아 삶아먹는 시설이 있다. 주로 돼지를 잡아먹었다 한다.

　수직적, 수평적 속도감이 있는 정사가 보여진다. 병자호란의 의사 결정 장면이 떠오르고 박물관의 청룡 은월도를 볼 때는 번쩍 들어 보고 싶은 충동에 병자호란의 선봉장 용골대가 생각났다.

　몽골의 유목민 징기스칸은 부족을 통합하고 인구 백만의 뛰어난 기마술과 빠른 기동력으로 세계 대제국을 건설했고 조선과 중원을 정복하고 청나라 대국을 건설한 후금의 누루하치도 27만의 거란족이었다.

징키스칸의 정예 기마병은 30만이었고 누루하치의 정예 팔기군은 몽골군 3만 5천을 통합한 15만 병사였다. 예나 지금이나 나라가 크기만 하다고 강대국이 되는 것이 아니다. 동서고금의 역사를 보면 단 한 사람의 영웅이 태어남으로 해서 강국이 되고 대국이 되었다.

석식 후 중산광장에 모택동 동상과 조각상들은 혁명의 물결을 보는 듯 역동감이 있고 남녀노소 시민들이 함께 어울려 음악에 맞추어 서양 춤을 추는 운동으로 즐기고 있다. 사회주의 집단 문화의 소산인 듯하다.

6인 1실 열차 숙박으로 심양에서 통화역까지 갈 때는 3층으로 된 침대칸인데 왁자지껄 떠드는 중국 사람의 특징에 새벽녘에서야 잠깐 잠이 든 사이 차창이 밝아 오고 들과 산을 지나며 아침 짓는 농가들의 굴뚝 연기가 보이기 사작한다. 벼농사 논이 많은 곳은 조선족 마을, 옥수수밭이 많은 곳은 한족 마을, 같은 들녘의 평지에도 옥수수밭과 벼농사 논이 나란히 섞여 있는 곳도 많다.

통화시에는 한약 공장이 많다. 백두산의 노령산맥 줄기 때문이라 한다.

집안시는 압록강을 사이에 두고 북쪽에는 외성으로 환도산성이 있고 동남쪽으로 압록강이 흐르며 북한의 만포시와 마주하고 있는 옛 고구려의 수도이다. 궁성으로 국내성이 있었고 규모는 직사각형으로 길이가 700m 정도였다 한다.

서기 3년에 2대 유리왕이 졸본성에서 천도한 두 번째 도성으로 425년 동안 고구려의 정치, 경제 문화의 중심지였다. 고구려는 세 번째로 평양에 천도하여 668년까지 갔다.

집안시에는 고구려의 역사 유적이 많은 곳이다. 장수왕릉, 광개토왕릉 외에 환도산성 자락으로 12,358기의 고분군이 있고 이러한 장군총은 신분 계층에 따라 크고 작은 돌무지 돌무덤으로 고구려의 부강했음을 나타내는 상징이 된다. 장수왕, 광개토왕 등은 300평에 높이는 12.4m 쌓아 올려 동방의 피라미드라 하여 세계문화유산으로 선정된다 한다.

광개토왕비는 땅속에 묻혔다가 청일전쟁 무렵 밭을 일구는 농부에 의해서 발견되었다.

비면에는 한문 글자로 1,775자가 각음된 높이 6.39m 37톤이나 되는 거대한 화산암석이다.

광개토왕의 치적과 고구려 건설 설화 등 역사 기록인데 이끼가 끼고 흙에 버물러져 잘 모르고 방치되었다가 당국에서 알고 탁본을 뜨고 공개되었는데 관리는 어설퍼서 일본 군부의 첩자가 주도면밀하게 희미해진 일본에 대한 내용을 자기

나라 본위로 해석이 되도록 정정해서 탁본을 뜨고 가지고 가
역사의 진실을 왜곡하여 한중일 삼국 간의 논란만 일으켰다.
왜놈다운 행동으로 정정 흔적이 확실하고 최초 탁본이 있는
데도 고집을 부리고 있다.

오호묘 고분에 나타난 벽화는 고구려인들의 기상과 화려했
던 문화가 드러나는 창조적 기술적 예술을 나타낸다.

서기 668년에 당나라가 나당연합군으로 점령한 후 백제와
같이 부흥군이 일어나지 못하도록 철저히 파괴하고 상류지
배층 2만 8천 2백 호나 당나라의 변방 실크로드 서장 지방과
월남 태국 지역인 운남성으로 분산시킨 관계로 지하 고분에
묻힌 벽화만이 남아 고구려의 역사를 보여 준다.

백두산 등정길은 2차선 길로 숲속의 다람쥐 오솔길처럼 꼬
불꼬불 뱀처럼 달린다. 주로 자작나무 숲이 쭉쭉 뻗어 있다.
중간쯤에 천지 방향의 푯말이 있고 다른 방향으로 가는 길도
있다. 민가 두 채가 보이고 당나귀 두 마리가 끄는 우마차와
조랑말 마차가 지나간다. 백두산 입구에서 전용버스 12인승
으로 바꿔 타고 2,750m까지 올라갔다.

꼬불꼬불 깊은 계곡의 산등성길에 시야가 가리어 또 아쉽
다. 정상에 다가오니 이제 무등산으로 올라간다. 시야가 트
이고 산과 하늘이 닿아 있는 듯하다. 하늘에서 보는 아마존

강의 밀림지대를 보는 듯 백두산 자락의 숲이 가을 물색으로 노을진 구름처럼 보인다. 15분 정도 걸어서 올라가는 마지막 정상길은 무등산의 모래흙으로 미끄러지며 바쁘다. 잠깐 서서 뒤돌아보니 화창한 가을 날씨에 가을 들판처럼 밀림과 숲이 푸른색과 노란색으로 조화를 이루고 있다.

드디어 백두산 영봉과 천지의 푸른 물결을 보는 순간 와! 함성이 저절로 터진다.

참으로 웅장하고 장엄하다.

영봉엔 흰 눈이 쌓어 미끄럼으로 깔려 내려오는 듯하고 천지의 깊고 푸른 물은 영봉으로 둘러싸여 하늘의 큰 연못에 푸른 하늘이 담겨 있다.

물안개가 맴도니 솥뚜껑을 열어 놓은 듯 바글바글 끓다가 조용히 가라앉은 모습으로 고요한 적막이 흐른다.

멀―리 만주벌 산마루엔 흰구름이 유유히 떠가고 이쪽 보라 저쪽을 보라 고개가 바쁜데 사진사가 다가와 기념사진을 독촉한다. 화산석이 조금씩 부식하여 가니 낭떠러지에 너무 가까이 서지 않도록 주의를 준다. 그래서 넓이는 중국 쪽으로 넓어지고 드넓게 시야가 터져 있는데 북한 쪽으로는 둘러선 영봉들만 보인다.

장백폭포는 무등산 절벽 병풍에 움푹 패인 사이로 암소가 오줌을 싸는 듯 삼, 사 줄기로 물보라가 힘차게 떨어진다. 가까이 접근할수록 장엄한 절경이 펼쳐진다. 돌자갈로 덮어진 물계곡에서는 온천수가 이곳저곳에서 더운 연기를 품으며 합류한다. 폭포수는 손을 씻고 세수를 할만큼 차가운데 온천수는 뜨거워 한 움큼 뜰 수도 없으며 상인들이 흐르는 길가에서 계란과 오리알을 익혀 팔고 있다.

이상과 같이 백두산 천지 관광은 운 좋게도 4~5년에 한 번쯤 있는 연중 최고의 맑은 날씨에 보고 왔다.

선영의 집

선영의 집

이곳은
안혼정령, 땅의 정기가 모여 있는 곳
밀양 박씨 행산공파
내 고향 순동 종중 유택
바람소리도 따스한 햇빛도
쉬어 가는 곳
대대손손 자손들도 모여 앉는
선영의 집이려라.

2010. 10. 15.
종손 전규

매년 여의도 면적의 새로운 분묘가 무분별하게 생겨나고 좁은 국토 면적이 침식되어 가고 있다. 시대의 변화에 어느 종중이던 조상의 묘소 관리가 어려워져 가고 토지의 점유권 및 소유권 분쟁이 심화되고 있다.

장묘 문화의 개선은 이제 국가 사업으로 시행되고 있어 우

리 순동 종중에서도 필자도 적극 참여하여 여러 고난을 극복하고 6년에 걸쳐 2010년에 새로운 묘원 사업으로 선영의 집 (납골당) 창건을 완성하였다. 어느 문중이고 계층이던 아름다운 강산을 보존하기 위해서도 모범적으로 시행해 나아가야 한다.